혈비도무랑

혈비도 무랑 7

김종휘 新무협 판타지 소설

초판 1쇄 찍은 날 § 2004년 2월 19일
초판 1쇄 펴낸 날 § 2004년 2월 29일

지은이 § 김종휘
펴낸이 § 서경석

편집장 § 문혜영
편집책임 § 유경화
편집 § 장상수 · 김희정 · 김민정
마케팅 § 정필 · 강양원 · 이선구 · 김규진 · 홍현경

펴낸곳 § 도서출판 청어람
등록번호 § 제1081-1-89호
등록일자 § 1999. 5. 31
어람번호 § 제2-0335호

주소 § 경기도 부천시 원미구 심곡1동 350-1 남성B/D 3F (우) 420-011
전화 § 032-656-4452 팩스 § 032-656-4453
http://www.chungeoram.com
E-mail § eoram99@chollian.net

ⓒ 김종휘, 2003

값 8,000원

ISBN 89-5505-999-X 04810
ISBN 89-5505-774-1 (SET)

김종휘 新 무협 판타지 소설

혈뢰무랑

7

멸천대계(滅天大計)

도서출판
청어람

목

차

제40장
은원방과 독문의 대결

[무진 형.]

[알았다.]

이미 사전에 이야기가 오간 상태였기에 장천과 곽무진은 전음을 통해 독문의 수석봉공과 싸울 준비를 했고, 동방명언은 나머지 사람들을 움직이며 수석봉공의 뒤에 서 있는 무사들과 대치해 나가기 시작했다.

"하하하. 본좌와 싸울 생각인가? 겁없는 아이들이구나."

자신에게 살기를 비추고 있는 장천과 무진을 보면서 독문의 수석봉공은 대소를 터뜨리며 말하고는 섭선을 앞으로 내밀면서 계속 말을 이었다.

"본좌의 삼초식을 받아보거라. 그렇다면 본좌와 겨룰 자격이 있음을 인정해 주지."

"흥! 무진 형!"

"알았다!"

놈의 말에 자존심이 상한 장천은 무진에게 신호를 보냄과 동시에 빠른 속도로 쇄도해 들어갔고 그의 뒤를 이어 무진이 파사신검을 들고 뒤를 따랐다.

"호오!"

두 사람의 움직임이 재빠른 것을 보며 탄성을 내지른 수석봉공은 가볍게 섭선을 휘둘렀고, 그 순간 주위로 강한 바람이 일며 일대를 흙먼지로 뒤덮었다.

"패룡포효!!"

흙먼지가 눈을 가리자 장천은 감으로 적의 위치를 파악하여 도를 휘둘렀고, 패룡포효의 초식에서 일어난 강한 도강이 흙먼지 바람을 가르며 맹렬하게 뻗어나갔다.

하지만 도강이 도착했을 때는 이미 그의 신형은 사라진 후, 도강은 땅에 충돌하며 굉음을 자아냈을 뿐 적에게 피해를 입히지는 못했다.

"어딜 보고 있느냐!"

"큭!!"

눈 깜짝할 사이에 사라진 그는 어느새 장천의 머리 위에 있었고, 상대가 가볍게 섭선을 휘두르는 것을 보며 장천은 좌검을 사용하여 검막을 펼쳤다.

채재쟁!!

다음 순간 섭선과 검막이 충돌하며 푸른 불꽃이 사방으로 뿌려졌지만 다행히 상대의 공격을 막아낼 순 있었다.

장천이 위기를 벗어나 안도의 한숨을 쉰 것과는 달리 이 한 번의 마주침에 수석봉공은 경악을 금치 못했다. 아직 약관에도 이르지 못한 아이가 휘두르는 검막치고는 상당히 견고했기 때문이었다.

　"내가 너희들을 얕보았던 모양이군!"

　예상외로 실력이 뛰어난 아이들이라는 것을 안 수석봉공은 쉽게 상대하려던 생각을 바꾸고는 본격적으로 공격적인 초식을 시전하기 시작했다.

　"파천격풍(破天擊風)!!"

　섭선을 강하게 앞으로 내뻗으며 파천격풍의 초식을 시전하자 날카로운 예기를 뿜고 있는 바람이 밀려와 장천이 시전한 검막을 피해 옆구리를 향해서 밀려들어 갔다.

　"쉽게는 되지 않을 것이요, 일검멸사(一劍滅邪)!!"

　"훙!"

　차압!!

　하지만 그의 상대는 장천 하나뿐이 아니었다.

　상대의 태양혈을 노리며 무진이 파사신검을 찔러왔기 때문이다. 무진의 검 역시 만만치 않다는 것을 느낀 그는 왼손으로 장풍을 날려 찔러오던 검의 방향을 바꾼 후 왼발을 들어 무진의 옆구리에 일각을 날렸다.

　"끄악!!"

　옆구리에 일각을 당한 무진은 고통의 신음을 내뱉으며 땅으로 처박혔지만 이내 자리에서 일어나 다시 녀석을 향해 돌진해 들어갔다.

　"응?"

족히 칠성 정도의 내력이 실린 일각이어서 중한 부상을 입었으리라 생각했는데 금방 일어나 자신을 다시 공격하자 수석봉공은 긴장하지 않을 수 없었다.

상대의 모습이 젊다고 너무 쉽게 생각했는데 그리 만만한 것이 아니었기 때문이다.

그 때문에 상대적으로 무공이 약한 무진을 노려야 한다는 생각에 그는 몸을 회전하여 십성의 공력을 실어 무진의 미간을 향해 다시 일각을 내질렀다.

하지만 그때는 이미 장천이 선풍의 공격을 피해 또다시 공격해 오고 있는 상태였다.

무진에게 재차 일격을 날리기 위해 몸을 회전시킨 수석봉공을 보며 장천은 기회를 놓치지 않고 공격해 들어간 것이다.

"태산반참(泰山半斬)!!"

장천이 강렬한 기세로 화룡신도를 내려치자 지금까지와는 비교도 안 될 만큼 강한 위력의 도강이 뻗어나갔고, 피부로 느껴지는 엄청난 압박에 수석봉공은 급히 섭선에 내력을 집어넣어서는 도강을 옆으로 튕겨내었다.

쿠구궁!!

십성에 가까운 내력이 포함되어 있음에도 불구하고 도강을 튕겨낸 손은 충격으로 심하게 떨리고 있었기에 등 뒤에선 식은땀이 흘러내렸다.

자신의 무공이 이 두 사람보다 한 수 위라고는 하지만 이렇게 계속 연환 공격을 당했다가는 내공이 남아나지 않을 것이 분명했기 때문이다.

"허허허. 이거 본좌가 호랑이 새끼를 고양이 새끼로 본 모양이구나. 하나, 이제부터는 봐주지 않을 터이니 어디 마음대로 와보거라!"

하지만 아직까지 두 사람에게 패배할 것이라 생각하지 않은 수석봉 공은 너털웃음을 터뜨리며 호기있게 말했고, 장천과 곽무진은 이에 다시 한 번 협공을 펼쳐 갔다.

한편 장천과 곽무진이 독문의 수석봉공을 상대로 고투를 벌이고 있을 때 동방명언은 수석봉공과 함께 몰려온 무사들을 상대하고 있었다.

소문주가 있다고는 하나 이곳이 독문의 본거지가 아니기에 무사들의 실력은 쌍도문의 문도에 비해 크게 떨어지고 있었다.

'이들을 처리하는 것은 큰 문제가 없지만 문제는 천이와 곽 대협이 상대하는 독문의 수석봉공이다.'

명언이 보기에도 수석봉공의 무공은 결코 만만한 것이 아니었기에 장천과 무진이 그를 쓰러뜨릴 수 있을까 하고 걱정이 될 수밖에 없었다.

'생각보다 엄청난 자로군.'

명언이 걱정하며 바라보는 동안 장천은 무진과 함께 계속 독문의 수석봉공을 공격했지만 제대로 된 공격을 성공시키지 못하자 긴장하지 않을 수 없었다.

녀석의 실력은 과거 천마와 비교해서 뒤지지 않는, 아니, 오히려 한수 위인 듯했기 때문이다.

도대체 어디에서 이런 고수가 튀어나왔는지 알 수가 없는 장천이었지만 지금은 그런 생각을 할 여유도 없을 정도였다.

"이런… 십대신병이었나."

수석봉공은 자신이 들고 있던 섭선이 엉망이 되는 것을 보며 녀석들이 들고 있는 무기가 강호에서 신기로 알려져 있는 십대신병이라는 것을 알 수 있었다.

섭선의 살은 현철로 만들어져 있는 데다가 그 천은 천잠사로 짰기 때문에 내공을 약간만 주입해도 웬만한 보검으로는 흠집조차 낼 수 없을 정도로 뛰어난 물건인데, 두 꼬마의 병기를 몇 번 맞닥뜨리고 나니 천잠사는 군데군데 찢어지고 현철은 구부러져 보기 흉한 모습을 띠고 있었기 때문이다.

자신이 애지중지하는 섭선이 엉망이 되고 나니 그 역시 노기가 치솟아오를 수밖에 없었고, 이끌고 온 부하들조차 녀석들의 동료에 의해 반으로 줄자 본신 능력을 모두 끌어내는 것이 좋다고 생각했다.

"삼십 년 만에 본신의 힘을 모두 사용하게 되는군!"

차압!!

수석봉공은 두 사람에게 들으라는 듯이 중얼거리고는 온몸에 내력을 집중했고, 그 순간 엄청난 기운이 그의 몸에서 터져 나오며 입고 있던 장삼이 날카로운 소리와 함께 찢어져 사방으로 날아갔다.

"헉!!"

"엄청난 압박감이다!"

상대의 몸에서 느껴지는 기도에 두 사람은 헛바람을 내뱉을 정도로 놀랄 수밖에 없었다. 수석봉공의 찢어진 장삼의 밑으로는 갈색의 가죽 갑옷이 입혀져 있었고, 양 옆구리에는 두 자루의 괴병이 매달려 있었다.

수석봉공이 가지고 있는 두 자루의 기병은 검끝이 구부러져 있고 손잡이 부분에 월아(月牙)가 있는 기병이었는데, 이는 전한시대 처음 나온 구인과 같은 병기였으나 명말 후에 이러한 병기를 호수구(護手鉤)라 불렀다.

"이것을 사용하는 것은 홍무제의 명으로 원의 도당들을 쓸었을 때 이후 처음이로구나!"

"홍무제?"

그의 입에서 명의 태조 이름이 나오는 것을 보며 장천은 놀라지 않을 수 없었는데, 그는 섭선을 요대의 뒤쪽에 꽂아 넣고 호수구를 잡아 들었다.

"어디 시작해 보자꾸나!"

차압!!

수석봉공의 말에 장천과 곽무진은 일제히 공격해 들어갔다. 그는 장천과 곽무진의 공격을 손을 보호하는 반월 모양의 칼날 월아(月牙)로 가볍게 두 사람의 칼을 막고는 미끄러지듯 칼날을 타고 앞으로 쇄도해 들어갔다.

"헉!"

근접 거리로 접근해 온 그는 몸을 숙이며 두 사람의 옆구리를 향해 호수구의 손잡이 끝에 있는 송곳을 내질렀다.

"치이!!"

장천과 곽무진은 급히 양 옆으로 몸을 날려 그의 공격을 피하려고 했다. 하지만 수석봉공은 호수구를 가볍게 회전시켜 호수구 끝의 갈고리를 사용하여 두 사람의 발목을 낚아채 버렸다.

"이대로 보내기에는 아쉽군! 하압!"

두 사람을 보며 한마디를 내뱉은 그는 자리에서 일어나 가볍게 호수구를 휘둘렀다. 발목이 잡힌 장천과 곽무진은 그대로 들어 올려져 땅에 처박히고 말았다.

"끄윽!!"

차압!

땅에 처박힌 장천은 우도를 사용하여 녀석의 호수구를 잘라내 버리려 했으나 상대는 가볍게 호수구를 회전시켜 장천을 뒤집어 버림으로써 도격으로 호수구가 잘려져 나가는 것을 막았다.

"우습구나, 이 정도의 공격에도 허둥거리다니 말이다."

"크윽!!"

그의 말에 장천과 곽무진은 이를 갈 수밖에 없었다. 하지만 그들로서는 어찌 대처해야 할지 갈피를 잡을 수가 없었다. 지금까지 저런 기병을 이용한 변칙적인 공격을 사용하는 자와 싸워본 적이 없었기 때문이다.

무공은 천마 이상인 데다가 변칙적인 술수를 사용하여 적을 제압하는 수법을 지닌 자이니 장천과 무진이 고전하는 것은 당연하다 할 수 있었다.

"차압!"

또다시 두 사람은 수석봉공을 공격했지만 이번 역시 전과 다르지 않았다. 두 사람의 공격을 월아로 가볍게 막은 그는 또다시 미끄러지듯이 다가왔던 것이다.

아까와는 달리 장천은 검을 들어 녀석의 왼쪽 어깨를, 곽무진은 발을 사용해 녀석의 오른쪽 어깨를 향해 공격해 들어갔지만 상대는 호수구를 약간 움직임으로써 장천과 곽무진의 공격을 손쉽게 막아내는 것은 물론 손목을 회전시켜 갈고리로 두 사람을 공격해 들어갔다.

"크윽!"

급히 피하기는 했지만 변칙적인 공격에 두 사람 모두 얼굴에 긴 상처를 입었고, 찢어진 볼 위로 시뻘건 피가 쉴 새 없이 흘러나오고 있었다.

'도저히 이길 수 없다……'

상대의 공격에 두 사람의 투지는 꺾일 수밖에 없었는데, 그때 멀리서 동방명언의 외침이 들려왔다.

"멍청하게 뭐 하는 짓들이야!"

"명언……?"

명언의 조금 거친 외침에 두 사람은 미간을 찌푸릴 수밖에 없었다.

"잘 들으라고. 장 형과 곽 대협은 십대신병의 주인들이라고! 변칙적인 공격에 속지 말고 강공으로 녀석을 밀어붙여! 녀석의 기병이 무엇으로 만들어지는지는 모르겠지만 십대신병에 버금갈 무기는 세상에 존재하지 않는다고!!"

"그렇군!"

그제야 곽무진은 동방명언이 멍청이라고 소리친 이유를 알 수 있었다.

"무진 형?"

"우리가 잊고 있었다. 녀석이 우리의 공격을 호수구를 사용하여 막고 변칙적인 공격을 행하지만 우리에게 치명상은 입히지 못하고 있었다."

"아!"

"우리의 강공을 막을 수는 있지만 그것으로 인해 자신의 공격 역시 적을 쓰러뜨릴 정도가 되지 못한다는 거지."

"큭!"

곽무진의 말에 수석봉공은 감추어둔 것이 들켰다는 것을 깨닫고는 미간을 찌푸렸다.

그의 말대로 지금의 그는 녀석들의 강공을 막으며 간신은 반격할 수 있었지만, 강한 내력이 실린 공격에 내력이 좀처럼 호수구로 쉬이 이어지지 않고 있었다.

거기다가 두 번에 이은 공격으로 월아는 눈에 띌 정도로 흠집이 나 있었기에 계속 공격을 허용하다간 월아가 잘려 나가며 녀석들의 병기에 손을 다칠 확률이 높았던 것이다.

"무진 형!"

"공격하자! 녀석이 우리들의 공격을 막을 수 있다 하더라도 기병으로 계속 십대신병을 막을 순 없을 것이다."

"알았어요!"

무진의 말에 장천은 다시 투지를 가다듬으며 내력을 끌어올렸다.

'제길… 저 녀석 때문에…….'

수석봉공으로선 치명상은 아니지만 계속적인 반격으로 녀석들의 투지를 꺾어 승기를 잡을 생각이었는데, 그것이 자신의 부하들을 쓰러뜨리고 있는 또 다른 무사에게 들켜 버리자 노기가 치솟아올랐다.

"가소로운 녀석들!!"

내심을 들켜 버린 수석봉공의 공격은 더욱 거세어졌고, 장천과 무진은 또다시 밀리는 형국이 되어버렸지만, 오히려 그것이 전보다는 더 편했다.

호수구의 변칙적인 수법을 주의하며 공격했던 것에 비해 이제는 방어 하나만 집중하면 됐기에 대처하기가 더 편해졌다.

몇 초식이 오가자 수석봉공 역시 자신의 실수를 눈치 챌 수 있었고, 동방명언의 말에 성급하게 수법을 바꾼 것을 후회했지만 이미 늦어버린 후였다.

십대신병과의 접촉으로 인해 호수구는 너덜너덜한 모습이 되었고, 더 이상 제대로 된 일격도 날리기 어려운 상태가 되어버렸다.

"큭!!"

그 때문에 그로선 뒤로 물러설 수밖에 없었지만 그것을 보아 넘길 장천과 곽무진이 아니었다.

"신검멸사(神劍滅邪)!!"

"분검산화(分劍散花)!! 악귀살교(惡鬼殺嚙)!"

곽무진과 장천은 그를 향해 강공을 펼쳐 나갔고, 곽무진의 파사신검에서 나온 검강은 그의 미간을 향해 뻗어갔으며 장천의 냉혈검은 산검이 되어 수석봉공의 요혈을… 화룡신도는 그의 사타구니를 향해 맹렬한 기세로 밀려 들어갔다.

"크윽!!"

크게 놀란 수석봉공은 급히 호수구를 아래위로 빠르게 움직이며 월아로 두 사람의 공격을 막아낼 수 있었지만 그 순간 날카로운 소리와 함께 그가 들고 있던 호수구의 월아는 산산조각이 나며 부러졌다.

"끄악!!"

호수구의 월아가 부서져 나가자 두 사람의 검과 도는 그대로 수석봉공의 손을 파고 들어갔다. 그는 비명을 지르며 뒤로 몸을 날렸다.

"크윽… 본좌가 이런 어린것들에게……."

이제 호수구를 들고 있을 여력조차 없었기에 그는 시뻘건 피로 물들어 있는 무기를 땅에 떨어뜨리고야 말았다.

"헉헉헉……."

회심의 일격을 가한 두 사람은 숨을 몰아쉬며 수석봉공을 노려보았으나 그들 역시 상당히 지쳐 있었다.

독문의 수석봉공 한 사람을 상대로 두 명의 십대신병의 소유자가 오랜 싸움 끝에 간신히 승기를 얻었다는 것은 패배를 떠나 그의 무공이 얼마나 뛰어난 것인가를 말해 주고 있었다.

"홍무제와 함께 원의 도당을 쓸어버릴 때도 많은 위기가 있었지만 이런 꼴을 당한 적은 없었지… 본좌의 명도 이것으로 끝이 난 것 같군."

시뻘건 피가 쉴 새 없이 흐르는 손을 보면서 수석봉공은 한탄의 말을 내뱉고는 몸을 곧추세우더니 그들을 보며 다시 말을 이었다.

"비록 천자께 버림받아 변방의 일개 장수로 좌천된 것도 모자라 오랑캐의 주구의 신세까지 되었지만 구차하게 살고 싶은 마음은 없다. 나의 목을 베어라!"

"음……."

그의 당당한 말에 장천과 곽무진은 잠시 흠칫거릴 수밖에 없었다.

그의 의기에 도저히 병기를 휘두를 수 없었기 때문이다.

태조 홍무제는 원의 잔당을 몰아내고 명을 건국했지만 그 와중에 그를 돕던 많은 사람들은 국정의 안정을 위해 좌천되거나 반역의 죄를 쓰고 죽어야 했다.

이것은 나라가 건국되면 으레 있는 일이었으니 수석봉공 역시 그런 희생자 중의 한 사람이었던 것이다.

하지만 그는 자신을 남만으로 좌천시킨 홍무제를 원망하지 않고 있었기에 그의 위인 됨에 두 사람은 탄성을 내질렀다.

한 조직의 패주가 되었어도 이상할 것이 없는 뛰어난 인물인지라 두 사람은 망설일 수밖에 없었는데, 그때 누군가 뒤에서 나타나 그의 등에 일검을 내질렀다.

"꺼억!!"

장천과 곽무진은 그 순간 크게 놀랄 수밖에 없었다. 수석봉공의 등을 뚫고 나온 검은 그의 명치로 빠져나와 피를 뿌리고 있었다.

"명언……."

"천이과 곽 대협의 마음은 잘 알겠지만 이제는 절대 살려둘 수 없는 인물입니다."

"크윽……."

검을 내질러 수석봉공을 쓰러뜨린 사람은 다름 아닌 동방명언이었다. 그는 두 사람을 보며 어쩔 수 없다는 말을 하고는 그의 목덜미를 잡고 찔러 넣었던 검을 빼어 들었다.

"크윽!!"

그 순간 피분수가 터져 나오며 수석봉공은 그 자리에서 무릎을 꿇고는 뒤에서 자신을 찌른 동방명언을 흘겨보며 말했다.

"간교한 녀석이로구나."

"대의를 위해서 이 한 몸 더럽혀진다 한들 무엇이 아깝겠습니까? 당신은 살려두기엔 너무나 위험한 분입니다."

"하하하하!"

동방명언의 말에 크게 대소를 터뜨리며 수석봉공은 숨을 거두었고 장천과 곽무진은 그 모습을 보며 안타까운 생각이 들었다.

"건국 공신을 죽이다니… 무슨 짓인가……."

무진에게는 적이었다고 하지만 홍무제와 함께 명을 세웠던 인물을 죽인 것이 마음에 들지 않아 명언을 보며 말했는데 그는 고개를 저으며 답했다.

"그것이 더 위험합니다. 만약 이자를 살려두었다면 이번 계획이 제대로 성공했을지도 미지수일뿐더러 자칫 중원에 발을 들여놓은 독문에게 건국 공신의 세력으로 대의명분을 가져다 줄 수도 있습니다."

그의 말이 틀리지는 않았지만 어찌 안타깝지 않겠는가? 장천은 천천히 수석봉공에게 다가가 그의 눈을 감겨준 후 자리에 눕혀주었다.

"…무진 형, 임 사형의 일을 계속하지요."

"알았다."

수석봉공의 시체를 뒤로한 그들은 임성의 계획에 따라 움직이기 시작했다. 장천과 곽무진이 그와 싸우게 된 것도 모두 계획에 들어 있던 일이기 때문이다.

임성은 독문의 수석봉공이 대외적으로 모습을 드러내지 않는 것을 감안하여 자신들의 본진이 동문의 완만한 능선을 따라 움직인다면 소문주 구독망 양견이 동문을 후방에서 수석봉공이 서쪽 벼랑을 지키는 무사와 함께 대기해 있을 것이라 짐작했다.

그의 예상대로 수석봉공은 서쪽 벼랑에서 자신의 측근 무사들과 함께 기다리고 있었고 그들은 장천들에 의해 죽임을 당하게 된 것이다.

임성은 수석봉공을 쓰러뜨린 후 신호와 함께 독문의 전각들을 불태워 적의 시선을 흩트리라는 임무를 주었고, 이에 장천, 곽무진, 동방명언 세 사람이 각기 무사들을 이끌고 나아가 여러 곳에 불을 놓아 이문산의 지부를 불태우기 시작했다.

"소문주! 적습입니다!"

"적습?"

"아무래도 서쪽 벼랑으로 적이 침범한 것 같습니다!"

"말도 안 되는 소리! 그곳은 수석봉공께서 지키고 계시지 않은가?"

"하지만 동쪽을 중심으로 적의 무리가 방화를 저지르고 있습니다."

"크윽!"

수석봉공이 있다면 절대 방화 같은 것은 있을 수 없는 일인지라 그가 이들에게 밀렸음을 깨달은 구독망 양견은 미간을 찌푸렸다.

하지만 아직 그가 죽었다고는 믿지 않았다. 그의 뛰어난 무공을 잘 알고 있었기 때문이다.

"삼십 명 정도를 이끌고 수석봉공을 찾아 그를 도우며 적을 색출 사살하도록 하여라!"

"예!"

양견의 명을 받은 무사는 동문에 있는 무사들 삼십여 명을 이끌고 동쪽으로 몸을 날렸다. 그러자 또다시 다른 무사가 와서는 황급한 목소리로 말했다.

"동문에서 녀석들이 충차를 사용하여 문을 부수고 있습니다!"

"젠장할!"

그의 말에 놀란 양건이 성벽 위로 올라가자 굵은 통나무 서너 개를 모아 만든 충차를 사용하여 적들이 성문을 부수고 있는 것을 볼 수 있었다.

충차 위에는 독문의 무사들이 쏘는 화살을 막기 위해 곰 가죽이 여러 장 덮여 있는 지붕이 있었기에 화살은 가죽에 막혀 충차를 밀고 있는 무사들을 쓰러뜨리지 못하고 있었다.

"하하하하!"

충차의 맨 뒤에는 마갑을 입은 거대한 말 위로 중원에서 볼 수 없는 갑옷을 입고 있는 큰 덩치의 서역 무사가 대소를 터뜨리고 있었다.

오른손에는 족히 일 장은 됨직한 원뿔형의 창이 들려 있었는데, 그 기세가 마치 항우를 보는 듯했다.

"독문의 쓰레기들아, 본 거창기마가 네 녀석들을 저승으로 보내주겠다!"

"거창기마?! 본문을 공격하는 자들이 은원방의 무리였단 말인가!"

양건 역시 현재 중원에서 이름을 떨치고 있는 세외삼마의 이름을 들어 알고 있는지라 크게 놀라지 않을 수 없었다.

은원방은 현재 강호에서 상당한 명성을 누리기 시작한 신흥방파이니만큼 경계는 하고 있지만 설마 이들의 행로가 자신들에게 향하고 있을 줄은 생각지도 못했다.

"은원방과 독문은 서로 원한이 없거늘! 이곳에서 살행을 일으키는 이유가 무엇이냐!"

"크하하하. 한 땅에 두 명의 패주는 있을 수 없다. 본방의 행로에 독문이 방해가 되니 쓸어버리는 것이 당연하지 않겠느냐!"

"가소로운 녀석!"

거창신마가 대소를 터뜨리며 야심을 밝히자 양견은 노기가 치솟아오를 수밖에 없었다.

"독분을 뿌려라!"

양견의 지시에 독문의 문도들이 독분을 뿌리자 노란색의 독분이 바람을 타고 밑에 있는 은원방의 무리들을 향해 날리기 시작했다.

하지만 이미 당가의 해독제를 복용한 은원방의 무리들은 멈추지 않고 충차로 밀고 들어왔으며 잠시 후 굉음과 함께 문이 부서져 버렸다.

"독질려를 뿌리고 거마창으로 녀석들의 진로를 막아라!"

만약의 사태를 위하여 이미 양견은 독질려와 거마창을 준비해 두고 있었다. 명령을 받은 독문의 무사들은 입구의 주변에 독질려를 뿌리고 거마창을 세워놓아 적의 움직임을 봉쇄하기 시작했다.

"그 따위 물건으로 본좌를 막을 수 있다고 생각하느냐!"

하지만 독문의 무사들이 준비해 놓은 독질려와 거마창은 한 사람에 의해 무용지물이 되었는데, 거대한 랜스를 들고 있는 철갑의 기사, 바로 데비드 때문이었다.

바닥에 독질려와 거마창이 앞을 가로막는 것을 보며 대소를 터뜨린 그는 내공을 사용해서 랜스를 회전시켰고, 그 순간 강한 돌풍이 일어나며 수백 개가 넘는 독질려가 바람에 날려가 버렸다.

"끄악!!"

그리고 돌풍에 날려간 독질려들은 주변에 있던 독문의 무사들에게 상처를 입혔기에 양견은 크게 당황할 수밖에 없었다.

"차압!!"

독질려들을 모두 날려 버린 데비드는 거마창을 보며 랜스를 휘둘렀고, 굉음과 함께 앞을 막아서던 거마창이 산산조각나 부서져 나갔다.

"저 녀석을 죽여라!"

"와아아!!"

적들을 막기 위해 준비했던 독질려와 거마창이 수포로 돌아가자 크게 당황한 양견은 무사들에게 거창기마를 죽이라 소리쳤고, 많은 무사들이 병기를 들고 데비드를 향해 몰려갔다.

"폭풍기마공(暴風騎馬功)!!"

몰려드는 무사들을 보며 데비드는 말에 박차를 가하고는 맹렬하게 앞으로 밀고 들어갔으며, 무사들은 거대한 적토마의 기세에 놀라 비명을 지르며 피하기 시작했다.

"끄악!!"

하지만 데비드의 돌진을 피하기에는 사람들이 너무 많이 뭉쳐 있었기에 이들은 거마의 말발굽에 짓밟히고 말았다.

말과 함께 앞으로 돌진해 들어가던 데비드는 랜스로 대여섯 명의 병사들의 몸에 꿰어 사방에 그들의 피를 뿌리는 기행을 행했고, 엄청난 괴력과 손속의 잔인함에 독문의 무사들은 공포에 젖기 시작했다.

"멍청한 녀석들! 화독망(火毒蟒)!!"

자신의 부하들로 상대할 수 없다는 것을 안 양견은 이를 갈며 데비드를 향해 몸을 날렸다. 그가 오른손의 소맷자락을 휘두르자 불꽃을 뿜은 구렁이가 튀어나와 그를 향해 뻗어나갔다.

"흥!"

하지만 데비드는 온몸을 철제 갑옷으로 빈틈없이 감싸고 있었기에 화독망은 갑옷에 튕겨져 바닥으로 떨어질 뿐이었다.

"이런… 제길……."

자신의 절기인 구독망으로 녀석의 갑옷을 꿰뚫을 수 없다 생각한 양견은 품에서 유성추를 꺼내어 맹렬한 속도로 회전시키기 시작했다.

사실 임성이 데비드로 하여금 구독망 양견을 상대하게 한 것은 그의 갑옷 때문이었다. 구독망의 독은 십대절독 중 하나이긴 하나, 뱀의 독니로 상대의 몸에 상처를 입혀 침투시키는 독, 그 때문에 갑옷을 입고 있는 데비드에게는 전혀 통하지 않았다.

절기를 봉쇄당한 양견은 할 수 없이 구독망이 통하지 않을 시를 대비하여 준비해 놓았던 유성추로 공격할 수밖에 없었는데, 그것 역시 두꺼운 갑옷에 막혀 버리는지라 제대로 된 공격을 성공시킬 수 없었다.

캉!! 캉!!

애당초 강호에 데비드와 같이 전신을 철제 갑옷으로 감싸고 싸우는 존재가 없었기에 갑옷을 꿰뚫을 만한 무기가 없는 양견으로선 갑옷에 막혀 튕겨 나가는 유성추를 보며 이가 갈릴 수밖에 없었다.

"하하하!!"

데비드는 녀석을 보며 큰 소리로 조소를 터뜨리고는 랜스를 들어 자신을 공격하는 양견을 아랑곳하지 않고 옆에서 싸우고 있던 독문 무사의 등을 꿰뚫어 머리 위로 들어 올렸다.

"끄아악!!"

육 장이 넘는 거구의 무사를 창에 꿰어 들어 올리는 괴력에 그는 혀를 내두를 수밖에 없었고, 그런 양견을 보며 데비드는 큰 소리로 소리쳤다.

"네 녀석의 수하이니 가져가거라!"

그 말과 함께 데비드는 창에 꿰어진 시체를 그에게 집어 던졌다.

"이런!!"

시체가 날아오는 것을 보며 양견은 피하기엔 늦었다고 생각하며 일장을 내질러 시체를 향해 휘둘렀고, 시체는 파육음과 함께 산산조각이 나서는 사방으로 흩어졌다.

하지만 이로 인해 그는 시체의 살과 피로 뒤덮이고 말아 온몸이 시뻘겋게 물들어 낭패감을 느낄 수밖에 없었다.

"크하하하!"

"으드득……."

데비드의 조소에 그가 처음부터 이것을 노렸다는 것을 깨달은 양견은 이를 갈고는 지금까지 숨겨놓았던 힘을 끌어올리기 시작했다.

"한 녀석도 살려두지 않겠다. 천살마독공(千殺魔毒功)!!"

천살마독공은 독문의 문주가 익히고 있는 독공으로 특수한 방법으로 온몸에 독을 주입하여 그것을 내공으로 전환하는 것이었다.

이것을 익히고 있는 자는 남만 독문의 가주와 소문주 양견뿐이었다. 그가 독공을 펼치자 주위로 독기를 머금은 기운이 퍼져 나가기 시작했다.

"천살마독공?!"

데비드는 그의 몸에서 나오는 독기가 결코 범상치 않은 것을 깨닫고는 투구 위로 올려놓았던 얼굴 가리개를 내렸다.

당철의 도움으로 갑옷 자체에 곧바로 독기가 침투하지 않도록 장치를 해놓은 덕에 데비드는 간신히 독기는 피할 수 있었다.

하지만 뒤이어 양견의 유성추 공격이 이어졌고, 그 위력은 방금 전과는 크게 달라 유성추가 적중할 때마다 그의 갑옷은 움푹 파일 정도였다.

캉!! 캉!!

"이런… 큭!!"

계속되는 유성추의 공격에 의해 갑옷이 크게 훼손되는 것은 물론 그 위력에 밀려 제대로 손을 쓸 수 없자 말에서 내려 방패와 검을 들었다. 기마 위에선 빠른 유성추의 공격을 막기가 어려웠기 때문이다.

"차압!!"

데비드는 말에서 내리자마자 오른발을 굴러 양견을 향해 쇄도해 들어갔는데, 두꺼운 갑옷을 입고도 빠른 그의 몸놀림에 양견은 놀랄 수밖에 없었다.

"유성만천(流星滿天)!!"

급히 유성만천의 초식을 사용했고, 수십 개의 잔형이 달려오는 데비드를 향해 소나기 내리듯이 퍼부어졌다.

"흥!"

하지만 이미 녀석의 공격을 예상하고 있던 데비드는 방패를 들어 그의 공격을 막으며 앞으로 다가서고 있기에 양견으로선 답답할 뿐이었다.

철로 만들어진 방패로 앞을 막으며 둔중하게 일직선으로 밀고 들어오는 형태는 데비드의 고향에선 흔히 있는 모습이지만, 중원에선 보기 힘든 탓에 양견은 어찌 공격해야 할지 막막했던 것이다.

"차압!!"

어느 정도의 거리까지 접근해 오자 데비드는 검을 들어 그의 머리를 향해 내려쳤다.

양견은 급히 발을 굴러 뒤로 몸을 날렸으나 데비드는 상대를 놓치지 않고 다시 지근거리로 붙어서는 맹공을 가했다.

거기에다 독문은 경공이나 경신술은 그리 뛰어나지 않은 문파였기에 양견이 데비드를 떼어놓는 것은 힘든 일이었다.

'은원방의 세외삼마가 이렇듯 무공이 높을 줄이야. 큭!!'

양견은 은원방이 요즘 들어 명성을 날리고 있다 하나 그리 강한 방파는 아니라고 생각했는데 그런 생각이 싹 사라질 수밖에 없었다.

"유성분천(流星分天)!!"

"차압!"

양견이 십성의 공력을 다해 유성분천의 초식으로 유성추를 날리자 위력을 감지한 데비드는 급히 몸을 숙여 피하고는 검을 들어 그대로 녀석의 명치를 향해 찔러 들어갔고, 양견은 급히 다른 쪽의 유성추를 밑에서부터 쳐올리며 그의 검을 팅겨낸 후 반대쪽 유성추로 그의 뒤통수를 후려쳤다.

캉!!

"끄윽!!"

두꺼운 갑옷에 의해 움직임이 어려운 데비드는 그대로 유성추에 가격당했고, 상당한 충격이 머리에 전달되고 말았다.

아무리 갑옷을 입고 있다 해도 유성추에 실린 위력을 모두 막을 수 있는 것은 아니었다.

"유성만천!!"

데이비드의 움직임이 흐트러지자 그 기회를 놓치지 않은 양견은 쉬지 않고 유성추를 휘둘렀고, 계속되는 공격에 데이비드의 투구는 잠시 후 날카로운 소리와 함께 부서져 나가고 말았다.

"크하하하!! 이제 끝이다!! 멸독망(滅毒蟒)!!"

갑옷이 부서져 나갔으니 이제 무서울 것이 없는 양견은 유성추를 집어 던지며 시전했다.

"젠장!"

크게 놀란 데이비드는 급히 방패를 들어 그의 멸독망을 막으려 했지만 빠르게 쇄도해 들어가던 멸독망은 방패에 부닥치는가 싶더니 이내 방향을 틀어 데이비드의 얼굴을 향해 밀려 들어왔다.

"차압!"

그는 급히 검을 들어 멸독망을 후려쳤지만 방향을 바꾸어 쇄도해 들어왔기에 크게 놀랄 수밖에 없었다.

키아악!!

"살아 있는 뱀이구나!"

멸독망은 얼굴의 앞까지 다가오자 입을 벌려 그대로 데이비드의 얼굴을 물어버리려 했기에 그것이 살아 있는 뱀이었음을 깨달은 데이비드는 왼손에 든 방패의 모서리로 뱀을 후려쳐 위기에서 벗어났고, 뱀은 재빨리 양견을 향해 기어갔다.

"크크크. 지금부터 구독망의 무서움을 보여주지!!"

구독망이 살아 있는 뱀인지라 갑옷으로 온몸을 감싼 데비드를 상대할 수 없었던 양견이었으나 일단 갑옷이 벗겨진 이상 자신의 공격을 막을 것이 없다 생각한 그는 자신감을 찾으며 손을 흔들었고, 남아 있던 여덟 마리의 구렁이가 그 모습을 드러내었다.

"사망비격(四蟒飛擊)!!"

상대를 보며 양견이 오른 소맷자락을 휘두르자 네 마리의 구렁이가 그를 향해 쇄도해 들어갔고 데비드는 홍련십팔검의 산검의 초식을 펼쳤다.

"크크크. 그 정도의 검으론 구독망에게 상처도 내지 못할 것이다."

양견은 녀석이 산검을 펼치자 웃음을 터뜨렸는데 그의 말대로 산검은 날아오는 네 마리의 구렁이를 데비드의 미간을 향해 내질렀지만 날카로운 소리와 함께 튕겨 나갈 뿐이었다.

"본인의 구독망은 독문의 특수한 비법으로 키운 것, 보검이 아니라면 상처조차 내기 어려울 것이다."

"음……."

그의 검은 명검은 아니었지만 고향에서 상당한 장인이 만들어낸 검, 그것에 적중당하고도 상처조차 입지 않은 구렁이를 보며 혀를 내두를 수밖에 없는 데비드였다.

"오망살격(五蟒殺擊)!!"

그가 자신의 공격을 산검으로 튕겨내자 양견은 멈추지 않고 다시 왼쪽 소맷자락에 있는 다섯 마리의 구렁이를 던졌고, 산검으론 뱀들을 처리할 수 없다 생각한 데비드는 그중 한 마리를 노려 내력을 집중한 강검을 휘둘렀다.

"홍련분멸(紅蓮焚滅)!!"

하지만 구렁이는 검에 적중되자 몸이 휘어져서는 미끄러져 나갔기에 데비드로선 황당할 뿐이었다. 뱀의 유연함이 그의 강격을 흘려 버린 것이다.

"크윽!!"

강격이 실패한 순간 데비드는 왼쪽 볼에 강한 통증을 느껴야 했다. 구렁이 중 하나가 방패를 휘감고 들어와 그의 볼을 물어버린 것이다.

급히 녀석을 떼어낸 그는 몸을 뒤로 날렸으나 구렁이의 강한 독에 볼은 금세 시퍼렇게 변하며 부어오르기 시작했다.

"젠장!!"

방패를 내던진 데비드는 급히 단검을 들어 볼을 그은 후 내력을 사용하여 독에 중독된 피를 내뿜어 버렸지만 독을 모두 몰아내는 것은 어려운 일, 밀려오는 현기증에 자신도 모르게 무릎을 꿇고 말았다.

"크하하하!!"

자신의 공격이 적중하자 양견은 대소를 터뜨렸다. 그 순간 누군가가 데비드에게 뛰어와 그의 볼에 가루를 뿌렸다.

"끄악!!"

강한 통증에 데비드는 비명을 내질렀지만 잠시 후 통증이 가시며 뜨거웠던 볼이 시원해지자 그것이 독을 해독하는 가루라는 것을 알 수 있었다.

"당세문?"

"당문의 해독제를 뿌렸으니 운기조식을 하여 독을 몰아내세요."

"알겠소!"

독문의 독은 만만히 볼 것이 아니기에 데비드는 그녀의 말대로 급히 뒤로 몸을 날려 운기조식을 했고, 그의 주위를 당세문이 이끌고 온 당가의 무사들이 둘러싸서는 호법을 서기 시작했다.

"당가의 계집이로군!"

"홍! 네 녀석의 구독망은 나에게 소용없을 것이다!"

"우스운 소리. 육망괴멸(六蟒壞滅)!!"

당세문의 등장에 코웃음을 친 그는 여섯 마리의 구렁이를 날려 그녀를 공격했고, 당세문은 그런 구렁이를 보며 소수마공을 끌어올려서는 장풍을 날렸다.

"소수빙장(素手氷掌)!!"

그녀의 손에서 발출된 소수빙장의 음유한 장풍은 순식간에 여섯 마리의 구렁이를 얼려 버렸기에 양견은 크게 놀라 남아 있는 구독망을 자신에게 급히 끌어들였다.

"소수마공?"

"홍! 네 녀석의 구독망을 모두 얼려 버리겠다!"

"큭!!"

그의 손에 들려 있는 구독망은 살아 있는 생물인지라 소수마공과도 같은 상승의 음공에는 주의를 기울여야 했다.

"일망사격(一蟒死擊)!!"

소수마공의 냉기에 양견은 구렁이의 꼬리를 잡고 자신의 내력을 주입하여 구렁이를 보호하며 연편을 사용하는 것과 같은 공격을 했고, 그 때문에 당세문은 소수마공의 장풍을 날렸지만 구렁이를 얼릴 수 없었다.

"차압!!"

하지만 그것이 당세문에게 위험한 것이 될 수 없었다. 두 손에 소수마공을 끌어올린 그녀는 금나수의 수법으로 구렁이의 목을 낚아채려 했기 때문이다.

당세문의 금나수가 구렁이의 목을 낚아채자 소수마공의 냉기가 구렁이의 몸을 타고 양견에게 밀려가기 시작했다.

"헉!"

크게 놀란 그는 급히 구렁이를 떼어놓는 것은 성공했지만 구독망 또 하나가 얼어버렸기에 이를 갈 수밖에 없었다.

"으드득……."

설마 소수마공이라는 희대의 신공을 당가의 무사가 알 것이라고는 생각지도 못한 것이 낭패의 원인이었다.

하지만 이러한 것은 당세문 역시 마찬가지였다. 양견의 구렁이를 얼려 죽여 그의 공격이 자신에게 통하지 않는다는 표정을 지었지만 내심은 아니었던 것이다.

소수마공을 사용했다고는 하지만 아직 극성에 이르지는 못했기에 구렁이의 몸에 있던 독기가 밀려왔다.

다행히 당가의 비전 해독약을 복용하고 있었기에 아직까지 별문제는 없었지만 이 싸움이 계속된다면 독에 중독되어 녀석을 상대할 수 없음을 느끼고 있었다.

"이제부턴 이독망이라 불러야겠군. 하하하!"

"으드득……."

하지만 그녀의 도발에도 양견은 움직일 수 없었다. 자신의 절기의 약점이 그대로 드러난 이상 함부로 공격할 수 없었기 때문이다.

주위를 돌아보자 부하들도 대부분 은원방과 당가의 무사들에 의해 쓰러져 있는 상태인지라 더 이상 버티다가는 자신의 목숨조차 부지하기 어렵다는 생각을 한 양견은 당세문을 향해 남은 두 마리의 구렁이를 날렸다.

"쌍망분열(雙蟒分裂)!!"

그가 날린 구렁이는 당세문을 향해 일직선으로 날아갔고, 일 장 정도의 거리까지 다가오자 꼬이듯 하나가 되어 날아가던 구렁이는 나누어져 당세문의 심장과 목을 향해 뻗어나갔다.

"홍!!"

당세문은 소수마공을 끌어올리며 다시 금나수의 수법으로 두 마리의 구렁이 목을 낚아챘는데 순간 구렁이의 몸이 크게 부풀어오르는가 싶더니 큰 소리와 함께 터져 나갔다.

펑!!

"윽!!"

구렁이의 몸이 터져 나가며 살과 피가 사방으로 뿌려지자 당세문은 얼굴을 돌려 간신히 독혈이 눈에 들어가는 것을 막을 수 있었다.

"크윽! 당했다!!"

설마 구렁이를 내공으로 터뜨릴 것이라고는 생각지도 못했던 당세문은 급히 얼굴에 묻은 독혈을 닦아내고는 양견이 있는 곳을 쳐다보았지만 이미 그사이를 틈타 도주한지라 이를 갈며 품에서 해독약을 꺼내

들었다.

"괜찮으십니까!"

구렁이가 내공으로 폭발하는 것을 본 당가의 무사들이 크게 놀라 뛰어왔으나 당세문은 해독약을 복용하고 손을 내저으며 말했다.

"해독약을 복용했으니 운기조식만 취하면 별문제가 없을 것입니다. 다른 곳의 상황은 어떻습니까?"

"쌍도문의 무사들이 이문산의 독문 무리들을 거의 제압한 것 같습니다."

"그렇군요. 당가의 분들은 이곳에서 임성 대협을 기다리도록 합시다."

"예."

당세문의 명령을 받은 무사들이 사방으로 흩어진 후 운기조식을 마친 데비드가 몸을 일으키며 그녀에게 걸어와 포권을 하고 말했다.

"당 소저의 도움에 감사드립니다."

"당연히 해야 할 일을 했을 뿐입니다. 오히려 독문의 소문주를 놓치는 실수를……."

"어차피 그런 자의 목숨 같은 것은 상관없었습니다. 아니, 오히려 그를 살려둔 것이 도움될 수도 있겠군요."

"도움이 되다니요?"

"양견이란 인물은 한 문파의 문주가 되기에는 인품이나 무공 등 여러 가지 부족한 인물인지라 그가 남만으로 돌아간다면 오히려 더 이상 독문에 대해 걱정할 필요가 없을지도 모릅니다."

"아!"

그제야 데비드가 말하는 것이 무엇인지 안 당세문은 고개를 끄덕일 수 있었다.

독문의 양견에 대해선 그녀 역시 잘 알고 있었기 때문이다. 그는 무공이 어느 정도 수준에 이르기는 하지만 그 외에 한 문파의 장이 되기에는 부족한 인물이었다.

"그건 그렇고 다른 사람들의 일이 잘되었는지 궁금하군요."

"장 대협 말씀이십니까?"

"예. 우리들이 상대한 양견에 비해 그쪽은 독문의 문주보다 무공이 앞선다고 알려져 있는 수석봉공이니까요."

하지만 두 사람의 걱정이 그리 오래가진 않았다. 이야기를 나누고 있는 동안 몇 사람이 그들 쪽으로 뛰어오는 것을 볼 수 있었기 때문이다.

"데비드!"

"장천."

데비드들에게 뛰어온 사람들은 바로 장천들이었다.

수석봉공을 쓰러뜨린 두 사람은 사방에 불을 질러 혼란스럽게 만든 후 중요 거점을 점령한 후 온 것이다.

"오는 도중에 양견을 보지 못했는가?"

"양견? 못 봤는데?"

"아무래도 비밀 통로가 있었던 듯하군."

장천의 말에 데비드는 그가 비밀 통로를 통해 빠져나갔다는 것을 짐작할 수 있었다. 그도 그럴 것이 임성조차 힘들어서 풀 정도의 기관진식을 만든 이들이 비밀 통로를 만들지 않았을 리 없었기 때문이다.

장천들은 양견이 도망갔다는 말에 이를 갈았지만 일단 독문의 세력을 사천에서 모두 몰아냈다고 할 수 있기에 만족할 수 있었다.

　이번 싸움으로 쌍도문과 당가의 무사들은 당철과 십여 명의 무사들을 잃었다고는 하나 중원에 있는 독문의 무리들을 완전히 괴멸시키고 중요 인물인 수석봉공을 쓰러뜨린 대승을 거두었기에 함성을 내지르며 기뻐하고 있었다.

　"임 사형의 도움이 없었다면 독문을 이렇게 쉽게 사천에서 몰아내는 것은 어려웠을 것입니다."

　장천은 이번 이문산 지부 토벌에 가장 큰 공을 세운 사람이라 할 수 있는 임성에게 포권을 하며 말하자 그는 고개를 저으며 겸손함을 표했다.

　"무공도 모르는 내가 무슨 도움이 되었겠는가? 난 이 승리의 기쁨보다 당 대협을 잃었다는 것이 안타까울 따름이네."

　"음……."

　장천의 명령으로 이문산의 독문 지부를 모두 불태워 버린 이들은 은원방으로 개선했고, 사천당가의 사람들은 모두 당가로 돌아갔다.

　장천 일행이 돌아오자 은원방은 큰 잔치를 베풀었지만 그것도 잠시 장천들에겐 대사련과의 약속으로 인해 쉴 시간도 없었다.

　이미 손을 잡기로 약조한 이후 대외적으로 은원방의 주인은 세외삼마로 알려져 있기 때문에 대사련이 있는 곳으로 향해야 했다.

　장춘삼은 은원방의 중요 인물들을 모두 불러 모은 후 앞으로의 대책을 논의했고, 이번 대사련 행에는 장천과 데비드, 곽무진이 가기로 결정되었다.

동방명언은 장춘삼과 함께 은원방의 대소사를 처리해야 하는 임무가 있었기에 빠지게 된 것이다.

　장천이 혈비도 무랑의 제자로 무림대살령까지 받았다고는 하지만, 그렇게 얼굴이 드러난 것도 아니고 무진 역시 그리 얼굴이 알려진 인물이 아닌지라 약간의 변장으로 충분히 감출 수 있는 데다가, 데비드는 역시 홍련교에서도 일부의 사람들밖에 모를 정도로 얼굴이 알려져 있지 않은 인물이니 적임자임에는 틀림없었다.

　"할 수 있겠느냐?"

　"본문의 복수를 위해선 당연히 해야 할 일이죠."

　"장하다."

　장천의 말에 흡족하다는 표정을 지은 그였다.

하오문의 전설 공공문

장천들이 장춘삼의 명을 받아 대사련으로 향하고 있을 때 하남의 한 방파에서는 정체 모를 이들의 습격을 받고 있었는데, 그들의 습격을 받고 있는 방파는 대사련 휘하의 방파 중 하나인 무유방이었다.

무유방을 습격한 인물들은 모두 복면을 하고 있었고, 그 하나하나의 무공이 결코 범상치 않은지라 이류 방파에 지나지 않는 무유방의 무사들은 고전을 면치 못했다.

무유방의 북서쪽에 위치한 전각, 그곳에선 거구의 여인이 십여 명의 무유방 무사들과 함께 복면 무사들을 상대로 싸우고 있었는데, 그 여인은 바로 흑철돈녀 무삼랑의 손녀인 무미미였다.

"숙부님!"

"미미야! 너는 그 아이와 함께 빨리 이곳을 빠져나가도록 하거라!"

"하지만……."

무미미 앞의 청수한 모습의 중년인은 무미미의 숙부이자 무유방의 부방주인 철진이었다. 대사련에서도 광명정대함으로 이름난 무인으로 그녀가 갓난아이와 함께 무유방으로 피신해 오자 두 사람을 보살펴 주고 있었다.

무미미에게서 정체를 알 수 없는 무리들에게 쫓기고 있다는 말을 들은 철진은 그녀의 당부에도 불구하고 대사련에 이 사실을 알렸고, 대사련에 소식을 전한 지 두 달이 지난 지금 정체를 알 수 없는 복면 무리에게 습격당하여 멸문의 직전까지 몰리고 만 것이다.

"설마 대사련에까지 적도의 무리가 잠입해 왔을 줄은 생각지도 못했다. 너의 당부를 들었어야 하는 것인데… 미안하구나."

"아니에요, 아저씨. 어차피 저들이라면 제가 있는 곳을 언젠가는 찾아냈을 거예요. 일단은 아저씨도 저희와 함께 이곳을 벗어나는 것이 좋을 듯해요."

하지만 철진은 그녀의 말에 고개를 저었다. 평생을 몸 바쳐 온 무유방을 버려두고 자신 혼자 살길을 찾을 수가 없었던 것이다.

"무유방은 방주와 함께 세운 방파, 이대로 이곳을 버려두고 갈 수는 없다."

"아저씨……."

무미미로서는 그의 고집에 안타까운 맘이 들었지만, 철진과 같은 의기가 군은 무인이 한 번 결심한 것을 꺾을 리 없다는 것을 알고 있기에 한숨을 쉬며 포기할 수밖에 없었다.

"아저씨… 부디 몸조심하세요."

"미아야……."

무미미의 말에 철진은 따뜻한 눈빛으로 그녀를 바라보고는 경신술을 사용하여 복면 무사들이 있는 곳으로 몸을 날렸고, 그의 뒤를 따라 무유방의 무사들 역시 최후의 결전을 위해 몸을 날렸다.

"아가씨, 저를 따라오십시요. 비밀 통로로 안내하겠습니다."

"예."

철진이 무미미를 빠져나가게 하기 위해 붙여둔 무사의 말에 그녀는 고개를 끄덕이며 장천의 아들인 소천을 가슴에 안고 그의 뒤를 따랐다.

무유방의 비밀 통로는 창고에 위치해 있었다. 창고 가득히 쌓여 있는 쌀 가마니를 치우자 나무로 막아놓은 통로가 그 모습을 드러내었다.

"이곳을 통해 가시면 마을 외곽의 산 쪽으로 가실 수 있을 것입니다."

"고마워요. 무사님은……?"

"전 부방주님을 따를 생각입니다."

"…예."

그녀는 무사의 단호한 목소리에 철진이 얼마나 이 무유방에 정성을 들였는지 잘 알 수 있었다.

그런 무유방이 자신 때문에 무너진다는 생각을 하니 그녀로서는 가슴이 아플 수밖에 없었지만 광무자가 자신에게 맡긴 아이를 보호해야 한다는 생각에 입술을 깨물며 통로로 들어갔다.

무유방에서 만들어놓은 비밀 통로는 사람 하나가 겨우 빠져나갈 정도의 크기인지라 소천을 안고 있는 그녀로서는 걸음이 불편할 수밖에 없었고, 반대쪽의 통로로 빠져나갔을 때는 이미 반 시진 이상의 시간이 지난 후였다.

통로를 빠져나온 그녀는 언덕 위에 올라서 무유방 쪽을 바라보았는데, 그곳은 검은 연기와 함께 불길이 치솟아오르고 있었다.

워낙 거리가 멀어 싸움이 어떻게 되었는지는 보이지 않았지만 싸움의 결과가 어떻게 되었는지는 예상할 수 있었기에 그녀는 눈물을 흘리고 말았다.

어렸을 때부터 아저씨라 따랐던 철진의 죽음을 생각하자 도저히 슬픔을 참을 수가 없었던 것이다.

"이제 어디로 가야 하지……."

품에 안긴 아이를 내려다본 무미미는 더 이상 갈 곳이 없는지라 한숨밖에 나오지 않았다. 유일하게 자신과 친분이 있는 무유방은 복면의 무리에게 습격당했고, 이제 남은 것은 광무자뿐이었는데, 헤어진 이후 다시 만나지 못했을 뿐 아니라 감숙에 있던 쌍도문은 사라지고 남아 있던 사람들 역시 어디론가 사라져 버렸기에 갈 곳이 없었던 것이다.

하지만 광무자라는 사람이 아무 일이 없다면 무유방으로 찾아왔을 것임을 알고 있는 무미미는 그가 죽임을 당했다는 것을 짐작할 수 있었기에 아이를 데려다 줄 수 있는 곳이 쌍도문밖에 없다 생각하고 있었다.

"휴~ 유림과 하오문 둘 중의 하나에 몸을 의탁해야 하겠구나."

쌍도문의 구양생과 양우생이 각각 유림과 하오문에 친분이 있다는 것을 들어 알고 있는 무미미는 그들 중 한 사람에게 몸을 의탁하여 광무자가 맡긴 아이를 돌려주어야겠다고 생각한 후 걸음을 옮겼다.

그녀가 선택한 것은 바로 항주에 본타를 두고 있는 하오문이었다. 선비의 무리라고 할 수 있는 유림은 그녀가 접해본 적이 없었기 때문에 하오문을 선택한 것이다.

하지만 이 두 사람의 여정은 그리 순탄하지 못했다. 그녀를 쫓는 무리들이 주변의 수많은 작은 방파들을 포섭하여 무유방 근처에 많은 무사들을 풀어놓았기 때문이다.

그 때문에 무미미는 낮에는 숲에서 잠을 청하고 밤에 길을 떠나는 힘든 여정을 할 수밖에 없었고, 이 주일이 지나서야 간신히 장강의 작은 포구에 도착할 수 있었다.

포구에 도착한 그녀는 평범한 아낙네의 모습으로 변장한 상태로 작은 객점에 들를 수 있었다.

객점 안에는 장강에서 배를 타기 위해 사람들 십여 명이 모여 있었는데, 이들 중 반 이상은 무림인인지라 그녀로선 긴장할 수밖에 없었다.

이들 중 서넛은 그녀와 같은 사파의 무사인 듯하지만 대사련에 속해 있는 무사라 할지라도 방심할 수 없었기에 더욱 주의하며 구석진 자리에 앉았다.

"아아앙!"

하지만 어린 소천은 이런 무미미의 마음을 아는지 모르는지 배고픈 마음에 울며 보채기 시작했고, 그녀는 식은땀을 흘리며 아이를 달랠 수밖에 없었다.

그때 아이를 달래고 있는 미미에게 삼십 대 정도로 보이는 중년 여인이 다가왔고, 그녀는 소천의 모습을 보더니 미소 지으며 말했다.

"아이가 참 예쁘네요."

"아! 예."

중년 여인의 모습에 무미미는 가슴이 철렁할 수밖에 없었지만 이내 당황한 표정을 짓고는 미소 지으며 대답했다.

"딸인가요?"

"아니요, 아들이에요."

"어머, 어쩜 남자 아이가 이렇게 예쁘게 생겼을까?"

그녀의 말대로 덩치가 큰 무미미의 자식이라고 보기에는 장소천은 예쁘게 생긴 아이였기에 중년 여인이 놀라는 표정을 짓는 것도 이해할 수 있었다.

한참을 그렇게 소천을 보면서 이야기하던 중년 여인을 보며 무미미는 그녀가 적이 아니라는 생각에 속으로 안도의 한숨을 쉬었는데, 그때 갑자기 소천이 다시 큰 소리로 울음을 터뜨리자 크게 놀랄 수밖에 없었다.

"왜 갑자기… 헉!"

아이가 울자 급히 아이를 안아 달래는 무미미는 중년 여인의 손에 단도가 들려 있는 것을 보았다.

"이런!"

아이 때문에 자신의 손에 들린 단검이 들키자 놀란 중년 여인은 그녀의 요혈을 향하여 단검을 내질렀고, 무미미는 급히 흑철공을 끌어올려 몸을 보호하고는 앞에 탁자를 발로 차올리며 그녀의 공격을 막았다.

"까악!!"

단검을 내지르던 여인이 무미미가 차올린 탁자에 튕겨져 비명 소리를 내며 나가떨어지자 기다리고 있었다는 듯 대여섯 명의 무사가 병장기를 뽑아 그녀를 둘러싸기 시작했다.

"크윽……!"

이곳에 있는 무사들 역시 복면인들의 주구라는 것을 안 무미미는 자리에서 일어나 문 쪽을 향해 몸을 날렸지만, 문 쪽에서도 적이 모습을 드러내었기에 급히 걸음을 멈출 수밖에 없었다.

그녀가 빠져나갈 수 있는 통로를 예상하고는 문과 창문 쪽에 무사들이 배치되어 있었던 것이다. 눈에 드러나 보이는 무사들의 숫자만 열다섯, 그녀는 이 상황을 빠져나가는 것이 쉽지 않다는 생각을 했다.

"하압!!"

일전을 생각하며 그녀가 흑철공을 극성으로 끌어올리자 피부는 짙은 검은색으로 변하기 시작했다.

물론 이런 다급한 순간을 아는지 모르는지 소천은 딱딱해진 무미미를 보며 재밌다는 표정으로 까르르 웃음을 터뜨렸고, 아이의 웃음소리 속에 사방에서 살기 띤 무사들이 천천히 걸음을 옮기며 다가왔다.

그들을 보며 무미미는 소천을 안고 있지 않은 왼팔을 앞으로 가져가며 제일 먼저 다가오는 무사에게 일장을 내려칠 준비를 했다.

"공격하라!"

검공을 가할 수 있는 거리까지 다가온 무사 한 사람이 소리침과 함께 무사들이 일시에 밀려 들어왔고, 무미미는 왼손을 회전시키며 자신의 앞에 검을 뻗는 자를 향해 일장을 내뻗었다.

"흑철장(黑鐵掌)!!"

흑철공에 서려 있는 그녀의 장이 무사가 내뻗은 검과 부딪치자 날카로운 소리와 함께 검이 부러져 날아가 버렸다.

"헉! 끄악!!"

흑철공은 흑철돈녀 무삼랑의 독문무공으로 무미미의 경지는 아직 칠성 정도에 이르지 않았지만 이들과 같은 이류 급의 무사가 내지르는 검 따위는 장법으로 부러뜨릴 수 있는 힘이 있었다.

무미미의 장이 검을 부러뜨린 기세로 상대의 면상을 가격하자 적중당한 무사는 외마디 비명과 함께 나가떨어졌다.

얼굴의 뼈가 완전히 부서져 버려 움푹 들어가 버린 무사의 모습에 다른 무사들은 크게 놀랄 수밖에 없었지만, 상대가 아직 어리고 아이까지 안고 있는 것을 아는지라 멈추지 않고 계속 공격해 들어갔다.

"흑풍철각(黑風鐵脚)!!"

뒤쪽에서 세 명의 무인이 쇄도해 들어오는 것을 본 그녀는 급히 흑풍철각을 사용하여 그들이 다가서는 것을 막음과 함께 그 힘을 모아 하늘로 치솟아올라 객점의 이 층으로 몸을 날렸고, 그대로 앞에 있던 방문을 걷어차고는 안으로 들어갔다.

"잡아라!"

그녀가 이 층으로 도주하자 무사들은 급히 계단을 통해 쫓기 시작했다.

무미미가 들어간 방 안에는 이십 대 후반 정도의 남자가 여인을 안고 있었는데, 갑자기 아이를 안고 있는 커다란 덩치의 여인이 들어오자 그는 크게 놀란 표정을 지었다.

"미안해요!"

하지만 이들에게 신경 쓸 겨를이 없었기에 그녀는 두 사람이 누워 있는 침대를 박차고 날아올라 창문을 통해 객점을 빠져나갔고, 뒤늦게 들어온 무사들 역시 무미미가 이 층 창문을 통해 빠져나갔다는 것을 깨닫고는 창문에서 뛰어내려 그녀의 뒤를 쫓았다.

난데없이 봉변당한 젊은 남녀들은 멍하니 이들이 사라진 창문 쪽을 바라볼 수밖에 없었고, 잠시 후 정신을 차린 남자가 옷을 주섬주섬 주워 입기 시작했다.

"뭐 해, 이년아. 빨리 옷 입고 꺼져!"

"어머! 뭐 이런 남자가 다 있어!"

남자의 말에 몸을 파는 여인인 듯한 그녀는 화를 내며 옷을 주워 입었고, 그런 그녀에게 은원보 하나를 던져 준 남자는 부서진 창문 아래쪽을 살펴보며 중얼거렸다.

"참나, 쉴 시간이 없다니까! 그나저나 방금 전에 그놈들 음혈방 쥐새끼들 같은데 무슨 일이지?"

음혈방은 포구 근처의 이류 문파로 돈이라면 살인, 강간 등 안 하는 일이 없는 악질적인 방파였기에 그는 여인을 도와주어야겠다는 생각을 하고는 주섬주섬 옷을 주워 입고 있는 여인을 보며 말했다.

"홍란아!"

"왜요!"

창문 쪽을 바라보던 남자는 뒤쪽에서 옷을 입는 여인을 불렀고, 그의 부름에 여인은 뾰로통한 얼굴로 대답했다.

"포구로 가면 사십 대 정도로 멋들어진 관운장 수염을 기른 남자가 있을 것이다. 그에게 표식을 따라오라 전하거라!"

그 말과 함께 사내가 다시 한 냥짜리 은원보를 던져 주자 뾰로통한 표정을 짓던 여인은 금세 환한 얼굴이 되어 고개를 끄덕이며 밖으로 나갔다.

"자, 그럼 지금부터 일을 시작해 볼까."

여인이 나간 것을 확인한 그는 잠시간 손목과 발목을 풀며 중얼거리고는 밖으로 몸을 날렸다.

음혈방에게 쫓기고 있는 무미미는 원래 경공술이 그리 뛰어나지 못했기에 얼마 지나지 않아 무사들에 의해 포위되고 말았다.

"차압!!"

"끄억!!"

달려드는 무사를 일각으로 내차 버린 그녀는 숲 쪽으로 움직이며 그들의 포위망에서 벗어나려 했지만, 상대의 숫자가 많고 이미 퇴로를 막아서고 있었던지라 빠져나가는 것은 쉽지 않았다.

"뭐 하는 것이냐! 저년이 안고 있는 아이를 노려 공격하라!"

음혈방의 방주는 아이까지 안고 있는 무미미에게 방도들이 당하자 노기를 터뜨리며 소리를 쳤다. 과연 이 지방에서 악명이 자자한 자들 답게 그녀가 안고 있는 소천이를 노리며 공격을 하라 명령했기에 무미미로선 당황할 수밖에 없었다.

흑철공을 익혀 도검의 공격에도 버틸 수 있는 그녀지만 무공의 특성상 속도는 느릴 수밖에 없었기에 많은 수의 무사들을 그것도 아이를 보호하며 상대하는 것은 힘든 일이었다.

소천을 향한 그들의 공격이 점점 거세어지자 그녀는 더욱 다급해질 수밖에 없었다.

"꺄악!!"

그렇게 아이를 몸에 감싸며 무사들을 상대해 가던 무미미는 지쳐 가기 시작했고 이윽고 흑철공의 힘도 떨어지며 적이 휘두르는 도검에 상처를 입고 말았다.

어깨에 긴 검상으로 붉은 피를 쉴 새 없이 흘리고 있었지만 그녀는 광무자가 자신에게 맡긴 아이를 죽게 할 수는 없었기에 필사적으로 싸울 수밖에 없었다.

마지막 혼신의 힘을 다하는 듯 움직이는 그녀의 공격에 수명의 무사들이 쓰러지자 음혈방의 방주는 미간을 찌푸리며 노기를 터뜨렸다.

"부상당한 계집 하나 상대하지 못하다니… 쓸모없는 것들!"

방도들을 향해 노갈을 터뜨린 그는 허리에 차고 있는 도를 뽑아 들어 그녀를 향해 빠른 속도로 쇄도해 들어갔다.

간신히 적들을 상대하고 있던 그녀는 상대의 기세가 범상치 않음에 절망이 밀려오고 있었다.

과연 한 방파의 방주였는지 그의 몸에서 느껴지는 기도는 평상시의 무미미라도 고전을 면치 못할 정도의 강한 기운이 들었기 때문이다.

"음혈도법!!"

음혈방주는 아이를 안고 있는 무미미를 상대로 자신의 절기를 펼쳐 아이를 공격하는 비겁한 수법을 사용했고, 그 때문에 그녀는 크게 당황할 수밖에 없었다.

"한 무문의 방주로서 부끄럽지도 않느냐! 아이를 노려 실수를 펼치다니!"

참다못해 무미미가 소리를 질렀지만 음혈방주는 부끄러운 줄도 모르고 오히려 대소를 터뜨리며 말했다.

"하하하. 강호에서 여자와 아이, 노인을 주의하라는 말을 모르더냐? 네년의 품에 안긴 아이가 독수를 쓸지 모르는데 어찌 죽이지 않을 수 있겠느냐?"

"파렴치한 녀석!"

말도 안 되는 핑계로 독수를 펼치는 그를 보며 무미미는 분노가 치솟아올랐지만 지금은 많은 피를 흘린 상태인지라 더 이상 그를 상대로 싸울 힘이 없었다.

"차압!"

"꺄악!!"

소천을 보호하다 무미미는 허벅지 쪽에 또다시 검상을 입어 더 이상 버티지 못한 채 쓰러지고 말았다.

"크하하하!"

그녀를 쓰러뜨린 음혈방주는 대소를 터뜨리며 도를 들어 그녀의 목에 가져갔고, 무미미는 노기 가득한 표정으로 노려보았지만 그에게 당할 힘이 없었는지라 통한의 눈물을 흘릴 뿐이었다.

자신을 위해 희생한 광무자가 맡긴 아이를 구하지 못하고 이렇게 당하는 것이 원통할 수밖에 없었던 것이다.

"크크크크, 네 년의 목으로 본방은 오십만 낭을 얻을 것이니 너무 억울해하지 말거라! 크크크⋯⋯."

이미 무미미의 목을 가져오는 것으로 오십만 냥을 약속받은 음혈방주는 이제 돈이 눈앞에 다가오자 입이 찢어질 정도로 기뻐하고 있었다.

"차압!"

이제 더 이상 빠져나갈 구멍이 없다고 판단한 그녀는 자신에게 안겨 있는 소천을 보며 고개를 숙였고, 음혈방주의 도는 그녀의 목을 향해 빠른 속도로 휘둘러졌다.

하지만 하늘은 이대로 그녀를 버리지 않았는지 어디선가 날카로운 파공음이 들려왔고, 잠시 후 음혈방주의 도는 무엇인가에 튕겨서는 옆으로 비껴져 휘둘러졌다.

캉!!

"누구냐!"

돌멩이 하나가 날아와 도격의 방향이 바뀌어지자 음혈방주는 돌이 날아온 방향을 향해 일갈을 내질렀다.

그곳에는 한 젊은이가 나뭇가지 위에서 하품을 하고 있었고, 음혈방의 무리들은 그의 주위를 감싸며 포위하기 시작했다.

"네 녀석은 누군데 감히 음혈방의 일을 방해하느냐?"

"아홈……."

하지만 방주의 말에 대꾸할 마음이 없는지 연신 하품을 하던 그는 가볍게 손을 들어 손가락을 튕겼고, 그 순간 몇 개의 돌멩이가 빠른 속도로 그를 둘러싸고 있는 음혈방 방도들의 요혈을 향해 날아갔다.

"끄악!!"

빠른 속도로 날아오는 돌멩이에 무공이 낮은 방도들은 제대로 피하지도 못한 채 쓰러져 나갔고, 그가 범상치 않은 무공의 소유자임을 안 음혈방주로선 크게 놀라지 않을 수 없었다.

"뭐 하는 게냐! 쳐라!"

놀란 방주가 소리치자 무사들이 소리를 지르며 그 젊은이를 향해 공격해 들어갔지만, 나무 높은 곳에 있는 그에게 제대로 공격을 가할 정도의 경공을 가진 이들은 손에 꼽힐 지경인 데다가 그 실력도 높지 못했기에 나무 위에 있는 사내는 여유롭게 그들의 이마에 탄지신통을 날려 쓰러뜨리고 있었다.

"멍청한 녀석들!"

더 이상 참지 못한 음혈방주는 발을 박차고 나아가 그대로 나무를 향해 도를 휘둘렀고, 강한 도격에 나무는 허리가 잘리며 땅으로 쓰러지기 시작했다.

"차압!"

나무가 쓰러지자 그곳에 앉아 있던 젊은이는 가볍게 몸을 날려 땅으로 착지했고, 음혈방주는 방도들에게 명령하여 그를 공격하게 했다.

"홍! 공공십팔수(空空十八手)!"

땅으로 착지한 그는 음혈방의 무리들이 공격해 들어오니 콧방귀를 뀌며 자신의 성명절기인 공공십팔수를 시전했다.

그가 권격을 내지르자 팔이 수십 개로 늘어난 듯한 모습으로 번뜩였고, 잠시 후 주위에서 병장기를 들어 공격해 들어가던 자들은 제대로 싸우지도 못한 채 쓰러지고 있었다.

"큭!"

부하들로는 어렵다 생각한 음혈방주는 도를 들어 그와 대적해 나갔고, 음혈방주가 나서자 추풍낙엽처럼 쓰러지던 방도들은 간신히 몸을 피할 수 있었다.

"네 녀석은 누군데 감히 본방의 일을 방해하느냐!"

음혈방주는 녀석을 향해 다시 정체를 밝히라며 소리쳤지만 그는 귀찮은 듯 손을 내저으며 말했다.

"거참, 귀찮은 녀석이군! 너희들과 같이 파렴치한 자들과는 이야기 하고 싶지도 않으니 잔말 말고 덤비기나 하라고!"

"으드득! 죽어라!!"

그의 말에 음혈방주는 노갈을 터뜨리며 달려들었고, 사내는 일수를 내질러 맞서 나갔다.

음혈방주의 음혈도법은 상승의 무공은 아니지만 움직임이 괴상하여 예측하기 어려운 수법이라 맞서기가 쉽지 않았다.

하지만 사내는 공공십팔수를 시전하며 아무런 어려움 없이 공격을 막고 있었기에 음혈도법의 공격은 일도도 적중하지 못했다.

"크윽!!"

상대의 무공이 자신의 공격을 막음과 함께 눈을 어지럽히며 밀려오자 음혈방주는 위기감을 느꼈다.

이자를 상대로 계속 싸우다가는 좋은 일이 생기지 않을 것이란 것을 감지한 그는 녀석을 향해 크게 도를 휘두르고는 급히 뒤로 물러나며 소리쳤다.

"당장 저년의 목을 베어라! 일단 저년의 목을 벤 후에 자리를 뜨도록 하자!"

"예!"

음혈방주의 명령을 받은 방도들은 급히 쓰러져 있는 무미미에게 달려들었고, 음혈방주의 지시에 젊은이는 크게 놀랄 수밖에 없었다.

"이런!"

설마 음혈방주가 자신을 버려두고 여자를 죽이려 하리라고는 생각지 못했기에 급히 그녀를 향해 몸을 날렸지만, 음혈방주는 그런 그의 앞을 막으며 도를 휘둘렀다.

"네 녀석 마음대로 되지는 않을 것이다!"

"큭!"

자신의 행동을 막기 위해 음혈방주가 더욱 거세게 몰아붙이자 그로서는 다급했다.

이런 다급함에 그의 손은 더욱더 어지러워졌고, 방주의 명령을 받은 방도들은 점점 그녀에게 가까이 다가가고 있었다.

더 이상 싸울 힘이 없던 무미미는 그들이 휘두르는 병기에 몸을 맡길 수밖에 없었는데, 그때 무엇인가가 빠른 속도로 날아와 그녀를 공격해 들어가던 자들을 향해 밀어닥쳤다.

쿠구궁!!

"끄악!!"

갑작스러운 공격에 그녀를 공격하던 무사들은 비명을 내지르며 나가떨어졌다.

"윽!!"

무미미를 공격한 음혈방의 문도들을 내친 이는 명치까지 늘어진 미염을 지닌 중년의 남자였다. 초상비를 펼치며 무미미의 앞에 내려선 그는 음혈방주와 싸우고 있는 사내를 보며 소리쳤다.

"네 녀석과 같이 있으니 하루도 조용할 날이 없구나!"

"대형! 제때에 오셨수!"

중년의 무사는 그가 객관에서 여인에게 부탁해 불러온 동료였던 것이다. 중년 남자가 여인을 구하자 음혈방주를 상대하던 사내는 안도의 한숨을 내쉴 수 있었다.

하지만 난데없이 등장한 중년인에 의해 또다시 무미미를 없애는 것에 실패하자 음혈방주의 얼굴은 시뻘게질 수밖에 없었는데, 그와 함께 이번에 나타난 자 역시 만만치 않은 자임을 느낄 수 있었다.

그 때문에 더 이상의 싸움은 득이 없을 것이라 생각한 음혈방주는 급히 뒤로 물러서며 소리쳤다.

"으드득— 두고 보자! 애들아, 가자!"

"예."

음혈방주가 소리치며 도주하자 그의 부하들 역시 황급히 숲으로 몸을 숨기기 시작했다.

그들이 모두 사라지자 사내는 안도의 한숨을 내쉬고는 무미미에게 다가갔지만 그녀는 너무 많은 피를 흘려 혼절한 상태였다.

"그나저나 이 여인은 누구지?"

중년인은 난데없이 동료가 여인을 구하기 위해 싸우자 영문을 알지 못하면서도 도왔던 것이라 물었더니 젊은 사내 역시 알지 못하는지라 고개를 내저으며 말했다.

"저도 처음 보는 여인입니다."

"…휴……."

그의 말에 중년 남자는 길게 한숨을 쉬고 말았다. 오가라 부르는 젊은이가 사고를 친 것이 한두 번이 아닌지라 이번 역시 다르지 않다 생각했기 때문이다.

"에이, 대형도 제가 지금껏 도의에 어긋난 일을 한 적이 있었습니까?"

"도의? 많지. 상인들 등쳐먹질 않나, 의적 짓 한답시고 졸부 늙은이 애첩 잡아먹질 않나, 소매치기 잡는답시고 시정 물건들 다 부수질 않나, 휴~ 말로는 네 녀석 행실을 모두 설명도 못하겠구나."

"큭… 그래도 이번엔 아닙니다. 이 여인이 음혈방에 쫓기고 있길래 도와준 것뿐입니다. 위기에 처한 약자를 구하는 것은 무인으로서 당연한 일이 아닙니까?"

"…잘났다."

중년인은 더 이상 말하기 싫다는 표정으로 고개를 내저으며 대꾸하고는 여인에게 다가가서는 등에 진기를 흘려넣어 주었다.

그리고 젊은 사내는 무미미의 커다란 덩치에 깔려 울음을 터뜨리는 아이를 잡고는 달래주기 시작했다.

"에구, 불쌍한 놈. 엄마한테 깔려 오징어될 뻔했구나. 많이 아팠지?"

남자보다 더 큰 몸집을 지닌 무미미에게 깔려 있었으니 얼마나 아팠겠는가? 중년인이 힘들게 그녀를 앉히는 것을 보며 아이의 고통을 이해하는 사내였다.

"으음……."

잠시 후, 중년인의 진기로 정신을 차린 무미미가 신음 소리와 함께 간신히 눈을 뜨며 고개를 돌렸고, 처음 보는 남자에게 소천이 안겨 있는 것을 보며 놀랄 수밖에 없었다.

"다, 당장!! 아이를… 윽……."

크게 놀란 그녀는 급히 젊은이에게 소리쳤지만 많은 피를 흘린지라 이내 쓰러지고 말았다.

"이런… 뭐 하는가! 빨리 아이를 여인에게 돌려주게!"

"아! 예."

중년인의 말에 젊은이가 달래던 아이를 급히 돌려주자 무미미는 소천을 가슴에 안고서야 안도하고는 또다시 혼절하고 말았다.

"아악!!"

자신들을 쫓고 있던 무사들의 검에 찔린 꿈을 꾼 무미미는 비명을 지르며 벌떡 일어났다.

"여, 여긴… 아!"

그녀는 처음 보는 곳이라 당황하다 이내 아이의 생각이 나 찾아보았는데, 다행히 소천이 자신의 옆에 누워 새근새근 잠이 들어 있는지라 안도의 한숨을 내쉴 수 있었다.

"무사했구나……."

아이가 아무 일이 없다는 것을 알고는 중얼거리는 그녀였는데 잠시 후, 문소리가 들리면서 중년의 남자가 긴 수염을 휘날리며 방 안으로 들어왔다.

"정신이 드셨소이까?"

"아, 예… 그런데……."

"너무 두려워하지 마십시요. 본인은 항주의 작은 무관을 운영하고 있는 정명이라는 사람입니다. 처자께서 음혈방의 악도들에게 쫓기는 것을 구해 이곳으로 모셔온 것입니다."

"이곳은……?"

"포구에 있는 여관입니다."

무미미로선 계속 쫓기고 있던 입장이었는지라 중년인을 쉽게 믿을 수가 없었다.

하지만 부상을 입은 상태라 지금으로선 그가 적이라 할지라도 어찌할 수 없는 입장이었다.

'어떻게 해야 하지…….'

오랜 시간 쫓기다 보면 어느 누구도 믿을 수 없는 것은 당연한 일, 무미미는 이 상황을 어떻게 타개해야 할까 고민할 수밖에 없었는데 그런 그녀의 마음을 느끼고 있는지 정명은 할 수 없다는 표정을 짓고는 말했다.

"아무래도 제가 있는 것이 불편한 것 같으니 이만 물러나지요."

"아… 예."

그의 말에 무미미는 조금 미안한 마음이 들었지만 솔직히 그가 나가는 것이 마음이 편할 것 같아 고개를 끄덕이며 답했다.

쿵!

"끄윽!!"

정명이 문을 열자 그 순간 쿵 하는 소리와 함께 누군가의 비명 소리가 들려왔고 정명은 그자가 누구인지를 알고는 고개를 내저으며 말했다.

"뭐 하는 짓이냐?"

"크윽… 대형이 무슨 나쁜 짓이나 저지르지 않을까 감시하고 있었수."

"내가 네놈인 줄 알더냐?"

"끄악!!"

정명은 문이 열리며 쓰러져 아픈 이마를 잡고 고통스러워하는 그가 미심쩍은 눈초리를 보이며 말하자 미간을 찌푸리면서 사내의 귀를 잡아당기며 걸음을 옮겼고, 사내는 고통스러운 비명을 내지르며 정명에게 끌려갈 수밖에 없었다.

문을 나서자 사내는 잽싸게 정명의 손을 자신에게 떼어낸 후 귀를 쓰다듬으며 말했다.

"그나저나 왜 음혈방에게 쫓기고 있답니까?"

"글쎄… 아무래도 나를 신용하지 못하는 것 같더구나. 아무 말도 듣지 못했다."

"음… 대형이 조금 색한같이 생기긴 했지."

"…죽고 싶은 게로구나."

"하하하, 형님도 참~ 농이요, 농!"

정명이 살기를 흘리며 말하자 사내는 손을 내저으며 웃음을 띠었고, 정명은 녀석의 한심함에 한숨을 내쉬곤 말했다.

"어쨌든 포구로 왔다 함은 이곳에서 배를 탈 생각이었던 것 같으니 여인의 내상이 나을 때까지는 돌보아주도록 하자꾸나."

"어라? 귀찮은 것을 싫어하는 대형이 무슨 일로……?"

"위험에 처한 부녀자를 돕는 것은 강호인으로서 당연한 것인 데다가 아무래도 이 일을 하지 않는다면 안 될 것 같은 생각이 드는구나."

"음… 형님이 그렇게 생각하신다면야……."

정명의 아우인 사내는 오승이란 이름을 가진 이로 평소 대형으로 모시는 정명의 행사에 잘못된 것이 없음을 잘 알고 있었기에 고개를 끄덕이며 수긍했다.

하나, 그의 마음은 사실 딴 곳에 있었다. 바로 검은 피부에 덩치가 큰 미녀인 무미미에게 상당히 마음이 동하고 있었기 때문이다.

'아이가 있는 것을 보니… 유부녀겠지? 과부라도 좋은데… 음…….'

중원에서는 흔히 볼 수 없는 건강 미인 무미미가 상당히 마음에 들었기에 오승은 과부라도 좋으니 남편만 없어라 하는 바람으로 걸음을 옮겼다.

다음날, 두 사람은 아침 일찍 일어나 무미미의 방으로 향했는데 아무리 문을 두드려도 여인이 나올 생각을 하지 않자 문을 열고 안으로 들어가 보았다.

"음… 역시……."

정명은 이미 예상하고 있었다는 듯 고개를 끄덕였다. 이미 그곳엔 두 사람의 모습이 보이지 않기 때문이다.

그로서는 어젯밤의 눈치로 예상은 하고 있었던지라 고개를 돌려 나가려 하는데, 그런 그를 보며 오승이 이해가 되지 않는다는 표정으로 물었다.

"형님! 어제는 강호인으로서 아녀자를 보호해야 한다면서 이렇게 돌아가는 겁니까?"

"그럼 어찌하겠느냐? 이미 사라져 버렸거늘. 우리는 그 여협과 아무런 관계가 없는 사람이니 찾는다는 것도 뭣하지 않느냐? 아마 우리가 그녀를 찾는다면 자신들을 해하려 하는지 알고 도망치기만 할 것이다."

"그건 그렇지만… 으으으!"

하지만 정명의 말에 오승은 쉽게 수긍할 수 없었다. 사실 그로선 여인의 이름이라도 알고 싶었으니 못내 아쉬웠던 것이다.

오승이 이상형으로 삼고 있는 여인상이 건강미 넘치고 당찬 여인인지라 무미미는 조금 과하긴 하지만 이상형에 부합되었던 것이다.

"넌 뭣 때문에 그리 괴로워하느냐?"

"묻지 마소, 쳇!"

그런 오승이 이상한지 정명은 그 이유를 물어보았지만 차마 그 이유를 답할 수는 없어 투덜거릴 뿐이었다.

두 사람은 진시가 되자 황하의 배를 타기 위해 포구로 향했다. 이미 포구에는 그들이 탈 배가 정박해 있었고, 사람들이 배를 타기 위해 줄을 서고 있는 것을 볼 수 있었다.

정명은 그들 주위를 잠시 두리번거리다가는 무엇인가를 발견하고는 미소 지었고, 오승은 무슨 이유인지 몰라 그쪽을 살펴보았다.

그곳에는 한 거한의 남자가 박도를 차고 있는 것을 볼 수 있었다.

"대형, 왜 웃는 게요?"

"글쎄다… 알 것 없다."

"쳇!"

자신을 무시하는 말투에 투덜거리는 오승은 다시 한 번 그를 살펴보

있는데, 그자는 커다란 짐을 들고 있었다.

무엇이 들어 있는지는 모르겠지만 상당히 중한 물건인지 줄을 서는 와중에도 연신 상자로 시선을 돌리고 있었다.

"응……? 아!"

오승은 그가 상자 쪽으로 시선을 돌릴 때 그 얼굴을 볼 수 있었는데, 검은 피부에 미남인 사내의 모습이 낯설지 않았기에 손바닥을 치며 정명이 왜 웃었는지 알 수 있었다.

박도를 들고 있던 남자는 바로 자신들이 구했던 거구의 여인이기 때문이었다.

워낙 덩치가 좋은 여인인지라 남자로 변장을 해도 어색함이 드러나지 않았는데, 눈썰미가 좋은 정명인지라 여인의 얼굴을 금세 알아볼 수 있었다.

이전에 그녀를 보지 못했다면 여인이라고 생각하지 못할 정도였기에 역시 덩칫발 좋은 여인이 최고라 생각하는 오승이었다.

"오가야……."

"예, 대형!"

"박도를 들고 있는 무사 뒤쪽에 있는 상인과 선비의 움직임을 주의하도록 하여라."

"상인과 선비요?"

정명의 말에 오승은 그가 지적한 두 사람을 바라보았다. 오십 대 정도로 보이는 상인은 눈매가 날카로운 자로 무엇인가를 소매에 감추고 있는 것이 보였고, 그 뒤쪽에 있던 선비는 평범한 얼굴의 사내로 큰 책을 들고 있었다. 하나, 연약해 보이는 몸에도 불구하고 걸음이 상당히 안정되어 있었다.

'과연 대형이군……'

남들이 본다면 그냥 넘길 일을 세심하게 관찰하는 대형의 눈에 오승은 아직 한참을 배워야겠다는 생각을 할 수밖에 없었다.

아무튼 대형이 시키는 일인지라 오승은 그 두 사람에게서 시선을 떼지 않았는데, 선원에게 뱃삯을 치르고 배 위로 올라선 그는 대형의 한숨을 들을 수 있었다.

"휴… 이거 큰일이군……"

"무슨 일이유, 대형?"

"아무래도 이번 여정은 순탄하지만은 않을 듯하구나."

"음……"

정명의 말에 주위를 돌아보자 갑판의 한쪽에서 장기를 두고 있는 늙은이를 볼 수 있었기에 정명이 왜 한숨을 쉬는지 알 수 있었다.

"흑랑노괴(黑浪老怪)와 포대광인(包袋狂人)이로군요."

흑랑노괴는 남해에서 악명을 떨치고 있는 무인으로 수공에 능했고, 포대광인은 천잠사로 짠 포대를 사용하여 상대를 무력화시키는 무공을 지니고 있다.

이 둘 모두 강호에서 악명을 날리고 있는 뛰어난 실력의 무인인지라 정명과 오승이 여인을 돕는 것은 쉬운 일이 아니었다.

"흑랑노괴와 포대광인까지 나섰다니… 여인의 정체가 궁금하군."

"음……"

흑랑노괴와 포대광인 이 두 사람은 괴행을 일삼고 다니며 누구의 명도 듣지 않는 인물인데, 그런 그들까지 나섰음은 음혈방 방주의 힘으로는 불가능한 일이었기에 궁금증은 더욱 커질 수밖에 없었다.

"휴… 분타에 들렀어야 했던 것을……."

"모두 대형 탓 아닙니까?"

"네 녀석이 가는 곳곳마다 분타주를 협박해서 돈을 뜯어내지 않았으면 이런 일이 있었겠느냐!"

"우……."

분타에 들르지 않을 것을 후회하는 정명을 보며 한마디했다가 덤까지 얻어내는 오승이었다.

아무튼 일을 되돌릴 수는 없는지라 지금 할 수 있는 일을 생각할 수밖에 없다 생각한 정명은 품에서 작은 호리병 하나를 꺼내어 그것을 황하에 흘렸고, 흘려넣은 액체는 붉은색으로 변해 물길을 따라 내려갔다.

"적수신호(赤水信號)? 대형 너무 성급하신 것 아니십니까?"

"아무래도 이번 일은 심상치 않구나. 일단 총타는 안 되더라도 분타에 도움을 요청하는 것이 좋을 듯하다."

그가 흘린 액체는 그들이 속해 있는 문파에서 행하고 있는 신호 중 하나로 적수신호는 그중에서 상급에 속하는 신호였다.

이들이 타고 있는 배에는 청랑노괴와 포대광인 외에도 상당한 실력을 지닌 무인들이 상당히 눈에 띄고 있었기에 무미미와 소천은 호랑이 입으로 들어간 것이나 마찬가지라 할 수 있었다.

두 사람을 도와줄 수 있는 유일한 인물은 아직 정체를 알 수 없는 중년인 정명과 오승뿐이었는데, 과연 그들이 얼마나 도움이 될지는 알 수 없는 일이었다.

황하의 물길을 따라 배는 순탄하게 흘러가고 있었지만 점차 해가 서산으로 지려 하자 배 안의 분위기는 좋지 않게 흐르고 있었다.

정명은 그러한 분위기를 눈치 채고 등에 지고 있는 봇짐에서 무엇인가를 꺼내 들었다.

그의 봇짐에 들려 있는 것은 일곱 개의 둥근 막대기였는데 능숙하게 그것을 하나하나 조립하자 잠시 후 네 척 정도의 길이가 되었다.

정명이 봉의 위쪽 끝 부분에 손을 가져가자 날카로운 칼날이 튀어나왔고, 그는 가볍게 봉을 돌리며 접합에 문제점이 있는지를 살펴보고는 오승을 보며 말했다.

"해가 지면 그들이 움직일 것이니 너도 준비해 두도록 하거라."

"예, 대형."

정명의 말에 오승 역시 고개를 끄덕이며 봇짐을 풀자 그곳에는 하나의 철선(鐵扇)이 들어 있었다.

철선을 든 오승이 미소를 지으며 그것을 휘둘렀는데 그것이 마음에 들지 않는 듯 정명은 미간을 찌푸리며 말했다.

"아직도 장난이라 생각하느냐? 수법(手法)을 사용하는 네가 철선이라니?"

"대형도 참~ 내가 아직도 어린앤 줄 아시오? 철선의 수법도 익혔으니 너무 걱정 마시오."

"쯧쯧… 언제 철이 들런지… 알겠다."

오승의 말에 헛바닥을 차던 그는 고개를 내젓고는 걸음을 옮겨 앞 갑판 쪽으로 움직였다.

앞 갑판으로 들어가는 선실에 자신들이 보호하고자 하는 여인과 아이가 머무르고 있기 때문이었다.

이제 해는 더욱 서산으로 기울어져 붉은빛이 황하를 물들이고 있었고, 그동안 침묵을 지키고 있던 무리들이 서서히 몸을 움직이기 시작했다.

"어디 시작해 볼까?"

그들의 모습을 보며 오숭 역시 몸을 움직였고 선실로 들어서는 입구 쪽에 몸을 기대어 덥다는 듯 철선을 부치기 시작했다.

때가 가을이라 날이 저물면 서늘해지는 것을 생각한다면 어울리지 않는 모습이었다.

"길을 비켜주시겠소이까?"

그가 입구를 가로막자 일본 도를 들고 있는 남자 한 명이 오숭에게 길을 비켜달라 말을 걸었고, 오숭은 그의 모습을 아래위로 훑어보고는 미소 지으며 고개를 저었다.

"마음에 안 들어… 마음에 안 든다고."

"응?"

"절세미인이 와도 비켜줄까 말까 하는데 동영검이나 들고 있는 왜구 같은 녀석에게 길을 비켜줄 리 없잖아?"

"고노야로!"

그의 말에 일본도를 들고 있는 자는 미간을 찌푸리며 검을 휘둘렀다. 오숭이 알았는지는 모르지만 그는 진짜 바다 건너 동영에서 온 자였던 것이다.

오숭에게 검을 휘두른 자는 동영의 무사 마쯔다리는 자로 대륙에서 자신의 검술을 시험하고자 온 사무라이였다. 대륙을 여행하기 위해 자금이 필요했는데, 무미미라는 여인을 제거한다면 50만 냥이라는 거금을 받을 수 있기에 이 배로 오른 것이다.

그런 그가 불량배 같은 자에게 무시를 당하자 어찌 화가 나지 않을 수 있겠는가? 그는 자신의 검류인 섬풍일도류(閃風一刀流)의 수법을 사용하여 오승을 베어나갔다.

"호오~ 진짜 동영 오랑캐였군!"

오승은 그가 자신에게 검을 휘두르자 탄성을 내지르듯이 말하고는 철선을 사용하여 그의 검을 막았고, 순간 푸른 불꽃이 사방으로 튕겨져 나갔다.

채쟁!!

자신의 검이 상대가 들고 있던 부채에 막히자 마쯔다는 크게 놀라긴 했지만 대륙의 무공에 대해서 대충 들어본 적이 있는지라 당황하지 않고 다시 검을 내질렀다.

"하압!"

동영의 검술은 중원과는 크게 달라 오승은 날카로운 쾌검을 상대하기가 어려웠지만 그렇다고 두려움을 느낀 것은 아니었다.

녀석이 검을 거두어 다시 일격을 가하려 하자 철선을 가볍게 펴 그의 눈을 가리는 동시에 오른발을 사용하여 그의 무릎을 가격했다.

"끄윽!!"

내력이 실린 발차기에 당한 마쯔다는 신음을 내지르며 뒤로 튕겨져 날아가고 말았다.

검과 검의 대결이 거의 대부분인 동영과는 달리 중원의 변화무쌍한 무공을 상대하는 것이 쉽지 않았던 것이다.

"큭……."

무릎에 상당한 충격을 입은 마쯔다는 고통스러운 표정으로 다시 자리에서 일어났지만 제대로 된 싸움을 할 수 있는 상황이 아니었고, 오승은 철선을 부치며 여유를 보이면서 마쯔다의 다음 공격에 대비했다.

한편 오승이 입구를 막고 있는 동안 정명은 앞 갑판 쪽의 문을 지나 객실로 향하고 있었는데 아나나 다를까, 어린아이의 울음소리가 방 안으로 들리고 있었다.

"휴… 이를 어쩌지……?"

아이가 울음을 터뜨리자 무미미는 어찌할 바를 모르고 있었다. 이 상태로라면 자신을 쫓고 있는 자들에게 들키는 것은 피할 수 없는 일이었기 때문이다.

"켈켈켈… 여기 있었구나……."

"헉!"

그때 무미미는 갑자기 누군가의 목소리가 들리자 크게 놀랄 수밖에 없었고 다음 순간 굉음과 함께 선실의 벽이 부서지면서 포대를 들고 있는 남자가 그 모습을 드러내었다.

"칫!"

자신들을 노리고 온 자라는 것을 안 무미미는 급히 탁자 위에 올려놓은 박도를 꺼내어 그의 미간을 향해 휘둘렀지만 상대는 포대를 머리 위로 들어 그녀의 공격을 막은 후 포대로 박도를 휘감아 그대로 머리 위로 날려 버렸다.

쿵!!

손에 들고 있던 박도가 포대에 휩싸인 채 천장에 박히자 그녀는 두 손에 내력을 끌어올린 후 장을 날렸다.

"켈켈켈… 그 따위 장법으로 본노를 상대할 수 있다 생각했느냐?"

하지만 무미미의 공격에 상대는 괴소를 터뜨리며 포대를 사용하여 가볍게 막고는 그대로 포대의 입구를 개방했고, 순간 뜨거운 열기가 터져 나오며 무미미를 향해 밀려들어 갔다.

"까악!!"

강렬한 열기의 바람에 밀려 버린 무미미는 비명을 지르며 반대쪽 벽에 박혀 버렸고 고통을 참지 못하며 혼절하고 말았다.

아직 흑철공을 끌어올리지 못한 상태인 데다가 전의 싸움에서 입은 내상이 낫지 않았기에 양강의 기공을 견디지 못한 것이다.

포대를 든 자는 바로 악명이 자자한 포대광인으로 그가 포대를 사용하여 날린 것은 그의 절기 중 하나인 포대발광(包袋發狂)의 수법이었다.

양강의 기운을 포대에 불어넣은 뒤 상대를 향해 한꺼번에 날리는 수법으로 강호에서 그의 포대발광에 당한 자가 한두 명이 아니었다.

"켈켈켈… 짜증나는 행로이긴 하나 이런 계집 하나에 오십만 냥이면 나쁘지 않지, 나쁘지 않아."

쓰러진 무미미를 보며 그는 포대를 열어 그녀를 담으려고 했는데 그때 굉음과 함께 벽의 한쪽에서 구멍이 나며 무엇인가가 빠른 속도로 포대광인의 태양혈을 향해 밀려왔다.

"헉!"

크게 놀란 그는 급히 포대를 들어 공격을 막으려 했지만 섬전과 같은 공격은 포대를 들어 올리기도 전에 태양혈에 작렬했고 포대광인은 외마디 비명도 내지르지 못한 채 그대로 절명하고 말았다.

"무음공공격(無音空空擊)."

상대를 쓰러뜨린 물체는 다시 구멍 속으로 사라졌는데 그것은 바로 정명이 들고 있던 구봉(鉤棒)이었다.

그가 사용한 무음공공격은 원래는 수법(手法)이었지만, 구봉을 이용한 무공으로 변형한 것이다. 소리가 없을 뿐 아니라 그 속도 또한 빠른지라 은밀히 적을 처리할 때 유용한 수법이었다.

정명은 이미 무미미가 포대광인과의 싸움에서 이길 수 없음을 간파하고는 그대로 때를 기다렸고 녀석이 벽 쪽으로 다가서자 망설이지 않고 무음공공격을 가했다.

원래 그의 성격대로라면 이런 수법을 사용하지 않았을 테지만 지금 상황에서 포대광인과 같은 고수를 상대로 정면 대결을 한다는 것은 무리가 있는지라 이런 암살법을 사용한 것이다.

"이제 흑랑노괴만 처리하면 한숨을 돌릴 수 있겠군."

흑랑노괴와 포대광인은 독특한 무공으로 강호에 명성이 자자한 인물이기에 이들만 처리한다면 덩치 큰 여인을 구하는 것은 그리 어렵지 않다 생각했다.

포대광인이 정명에 의해 죽임을 당한 것을 모르고 있는 흑랑노괴는 입구에서 오승과 대적하고 있었다.

이미 오승의 곁에는 수명의 무인들이 죽거나 큰 상처를 입으며 쓰러져 있었고, 오승 역시 많은 싸움으로 어깨에 선혈이 흘러 바닥을 적시고 있었다.

"아이야, 이만 물러나지 않겠느냐?"

"노괴답지 않은 말이군요."

"네 녀석의 무공이 아까워서 하는 말이다. 본괴가 오늘 오랜 친구를 만나 기분이 나쁘지 않으니 목숨만은 살려주고 싶구나."

"흥!"

그의 말에 오승은 콧방귀를 뀌고는 철선을 들어 흑랑노괴를 향해 일격을 가하자 그는 왼쪽 손목을 가볍게 제쳐 오승의 공격을 돌리며 오른쪽 검지로 명치를 찔렀다.

"크윽!"

그 순간 강렬한 통증이 오승의 명치로 밀려왔고 그는 신음 소리와 함께 뒤로 넘어지고 말았다. 오승으로선 당장 일어나고 싶은 마음이 굴뚝같았으나 지법에 어린 내력 때문에 손가락 하나 움직일 힘도 없었다.

'젠장!'

흑랑노괴와의 싸움에 승산이 없는 것은 알고 있었어도 설마 일지에 이렇게 무너지리라고는 생각하지도 못한 오승은 이를 갈 수밖에 없었다.

"네가 본노를 막는다 하더라도 이미 포대 아우가 다른 곳으로 들어갔으니 소용없을 것이다, 켈켈켈……."

오승을 일지에 쓰러뜨린 흑랑노괴는 중얼거리며 수염을 쓰다듬곤 안으로 들어서려고 했는데, 그때 무엇인가가 미간을 향해 쇄도해 들어오자 크게 놀라 뒷걸음질쳤다.

"누구냐!"

급히 몸을 피해 상처를 입진 않았지만 공격이 범상치 않은지라 흑랑노괴는 상대를 보며 소리쳤고, 어둠 속에서 봉을 들고 있는 중년인이 천천히 그 모습을 드러내었다.

흑랑노괴를 봉으로 공격한 이는 바로 포대광인을 쓰러뜨리고 나온 정명이었다.

"항주의 무명소졸 정명이라 하오이다, 흑랑 선배."

"음……."

자신을 스스로 무명소졸로 칭하고 있지만 결코 범상치 않은 기도를 뿜고 있는 자였기에 흑랑노괴는 미간을 찌푸린 채 침음성을 흘리며 말했다.

"네 녀석이 누구인지는 모르겠다만, 본노의 앞을 가로막다니 네 녀석도 계집의 목에 걸린 돈 때문이더냐?"

"어찌 강호의 무인으로서 황금에 눈이 어두워 아녀자의 목을 노릴 수 있겠습니까?"

"이이… 익……."

정명의 말에 흑랑노괴는 이를 갈 수밖에 없었다. 그가 하는 말은 아녀자의 목에 걸린 돈을 노리는 자신을 조롱하는 뜻이 포함되어 있었기 때문이다.

"어디 네 녀석이 그 잘난 주둥이만큼이나 실력이 있는지 보아야겠구나."

"바라는 바입니다."

흑랑노괴의 노기 어린 말에도 주눅 들지 않은 정명은 가볍게 손을 까딱이며 말했고, 노괴는 빠른 보법으로 그를 향해 쇄도해 들어갔다.

"청랑분어(晴朗濆漁)!"

단숨에 그의 앞으로 들어간 노괴가 청랑권의 초식 중 하나인 청랑분어를 사용하여 공격해 들어가자 마치 고요한 물에서 물고기가 튀어나오는 것과 같은 형상으로 그의 손이 빠르게 움직이며 정명의 요혈을 향하여 밀려왔다.

하지만 상대의 공격에 정명은 봉을 회전시켜 그의 지공을 막고는 왼손으로 들고 있던 봉의 한쪽 부분으로 가볍게 가격하자 봉의 끝은 크게 휘어지며 노괴의 턱끝을 향해 밀려갔다.

하지만 노괴 역시 경험이 풍부한 무인, 변칙적인 공격이었지만 당황하지 않고 왼손의 중지를 사용하여 휘어져 들어오는 봉 끝을 밀어버리고는 오른쪽 검지와 중지로 정명의 두 눈을 찔러왔다.

"분수쌍격(分手雙擊)!"

그의 지법 공격에 정명은 봉을 세로로 들어 가볍게 공격을 회피한 후 봉을 순식간에 이 등분 하여 흑랑노괴의 정수리와 사타구니를 향해 내려쳤고, 노괴는 두 손을 각각 아래와 위로 휘둘러서는 공격을 막은 후 팔꿈치를 사용하여 정명의 명치를 공격해 들어갔다.

이들의 계속되는 접전은 그 초식 하나의 흐름이 빠르기 그지없는 데다가 한 치의 흐트러짐도 없었다.

그런 이유로 눈에 보이지도 않을 빠른 움직임에 오승으로서는 입을 다물 수가 없었는데, 흑랑노괴의 지법에 당해 혈도를 봉쇄당했는지라 그 싸움을 제대로 지켜보지 못하는 것이 아쉬울 뿐이었다.

'내공을 끌어올려 막힌 혈도를 타통해야 하는데… 쉽지 않군……'

오승이 이렇게 막힌 혈도를 풀기 위해 노력하고 있을 무렵 흑랑노괴와 정명의 싸움은 점점 치열해져 가고 있었고, 두 사람의 손에서 피가 흘러 주위에 혈무를 만들어가고 있었다.

내력 면에서는 흑랑노괴가 한 수 위라고는 할 수 있었으나 그렇다고 정명과 비교하여 그렇게 크게 차이나는 것도 아니고, 그에게는 구봉이 들려 있는지라 내공의 차이를 메꿀 수 있었다.

흑랑노괴는 스스로를 무명소졸이라 하나 그 무공이 결코 자신에 못지않다는 것에 상대의 정체가 궁금할 수밖에 없었는데, 그의 공격을 피하기가 그리 쉬운 것이 아니어서 말을 할 수가 없었다.

싸움 중에 말을 하게 되면 어쩔 수 없이 숨을 통해 내력이 빠져나가게 되어 말문을 열기가 어려웠던 것이다.

"되었다!"

그렇게 반 시진을 계속 겨루고 있을 때 오승은 겨우 막힌 혈도를 풀고는 자리에서 일어나 흑랑노괴와 싸우는 대형을 보며 소리쳤다.

"대형! 내가 도울 테니… 기다리시유!"

으드득…….

자신이 마혈을 찍어 쓰러뜨린 녀석이 일어나 공격하려 하는 것에 그는 죽이지 않은 것을 후회할 수밖에 없었다.

"아무래도 이제 끝난 것 같군요, 흑랑 선배…….”

으드득…….

정명으로선 그와 승패를 보고 싶은 마음이 없는 것은 아니지만 그런 승부욕으로 중요한 것을 잊을 인물은 아니었다.

지금 자신의 일이 무미미와 소천을 지키는 것이라는 걸 알고 있기 때문이었다.

차앗!

몸을 일으킨 오승이 철선을 들어 목을 베어가자 흑랑노괴는 급히 지법을 사용하여 공격을 막으려 했지만, 순간 심장으로 뜨거운 기운이 밀려드는 것을 느꼈다.

"큭……."

오승의 공격을 막으려 했던 찰나 정명의 손에 들려 있던 구봉의 칼날이 흑랑노괴의 심장을 꿰뚫었던 것이다.

"보… 본노가… 이런 곳에서… 크윽……."

강호에서 악명이 자자했던 흑랑노괴는 황하의 배 위에서 이대로 죽임을 당하고 말았다. 그런 그를 내려다보던 정명은 봉을 바로잡고는 천천히 입구에 기대며 말했다.

"여기에서 끝이다. 목숨이 아깝지 않은 자는 덤비고, 그렇지 않은 자는 병기를 내려놓고 물러가도록 하라."

흑랑노괴가 쓰러지자 무미미를 노리던 무사들은 물러날 수밖에 없었는데 흑랑노괴를 물리친 정명과 오승을 상대할 자가 없었기 때문이다.

"그런데 대형."

"왜 그러느냐?"

"적수신호는 어찌할 것입니까? 우리 둘이서 다 처리했는데 문의 사람들이 오면 조금 그렇지 않습니까?"

"아직 이것으로 끝난 것이 아니다. 그리고 내 생각에는 저 여인이 우리가 찾는 자들과 연관이 있을 듯하구나."

"예? 그렇다면……."

"함부로 입을 놀리지 말거라."

오승이 무엇인가를 말하려고 하자 정명은 고개를 저으며 그의 입을 막았다. 그들이 알고 있는 적은 엄청난 정보력을 가지고 언제 어디에 있을지 모르는 자들이기 때문이다.

치열했던 밤이 끝나고 멀리 태양이 떠오르자 무미미는 자리에서 일어나 갑판으로 나섰다. 어제 누군가의 습격으로 혼절했던 탓에 경계를 늦추지 않고 있었다.

'누가 나를 구해준 것이지……?'

그녀로서는 알 수 없는 일이었는데 그때 한 사내가 그녀의 곁으로 다가가서는 미소를 지으며 말했다.

"기침하셨소이까?"

"…당신이……."

무미미의 앞에 나타난 남자는 바로 포구에서 도움을 받았던 정명이란 자인지라 그녀는 자신을 구한 사람이 누구인지 알 수 있었다.

"앞으로 며칠 간은 별문제가 없을 것이니 아이에게 맑은 공기를 마시게 해도 될 것입니다."

"…알겠어요."

무미미로선 이자를 믿을 수는 없었지만 그렇다고 자신을 해칠 자로 보이지는 않았기에 고개를 끄덕이며 말하고는 선실로 들어가 소천을 안고 나왔고, 아이는 오랜만에 시원한 바람을 맡게 되자 꺄르르 웃음을 터뜨리며 좋아했다. 이에 무미미의 표정은 밝게 펴질 수 있었다.

그런 무미미를 보며 정명은 긴 수염을 쓰다듬으며 말했다.

"아무래도 여협 혼자로는 아이와 함께 안전하게 빠져나가기 어려울 것이오. 여협의 신체 조건이 특출난지라 세인의 눈을 속이기 어려우니 말이오."

"음……."

소천을 안고 있던 무미미는 정명의 말에 침음성을 내질렀다. 그의 말대로 자신은 다른 사람과는 많이 달랐기 때문이다.

검은 피부에 일반 여자라고는 보기 힘든 거구의 키, 그리고 근육 등은 상대가 알아보기 너무 좋은 조건이었던 것이다.

이런 이유로 아무리 변장을 하고 도망친다 하더라도 그들의 눈에서 벗어나지 못한 것이다. 그런데다 갓난아이까지 데리고 있으니 이곳까지 도망온 것도 용하다고밖에 볼 수 없는 정명이었다.

"그렇다면 어떻게 해야 하는지……."

무미미의 말에 정명은 긴 수염을 쓰다듬으며 말했다.

"아이를 우리에게 맡겨주지 않겠소이까?"

"절대 그럴 수 없어요!"

아이만을 어떻게 처리한다면 무미미가 남자로 변장하여 다니는 것은 전혀 문제될 것은 없었는데 그 말이 떨어지자마자 그녀는 고개를 내저으며 단호하게 말했다.

자신의 목숨보다 광무자가 맡긴 아이를 더 걱정하고 있었던 그녀이니만큼 함부로 아이를 타인에게 맡길 수 없는 것은 당연한 일이었다.

정명 역시 어느 정도 예상하고 있었던지라 더 이상 강요하지 않았다.

무미미 일행은 그렇게 삼 일 동안 황하의 뱃길을 따라나갔고, 몇 번의 습격이 더 있었지만 어렵사리 그들을 처리할 수 있었다.

하지만 이것이 얼마나 오래 갈 것인지는 알 수 없는 일인 데다가 지금까지 돈에 눈이 어두운 인물과 정체를 알 수 없는 무리의 사주를 받은 자들만 나타났기에 언제 그들의 본대가 직접 모습을 드러낼지 모르는 일이었다.

지금까지 뱃길이 닿고 있는 곳의 작은 문파들이나 돈을 노리고 있는 낭인들만이 찾아왔을 뿐, 그들이 직접 찾아온 적은 한 번도 없었다.

"대형… 도대체 그자들이 왜 무 소저를 노리고 있는 것일까요?"

"음… 나 역시 그것이 궁금하네… 아무래도 무 소저가 그들의 중요한 비밀을 알고 있는 것 같은데 말이야……"

정명은 그녀에게서 몇 가지 이야기를 들을 수 있었다.

그녀가 사파십대거두의 한 사람인 흑철돈녀 무삼랑의 손녀이며 의문의 집단에게 추격을 받고 있다는 것, 그리고 그녀가 데리고 있는 아이는 쌍도문의 광무자가 데리고 있던 아이라는 것이었다.

정황을 들어본다면 그들 대부분은 복면을 하고 있었고, 그녀가 알고 있는 사람은 창과 궁을 사용하고 있는 초고수뿐이었기에 그런 단편적인 정보로는 상대가 누구인지도 알 수 없는 일이었다.

하지만 왜 무미미는 계속 쫓기고 있는 것일까?

그렇게 생각한다면 무미미가 그녀 자신조차 알지 못하는 사실을 알고 있다고 볼 수 있었기에 정명으로선 과연 그 사실이 무엇일까 궁금했지만, 자세한 것을 알아낼 수가 없었다.

당사자인 무미미는 그 사실이 무엇인지 알지 못했고 그들에게 상세한 이야기를 해주지 않고 있었기 때문이다.

"광무자라면……."

"실질적으로는 쌍도문 서열 삼 위의 고수라고 알려져 있는 인물이지. 쌍도문 혈사로 죽은 강북 십웅 중 삼웅인 등평 대협과 사제라는 장춘삼 다음으로 뛰어난 무공을 지녔다고 알려져 있는데, 들리는 소문에는 두 사람과 비교해도 크게 뒤처지지 않는 실력을 지녔다고 하더군."

"그렇다면 창을 사용하는 인물이 장춘삼을 쓰러뜨렸다고 한다면 찾기 힘들 것도 없지 않습니까? 강호에서 그런 자를 쓰러뜨릴 창의 고수가 몇 명이나 되겠습니까?"

"그렇지, 가장 유력한 자는 무림십대신병의 하나인 유성신창의 진명이긴 한데……."

장병기에 속하는 창은 금군에서 사용하는 병기인지라 관에서는 이런 장병기를 개인이 사용하는 것을 금지하고 있었다.

이러한 이유로 일반 무림의 문파들 중 창을 사용하는 곳은 극히 드물었기에 무관에서 상승의 창법을 습득하는 것은 어려웠다.

하지만 이와는 달리 정통적으로 내려온 창법을 수련할 수 있는 곳이 있는데 바로 명의 군에 몸을 담고 있는 무가들이었다.

이러한 무가들은 자손들 대부분이 조정에 연줄이 있는 데다가 그 벼슬을 자손들이 이어받는지라 가문의 무공이 존재하고 있었다.

유성신창 진명, 그는 과거의 왕조인 송의 무가 중 하나인 진가장의 자손으로 그의 조상 중에는 대장군의 직위에 오른 사람도 있을 정도였다.

송이 무너지면서 무가는 사라지고 말았으나 다행히 그 창법은 사라지지 않고 자손에게 이어진 것이다.

유성신창 진명의 부친인 진철은 원나라 시절 원에 항거한 무림의 명숙 중 하나였고, 이런 이유로 그의 충혼이 인정받아 그의 자손들은 신창이라는 무명을 이어받게 된 것이다.

진가장은 원의 군사들에 의해 무너졌지만, 신창의 이름이 아직도 무림에서 사라지지 않았고, 정사마를 막론하고 무림인들이라면 신창의 가문에 한 발자국 물러서는 것이 암묵적인 예의였다.

이러한 이유로 정명이나 오승 역시 광무자를 죽인 의문의 세력의 고수가 신창의 가문의 한 사람인 진명이 했다는 것을 확신할 수가 없는 것이다. 신창의 자손이라면 명문세가 어디를 가도 문제될 것이 없는데 무엇이 아쉬워 그런 세력에 들어가겠는가 하는 생각 때문이다.

진명 역시 젊은 시절 원에 항거하여 싸운 사람이기 때문이다.

"하지만 진명이 그런 일을 했을 리가… 없지 않소, 대형."

"신창 진명이 아니라 그 자손이라면……."

"음… 그렇군요."

신창 진명과 같은 의협이 자신들이 생각하고 있는 세력과 손을 잡을 리 없다는 것을 잘 알고 있는 그는 혹시 창법과 유성신창을 이어받은 그의 자손이 아닐까 하고 생각한 것이다.

"오승!"

"예, 대형."

"본문의 정보라면 무림에서 모습을 감춘 신창 진 대협의 행적을 찾

을 수 있을 것이다. 아마 그 행적을 짚어보면 무슨 단서가 나올 것 같
으니 넌 분타의 사람이 오면 그 일을 최우선적으로 실행하라 명하도록
해라."

"알았습니다."

정명으로선 확실한 것은 아니지만 적의 정체를 알아낼 수 있는 단서
를 최대한으로 조사할 생각이었다.

저녁 무렵 무미미 일행이 타고 있는 배로 십여 척의 작은 배들이 모
여들기 시작했고, 오승은 그 배에서 한 사람의 모습을 확인하고는 미소
지으며 소리쳤다.

"구타주! 어서 오시오!"

"오, 소문주! 오랜만에 뵙는군요!"

오승이 소리치자 모여드는 배의 선두에 선 환갑을 넘어선 노인이 크
게 반가워하는 모습을 보이며 발을 박차고 뛰어올라 순식간에 오승이
있는 배의 갑판으로 내려섰다.

"귀행도(鬼行盜)의 경공술은 여전하구려!"

"허허허… 오랜만에 들어보는 이름이군요."

귀행도, 한때 강남에서 이름난 대도의 고수였는데 워낙 경공이 뛰어
나 삼십여 년간 단 한 번도 잡힌 적이 없는 자였다.

쉰이 넘은 후 강호에서 모습을 감춘 자였는데, 그가 이곳에 다시 나
타났다는 것을 알면 강호의 부호들이 잠을 설쳐 댈 것은 당연한 일이
었다.

구타주라 불린 귀행도는 오승을 안고는 기쁨에 미소 지었는데, 그런
두 사람의 뒤로 정명이 다가와서는 말했다.

"오랜만입니다, 귀행도."

"오! 정 대협도 계셨구려!"

정명이 미소 지으며 인사를 하자 구타주는 크게 놀란 표정을 지으며 손을 잡았다.

"철없는 소문주가 나간다는 말에 걱정이 태산 같았는데 이렇게 정 대협께서 무사히 돌아오게 해주시니 감사할 뿐입니다."

"별말씀을 다하십니다. 당연한 일이지요. 아! 그들의 일은 어떻게 되었습니까?"

정명의 물음에 구타주는 이내 미간을 찌푸리며 말했다.

"그동안 본문에서도 많은 일이 있었습니다. 세 명의 분타주가 녀석들의 앞잡이라는 것이 밝혀지면서 상당한 수의 문도들이 죽임을 당한 데다가 남아 있는 첩자들을 색출하느라 녀석들의 일을 조사할 겨를이 없었습니다."

"그런……."

"다행히 문 내의 일은 안정이 되었지만 본래의 정보망을 구축하기 위해선 상당한 시일이 걸릴 듯합니다."

설마 자신들의 문파에서 그런 일이 있으리라고는 생각지도 못한 정명이었다.

오승이 소문주로 있는 문파는 바로 무림에서 개방보다 그 숫자가 많다고 알려져 있는 하오문이었다.

"그런데 정 대협, 무슨 일로 적수의 신호를 보낸 것입니까?"

"자세한 이야기는 안으로 들어가서 하도록 하지요."

정명은 이러한 곳에서 중요한 이야기를 할 수 없다 생각하고는 말했고, 구타주 역시 이러한 점을 알고는 고개를 끄덕이며 그들의 뒤를 따라 선실로 걸음을 옮겼다.

선실 안으로 들어선 구타주는 그곳에서 갓난아이를 든 한 여인을 만났고, 정명은 그녀를 가리키며 말했다.

"이분은 사파십대거두의 한 분이신 흑철돈녀 무여협의 손녀이신 무소저입니다."

"아!"

구타주는 정명의 말에 크게 놀란 표정을 지었다. 사파십대거두는 강호에서도 모르는 자가 없을 정도로 유명한 사람들이기 때문이다.

"무미미라 합니다."

"아… 귀행도 구청천이라 합니다."

"구 대협이셨군요. 무명이 높으신 대협을 이렇게 뵙게 되니 영광입니다."

무미미가 포권을 하며 인사를 하자 구타주는 정명을 보며 말했다.

"별말씀을 다하십니다. 그런데 무 소저께서는 이번 일과 무슨 상관이 있습니까?"

"아직 알려지지 않은 듯하네만 흑철돈녀 무여협께서 적습에 명을 달리했다는 것을 아는가?"

"예? 설마……."

"사실이네. 그것은 여기 계신 무 소저께 들은 이야기니 말일세."

"아!"

구타주로선 그 말에 크게 놀랄 수밖에 없었다. 설마 그런 절대고수들이 죽임을 당했으리라고는 생각지도 못했기 때문이다.

"그렇군요. 십대거두의 대부분이 강호에서 같은 시기에 모습을 감추어 혹시나 하는 생각은 있었지만 말입니다."

강호에서 이들 십대거두를 한꺼번에 처리할 수 있는 세력은 거의 전무하다고 할 수 있었기에 하오문에서도 행방이 묘연하기는 했지만 그들이 죽임을 당했다고 생각하지 않고 있었던 것이다.

그도 그럴 것이 수백 명의 무사들에게 둘러싸였다 하더라도 그들의 무공이라면 몸을 피하는 것이 어려운 일은 아니었기 때문이다.

"알면 알수록 무서운 자들이군요. 본문을 능가할 정도의 정보망과 사파십대거두들을 일시에 처리할 정도의 고수들을 보유하고 있는 세력이라니……."

구타주는 등줄기에서 식은땀이 흘러내리고 있었다.

그들이 이들의 정체를 추적했던 것은 거의 십 년이 넘는 일이었는데, 그동안 알아낸 것이라고는 자신의 문파 내에 상당한 수의 첩자들이 있었고, 그들에게 얻어낸 몇 가지 사소한 정보밖에 없었다.

정명 역시 그의 생각을 잘 알고 있었기에 고개를 끄덕이며 말했다.

"이번에 구타주를 부른 이유는 무 소저께서 그들에게 쫓기고 있기 때문입니다."

"음… 살인멸구를 위해서입니까?"

"확실하지는 않지만 그럴 가능성이 높은 것 같습니다… 혼자서 그들의 일을 방해하는 것은 불가능할 것인데도 많은 돈을 들여가며 무 소저를 죽이려 하는 것을 보니."

"음……."

정명의 말대로 무미미가 흑철돈녀 무여협의 손녀라고는 하지만 사실을 말한다고 해도 많은 문파의 신중한 수뇌들을 믿게 하기에는 불가능하다 할 수 있었다.

그럼에도 불구하고 오십만 냥이라는 거금을 들여 그녀를 죽이려 한다는 것은 무엇인가가 있다고밖에 생각할 수 없었다.

"저로서는 이번 일을 이용하여 그들을 표면으로 끌어들일 수 없을까 하는 생각에 적수 신호를 사용한 것입니다."

정명의 말대로 이번 일을 잘 이용한다면 지금까지 오리무중이었던 그들에 대한 일에 진척을 볼 수 있다는 생각에 구타주는 고개를 끄덕이며 말했다.

"알겠습니다. 총타에 서신을 보내도록 하겠습니다."

두 사람이 이야기를 나누고 있을 때 무미미는 한참을 그렇게 바라보다 낮은 목소리로 구타주를 보며 물었다.

"실례되지만 구타주의 문파를 알 수 있겠습니까?"

"아! 이런 실례를 범했군요. 전 하오문의 분타주입니다."

"하오문! 혹시 쌍도문의 양 대협을 아시는지요."

"물론입니다만……."

무미미는 이들이 어떤 사람인지 알 수 없었는데 놀랍게도 자신이 찾아가려는 하오문의 사람들이라는 것을 알자 기쁜 표정을 지으며 말했다.

"제가 데리고 있는 아이는 쌍도문의 광무자 어르신께서 맡긴 아이입니다. 이번에 배를 탄 것은 하오문의 총타에 있는 양 대협을 만나기 위해서였습니다."

"오!"

그녀의 말에 구타주는 크게 놀란 표정을 지었다. 하오문의 총타에 있는 양우생이 하오문의 광대한 정보망을 이용하여 사람을 찾고 있음을 알기 때문이다.

"그렇다면 이 아이가……."

"구타주께서는 이 아이가 누구의 아이인지 아십니까?"

무미미로서도 광무자가 아이를 자신에게 맡겼다고는 했지만 이 아이가 누구의 아이이며 이름조차 알지 못했기에 궁금한 표정으로 물어보았다.

"확실하다고 말씀드리지는 못하겠지만 양 대협께서 근래에 두 사람을 찾기 위해 본문에 의뢰를 하셨는데, 그중의 한 사람이 바로 소저께서 만나신 광무자 대협이고, 나머지 한 분은 쌍도문의 소문주인 장 소협의 아들 장소천입니다."

"아!"

아직 장천이 혼인했다는 것조차 알지 못했던 무미미는 지금까지 보살핀 아이가 장천의 아들인 소천이었다는 말에 입을 다물 수가 없었다.

"그렇군요."

아이를 처음 만났을 때 어디에선가 본 것 같은 느낌이 들었던 그녀는 그제야 아이의 얼굴이 소천과 닮았다는 생각이 들었다.

"광무자 대협께서는?"

"쫓기고 있던 무여협을 구하기 위해 이 아이를 맡기고 적들을 막았다고 들었는데, 소식이 없다 하니 아무래도 녀석들의 손에……."

"그런……."

정명은 무미미가 해주었던 이야기를 구타주에게 말했고, 그는 안타까운 표정을 지었다. 그 역시 과거에 광무자를 본 적이 있었기 때문이다.

나이도 자신과 비슷한 데다가 무공 역시 뛰어난 사람이기에 상당한 호감을 느꼈었는데, 그런 사람이 죽었다는 말에 안타까운 마음이 들었다.

"무림에 커다란 별이 하나 지고 말았습니다. 안타깝군요."

정명으로선 광무자라는 사람을 본 적은 없지만 사람에 대한 평가가 인색한 구타주가 칭찬하는 것을 보니 그에 대해 알 것 같은 기분이 들었다.

한참을 그렇게 침묵에 잠겨 있던 방의 정적을 깬 사람은 무미미였다.

"정 대협께서는 하오문의 사람이 아닌 듯하군요."

무미미는 구타주와 정명의 대화에서 두 사람이 같은 문파에 속해 있는 사람이 아니라는 것을 알 수 있었다.

"예, 그렇습니다. 저의 아우인 오승은 하오문의 소문주이고, 전 공공문의 오십구대 문주입니다."

"공공문!"

그가 공공문의 문주라는 말에 무미미는 크게 놀랄 수밖에 없었다. 그녀 역시 공공문에 대해서 들어본 적이 있었기 때문이다.

한때는 강호에 크게 명성을 떨친 문파였지만, 원나라가 건국하면서 송 왕조를 지키기 위해 공공문의 인물들은 치열한 항전을 벌였고, 그 때문에 공공문은 멸문했다고 알려졌다.

"공공문은 몽고군에 의해 멸문했다고 알려져 있었는데?"

"예. 사실상 남아 있는 공공문의 문도라고 해봤자 저와 저를 키워주신 장로 한 분뿐이니 멸문했다고 해도 과언이 아니겠지요."

"아!"

"이제 와 문파를 재건하고자 하는 마음은 없지만 역대 본문에서 내려오는 문령은 본문이 사라진 후에도 이행해야 하는 것이기에 강호를 돌아다니고 있는 것입니다."

그의 말에 무미미는 고개를 끄덕였다. 그녀의 증조모가 한 말에 따르면 공공문은 겉으로는 하오문과 같이 갑부의 집을 털며 도둑질을 하는 문파로 알려져 있지만, 실제로는 그들이 터는 부호들은 거의 다 악질적인 짓을 하여 돈을 버는 자들이었고, 그렇게 훔친 돈을 가난한 백성들을 위해 쓰고 있었다고 했다.

그런 이유로 송이 무너지자 공공문의 많은 문도들은 구국의 정신을 앞세우며 원에 대항했고 그렇게 사라지고 만 것이다.

하지만 이러한 공공문의 의기를 알고 있는 사람들은 그들이 보여주었던 충혼을 잊지 않고 자손들에게 이야기해 주었는데 흑철돈녀 무삼랑도 그런 이들 중의 하나였던 것이다.

"소저께서 알고 계신 대로 저희 하오문의 뿌리를 올라가면 그곳에는 공공문이 있습니다. 저희 하오문을 세우신 분은 바로 공공문의 이십사대 문주의 동생 분이셨습니다."

"아… 그렇군요."

"공공문의 마지막 한 사람까지 죽음을 두려워하지 않고 원과 싸운 충혼은 하오문의 전설과도 같은지라 본문에서는 공공문의 문주를 본문의 문주와 같이 생각하고 있습니다."

구타주의 말에 왜 그가 나이가 어린 정명을 상대로 존대하고 있는지 알 수 있었다.

"아무튼 양 대협께서 찾으시는 분을 이렇게 만나게 되니 안심이군요. 이제부터는 본문의 문도들이 무 소저를 항주까지 안전하게 모실 것이니 안심하시기 바랍니다."

"하오문의 배려에 감사드릴 뿐입니다."

무미미로서는 하오문의 도움을 받게 되자 안도의 한숨을 내쉬었다. 하오문에 초절정 고수는 없다 하지만, 개방을 넘어설 정도의 많은 문도들을 보유하고 있는지라 적의 눈을 속이며 안전하게 길을 갈 수 있다고 생각했기 때문이다.

열두 개의 초가 환하게 불을 밝히고 있는 방, 그 가운데에서 한 남자가 자리에 앉아 있었다. 그의 오른 손바닥 위에는 한 자루의 비도가 한 자 정도의 높이로 떠 있었는데, 격공섭물의 수법을 사용한다면 누구라도 능히 해낼 수 있다고는 하지만, 이자의 손바닥 위에 있는 비도는 그런 경지와 비교도 할 수 없었다.

놀랍게도 공중에 떠 있는 비도는 빠른 속도로 회전을 하고 있었기 때문이다.

기를 사용하여 공중에 떠 있는 물건을 마음대로 조종할 수 있는 수준이라면 무림에서 그 경지에 이른 자가 손에 꼽을 정도라 할 수 있는 이기어검의 경지이니 어찌 격공섭물과 비교할 수 있겠는가?

그의 손 위에 선 비도는 날카로운 파공음을 날리며 회전하다 잠시 후 주위에 있는 십여 개 초의 심지를 잘라 버리자 방은 순식간에 어둠에 먹혀 버렸다.

"문주."

"어서 오십시오."

잠시 후 방 문 앞에서 누군가의 목소리가 들려오자 비도를 날리던 자는 낮은 목소리로 말했다.

문을 열고 들어선 자는 어둠컴컴한 방을 보며 헛바닥을 차더니 말했다.

"이 늙은이는 눈이 침침해선지 어두운 방에서는 못 있겠소."

그 말과 함께 손을 든 방문객이 가볍게 손가락을 튕기자 탄지의 기운이 초의 심지에 닿는가 싶더니 이내 비도의 수법으로 꺼진 초에 불을 붙였다.

양강의 무공을 이용한 놀라운 탄지의 수법이라고밖에 할 수 없었다.

"무슨 일로 저를 찾아오셨는지요?"

방이 환해지자 방문으로 들어선 사람의 모습이 드러났는데 그는 놀랍게도 과거 장천이 거지 생활을 할 때 만났던 거지노인이었다.

거지노인은 장천이 무림을 돌아다닐 때마다 혈비도 무랑과 함께 그를 안타깝게 바라보던 사람으로, 그가 문주라고 부르고 있는 이는 바로 홍련교에서 그 모습을 보였던 무림제일고수라고 알려져 있는 혈비도 무랑이었다.

"예상보다 마교의 움직임이 거세어 만수방이 무너졌다 하오."

"음……."

"이번 일은 예상치 못한 것인지라 만수방을 이용한 자금줄이 잘려져 나갔기에 본문은 자금에 압박을 느낄 것인데 어찌할 생각이오?"

하 노인이 자리에 앉아 곰방대에 불을 붙이고 말하자 무량은 생각에 잠기는 듯하다 천천히 입을 열었다.

"만수방을 이용하여 황하의 유동 자금을 손에 넣는 것은 실패하였으나 본문에 만수방만 있는 것도 아닙니다. 하나, 본문의 정체를 감추어야 하는 만큼 지금의 책임자로는 역량이 부족할 듯하니 어르신께서 이 일을 맡아주셨으면 합니다."

혈비도 무량의 말에 하 노인은 담배 연기를 뱉으며 천천히 말을 이었다.

"그리하라면 그리해야겠지. 그건 그렇고 문주의 아우님이 상당히 불만을 가진 듯하오."

"아우가 말입니까?"

"솔직히 저 역시도 문주께서 그 일을 하셨던 것이 이해가 되지 않구려. 그분의 문파에 대한 애정이 어떻다는 것을 잘 알면서 왜 그것을 행하신 것입니까? 그것도 그분이 문파를 떠나 있었을 때 말입니다."

"…쌍도문의 일은 대계를 위해선 필요 불가결한 일이었습니다."

"하나, 만약 그 일이 현재의 그 아이를 생각하면 조금 과한 것이 아니오. 지금의 성정이라면 분노를 감당하기 어려울 것이오."

이들 두 사람이 말하고 있는 문파 그것은 바로 쌍도문이었다.

그렇다고 본다면 그들이 말하는 아우는 쌍도문의 현 문주인 쾌쌍도 장춘삼이라는 것이니 실로 놀라운 일이라 할 수 있었다.

무량은 안타까운 목소리로 말하는 하 노인을 보며 천천히 눈을 감고는 말했다.

"그 아이의 분노도 제가 받아야 될 것 중 하나입니다."

"문주······."

혈비도 무랑의 말에 하 노인은 안타까운 표정을 지으며 한숨을 내쉬고는 말없이 곰방대를 물고 담배 연기를 뿜었다.

혈비도 무랑 그는 왜 장천의 원수가 되려 하는 것인가? 알 수 없는 일이었다.

제42장
대사련에서의 위기

　시간이 지나면서 무림은 더욱더 혼란에 접어들고 있었다.

　대사련이 강남의 마교 지부를 공격했던 것을 시작으로 두 세력 간의 싸움은 이제 점점 더 치열하게 변해가고 있었던 것이다.

　처음에는 선공을 가했던 대사련에 유리하게 이끌어져 갔지만 마교 역시 만만치 않았다. 대사련에 비해 그 수는 적을지 모르겠지만 고수들의 숫자에선 위였기 때문에 각개격파의 방법을 사용했고, 이에 많은 수를 자랑하던 대사련은 큰 피해를 입을 수밖에 없었다.

　전황이 극히 좋지 않게 흘러가자 대사련은 상당한 혼란에 빠져 있었고, 장천 일행은 그런 시간에 대사련에 도착하게 된 것이다.

　집무실에서 마교와의 싸움이 적힌 서류를 읽고 있었던 대사련의 부련주 양진은 점점 피해가 심해지는 것을 보며 눈살을 찌푸리고 있었는데, 그때 문 쪽에서 인기척이 있더니 부하의 목소리가 들려왔다.

"부련주."

"무슨 일이냐?"

"은원방의 사람들이 총단에 도착했습니다."

"음… 알았다."

은원방의 사람들이 왔다는 말에 양진은 천천히 자리에서 일어났다. 그들을 불러들인 사람이 바로 자신이었기에 마교와의 싸움으로 지친 상태이지만 직접 나서야 했던 것이다.

하지만 양진은 이들과의 계약에 알 수 없는 불안감이 느껴지고 있었다. 은원방의 세력이 짧은 시간에 너무나 크게 자라난 것도 그 원인이라 할 수 있었다.

물론 만마문이라는 곳에서 갈라져 나온 문파라고는 하지만 솔직히 만마문이라는 곳은 들어본 적도 없었다. 세외의 세력이라고 할지라도 중원을 진천시킨 신흥 세력의 본류가 세외에서조차 알려지지 않았다는 것은 의심할 수밖에 없었던 것이다.

은원방과 계약을 맺은 양진이 가장 처음에 한 것은 세외에 사람을 보내어 만마문에 대한 조사를 행한 것이었고, 그곳에서 대사련의 사람들이 알아낸 사실은 전무했다.

아니, 세외의 무림인들조차 만마문이 있는지 없는지도 모르고 있었고, 그저 200년 전 한때 세외 무림에 반짝 두각을 나타내었던 마방(魔幇)이나 서장 홍교에 의해 이단으로 몰려 사라진 마종교(魔宗敎)의 후예가 아닐까 하는 것 정도를 추론했을 뿐이다.

'하지만 이상해… 이상해…….'

장천이 말한 만마문이 그들이 만들어낸 가상의 문파라는 것을 알지 못하는 양진으로선 만마문과 비슷한 이름을 가진 세력들을 조사하며 그들의 본류를 알아보려 했으니 없는 문파를 어찌 알 수 있겠는가?

단순히 마(魔)라는 단어에 연관된 과거의 세외 문파들을 조사하며 추론할 뿐이지만 설마 이러한 문파가 없으리라고는 생각지도 못하고 있었다.

하지만 그가 조사를 멈출 수 없었던 것은 은원방에서 본 무리들은 대문파의 지원이 없다면 이루기 어려운 모습이기 때문이었다.

그 정도의 무사들을 양성하기 위해선 오랜 시간 동안 무사들을 단련시켜야 했는데, 이는 무림에 갓 이름을 드러낸 신흥 문파로서는 불가능한 일인지라 만마문이 존재하지 않는 것에까지는 생각이 미치지 못한 것이다.

부하들의 뒤를 따라 양진이 도착한 곳은 대사련 총타에 위치한 접객당이었고, 안으로 들어서자 은원방에서 보았던 사람들이 연못에 만들어진 정자에서 차를 마시고 있는 것을 볼 수 있었다.

'음…….'

그들을 보며 잠시 옷매무새를 가다듬은 양진은 무림의 삼대세력의 하나인 대사련의 부련주인 만큼 위엄을 보이며 그들에게로 걸음을 옮겼다.

양진의 모습이 보이자 정자에 앉아 있던 사람들은 모두 자리에서 일어나 양진에게 포권을 하며 예를 보였는데 가장 먼저 입을 연 인물은 은원방의 세외삼마 중 첫째라고 알려져 있는 냉천마수였다.

"부련주님께 인사드립니다."

"은원방의 세외삼마께서 이렇게 본련의 총타까지 친히 와주시다니 감사할 뿐입니다."

냉천마수의 말에 미소를 지으며 답한 양진은 천천히 자리에 앉아서는 말했다.

"이렇게 빨리 총타까지 오실 줄은 몰랐습니다."

"쇠뿔도 단김에 빼라는 말이 있지 않습니까? 또 듣자 하니 마교 무리들의 움직임이 심상치 않다 하여 서둘러 오게 되었습니다."

양진의 말에 냉천마수 역시 미소를 지으며 답을 했고, 이에 양진은 다시 한 번 포권을 하며 감사의 뜻을 표했으나 내심은 달랐다.

'본문의 사정을 정확히 꿰뚫고 있군. 아무래도 쉬운 상대가 아니야……'

양진은 잠시 후 시녀가 가져다 놓은 용정차를 받아서는 잠시 한 모금을 마신 후 냉천마수를 향해 입을 열었다.

"냉천마수 대협께서 말씀하신 대로 현재 본련의 상황은 그리 좋은 편이 아닙니다. 저희 쪽의 숫자가 마교에 비해 월등히 앞선다고는 하지만, 마교 쪽에는 워낙 고수들이 많은지라 그들이 각개격파의 수단으로 나서니 어찌할 방도를 찾지 못하고 있지요."

"그렇군요… 음… 저희들이 할 일이 무엇입니까?"

냉천마수가 직접 말을 해주자 양진은 일이 어렵지 않게 되었다는 생각에 안심을 하고는 그를 보며 은원방이 가야 할 곳을 말해 주었다.

"본련에서 수집한 정보에 의하면 귀주 쪽 마도들의 움직임이 범상치 않다고 합니다. 마교 총단의 고수 호형권(虎形拳)의 진서와 풍명도(風鳴刀) 강천이 수십의 수하들과 함께 명허현의 안문객잔에 머무르고 있다고 하더이다.”

“호형권의 진서와 풍명도 강천이라…….”

냉천마수인 장천은 두 사람의 이름을 되내이며 생각에 잠겼다. 마교에 오랫동안 머물렀던지라 그들과 안면이 있었기 때문이다. 호형권의 진서는 그가 처음 총단에 들어섰을 때 본 인물인데, 형의권에도 상당한 경지에 이르고 있었다.

그는 가문에서 내려오는 약품으로 손톱을 단련하였기에 그의 호조수에 당한 이 중 가벼운 상처를 입은 이가 없었다.

풍명도 강천 역시 뛰어난 인물로 호형권의 진서와 오랜 친우로 마교에선 진서가 가는 길에는 강천이 있다는 말까지 나돌 정도였다.

강천은 한 자루의 도를 잘 다루는데 도를 이룰 때마다 바람이 소용돌이치며 마치 새가 우는 소리가 들려 마교에선 그를 풍명도라 부르고 있었다.

하지만 이 두 사람의 무서움은 단순히 무공에서만 나오는 것이 아니었다. 가장 두려운 점은 그들을 따르는 부하들에 있었다.

두 사람 모두 마교의 장로 급 인사들의 자제이기 때문에 그들의 수하들 역시 뛰어난 무사들이었고, 그들이 모두 모여 행하는 금검진(金劍陣)은 마교에서 열 손가락 안에 드는 강력한 진법이었다.

물론 그들이 강하다고 하더라도 장천의 형제들이라면 어렵사리 처리할 수 있는지라 장천은 고개를 끄덕이며 말했다.

“알겠습니다. 그리하도록 하지요.”

“고맙소. 이번 일은 본련에서도 야묘랑(夜猫娘) 문민(文玟) 삼백의 야묘대 무사들 역시 참여할 것이니 잘 부탁드립니다.”

그 말에 장천의 옆에 앉아 있던 곽무진이 무슨 생각이 났는지 귀를 대고 무엇인가를 말하자 이를 본 장천은 고개를 끄덕이며 말했다.

　　"이번 일에 앞서 정해두고 싶은 것이 있습니다."

　　"예, 말씀하십시오."

　　"솔직히 저희들은 세외에서 온 사람들이 중원의 무인들에게 거부감을 주는 것이 사실입니다."

　　"음……."

　　양진 역시 그러한 것을 생각하고 있었던 차라 침음을 흘릴 수밖에 없었다.

　　"이런 이유로 대사련의 무사들과 저희들이 한 적을 상대하여 싸운다는 것은 어려운 일이니 독자적으로 움직일 수 있게 해주시겠습니까?"

　　"그건……."

　　그로서는 허락하기 조금 힘든 문제였다. 아직 은원방에 대해서 알아보고 싶은 마음이 있어 경공술에 능한 무사들이 많은 야묘대를 그들과 함께 가게 한 것인데, 은원방이 따로 행동하겠다고 말하니 양진으로선 난처할 수밖에 없었다.

　　하지만 그것을 거절할 수도 없는 일인지라 어쩔 수 없이 수락해야 했다.

　　"알겠습니다. 하지만 은원방의 움직임을 저희들이 모르고 있다면 일을 처신하기가 어려우니 야묘대의 무사 두세 명 정도가 은원방과 같이 행동했으면 하는데 어떻습니까?"

　　곽무진이나 장천 역시 두세 명 정도라면 어떻게 처리할 수 있는지라 고개를 끄덕였고, 드디어 대사련과 은원방의 첫 번째 협력이 이루어졌다.

양진과의 이야기가 끝난 장천들은 접객당의 숙소에서 하룻밤을 머물 수 있었는데, 하루의 일이 끝나자 장천은 큰 숨을 내쉬고는 침상에 드러누워 소리쳤다.

"젠장!! 진짜 힘들군!"

당연한 일이었다. 얼굴이 알려져 있기에 장천과 무진은 인피면구를 쓰고 있었던 것이다.

아무리 잘 만들어진 인피면구라 해도 본래의 피부가 아닌 이상 오랜 시간 쓰고 있으면 불편함은 당연했다.

게다가 날까지 더운지라 인피면구 내부는 땀으로 엉망이 되어 있었다. 끈적끈적한 인피면구를 벗어 집어던지는 장천을 보고 무진은 고개를 내저으며 말했다.

"조심하도록 해라. 양진이란 자는 아직 우리들을 완전히 신용하지 못한 것 같으니 말이야."

"알았다고."

두 사람이 이렇게 피로에 지쳐 있을 때 데비드는 혼자 무엇인가를 쓰고 있었는데, 그것이 궁금하여 장천이 살며시 옆으로 가 곁눈질로 살펴보자 익숙한 이름이 있는지라 자신도 모르게 웃음을 지을 수밖에 없었다.

"하하하!"

"뭐야!"

자신이 쓰고 있는 서신을 보고 있다는 것을 안 데비드는 급히 쓰던 편지를 가렸고, 그 모습에 장천은 천천히 그의 어깨를 두드려 주며 말했다.

"후후후. 덩치는 산만해가지고… 크크크……."

"애처가라 불러주겠나."

"하하하!"

데비드는 동방명언의 집에 머무르고 있는 아내들에게 편지를 쓰고 있었던 것이다.

"아… 나도 마누라 보고 싶다."

연서를 보고 있자니 장천은 능예가 생각나 중얼거렸는데, 그 순간 퍼뜩 곽무진의 일이 생각나 입을 다물고 말았다.

"신경 쓰지 마, 난 괜찮으니까."

"무진 형……."

장천을 보며 아무렇지도 않게 말을 하는 그였지만, 사랑했던 아내가 생각났기에 금세 침울해졌다.

자신의 실수로 무진이 시무룩하게 변하자 그로서는 어찌할 바를 몰라 했는데, 그때 문밖에서 누군가의 인기척이 느껴졌다.

"응?"

놀란 장천은 급히 변태변골술을 사용하여 얼굴을 바꾸고는 천천히 문 옆으로 숨어 지켜보았다.

"접객당의 부당주 안승입니다. 말씀드릴 것이 있어서 찾아왔습니다."

"들어오십시요."

곽무진의 말에 안승이란 자는 문을 열고 안으로 들어왔다. 삼십 대 중반으로 보이는 그는 태양혈이 크게 두드러진 것이 상당한 내공을 지닌 듯 보였다.

안으로 들어온 안승은 장천과 곽무진들을 보며 포권을 하고는 정중이 말했다.

"련주께서 은원방의 손님들을 만나뵙고자 합니다."

"련주께서?"

"예."

"음……."

자정이 가까운 밤중에 련주가 자신들을 만나자고 하는 것이 그들에게는 이상하게 생각되었다. 하지만 대사련에서 련주가 만나자고 하는 것을 거절할 수는 없는지라 장천은 고개를 끄덕이며 답했다.

"알겠네."

"그럼 밖에서 기다리고 있겠습니다."

간단히 용건을 말한 안승이 나가자 장천은 투덜거리면서 변태변골술을 풀고 던져 놓은 인피면구를 잡으며 말했다.

"그런데 무슨 일로 련주가 우리를 찾는 거지?"

"음……."

대사련의 련주 유일랑은 외부에 그 모습을 거의 드러내지 않는 인물로 유명해 막상 대사련으로 오긴 했지만 그를 만나기는 어려울 것이라 생각하고 있었다.

준비를 마친 세 사람은 접객당 부당주인 안승의 뒤를 따라 어두운 대사련 총단의 길을 걷고 있었다.

한참을 그렇게 뒤를 따르고 있을 때 무진은 문득 풀벌레 소리가 들리지 않음을 깨닫고는 급히 낌새가 이상함을 느꼈다.

[천아… 무엇인가 이상하다. 주위에 대한 경계를 늦추지 말아라.]

[알았어.]

잠시 후 어두운 길을 지나고 문 한쪽을 지나가자 양 옆으로 벽돌로 쌓은 담이 드러났다.

회색빛의 벽돌로 만들어진 벽은 낮에 보면 별 이상할 것은 없겠지만, 한 치 앞도 제대로 볼 수 없는 밤에는 그곳을 걷는 이에게 압박감을 줄 수밖에 없었다.

"음……."

장천 역시 무엇인가 있지 않을까 하는 생각이 들 무렵 그때 양쪽 벽에서 날카로운 파공음이 들려오더니 주위로 강한 살기가 밀려왔다.

"헉!"

크게 놀란 세 사람은 급히 자세를 취하고는 몸을 날렸고, 그들의 주위로 수십 개의 창이 빠른 속도 날아와 스쳐 지나갔다.

고개를 돌려보자 안내하던 안승은 이미 모습을 감춘 후이고 장천은 함정이라는 것을 알 수 있었다.

"젠장!"

련주 유일랑을 만나기 위해서 온지라 일행 모두 병장기를 소유하지 않고 있는 상태였기에 공수로 적을 상대해야 했다.

슈슈슉!!

다음 순간 세 사람의 주위로 수를 헤아릴 수 없는 암기가 소나기가 퍼부어지듯 쏟아졌고, 이에 장천은 데비드의 머리를 짚고는 몸을 회전하며 쌍도문의 파천용각공의 각법을 시전했다.

쿠구궁!!

장천이 파천용각공의 초식을 시전하자 주위로 회호리치듯 강한 돌풍이 형성되며 날아오던 암기를 휩쓸고는 사방으로 떨구어 버렸다.

"홍! 이 정도의 공격으로 우리를 쓰러뜨릴 수 있다고 생각하면 오산이지!"

장천이 암기를 모두 날려 버리며 소리치자 잠시 후 데비드의 한숨 소리가 흘러나왔다.

"휴~ 장천… 이만 내려오지……."

"응? 하하하하. 미안미안."

데비드의 말에 장천은 쑥스러운 듯 머리를 긁적이며 내려왔다. 데비드의 머리 위에서 파천용각공을 시전했던 장천은 그 위에 서서 잘난 듯이 호통치고 있었던 것이다.

"크크크… 일찍 죽고 싶은 게로구나."

그때 그들의 주위로 누군가의 목소리가 들려왔고 고개를 돌려보자 담장 위로 그들을 안내했던 안승이 서 있는 것을 볼 수 있었다.

"안승?"

"으드득… 네 녀석이 무슨 이유로 우리를 죽이려 하는 게냐?"

"크크크. 중원의 땅에서 오랑캐들이 활개 치게 내버려 둘 것 같으냐! 크크크."

"음……."

그의 말대로 중원의 무인들은 세외의 무리들에게 적대감을 보이는 경우가 많았고, 이러한 점은 대사련 역시 다르지 않았던 것이다.

하지만 곽무진은 안승의 말을 곧이곧대로 믿지 않았다. 현재 자신들은 대사련을 돕기 위해 온 사람들이기 때문이다.

또 생각이 있는 자들이라면 현재 대사련이 위기에 처해 있는 상황에서 자신들을 죽일 생각을 하지 않을 것이다. 설령 자신들을 친다 하더라도 모든 일이 끝난 이후에 처리하는 것이 보통인지라 이들이 단순히 오랑캐를 싫어하는 이유로 자신들을 공격하는 것이 아니라 생각했다.

잠시 후 안승의 손짓에 의해 담장 위로 수십에 이르는 인영들이 그 모습을 드러내었고, 그 하나하나가 만만치 않은 실력을 가진 자들이라 곽무진의 이마에서는 식은땀이 흘러내렸다.

병기가 없는 상태에서 자신의 절기를 마음껏 사용하지 못하기 때문이다. 장천과 곽무진은 쌍도문에서의 교육 방침에 따라 권장법을 익히고 있었지만, 데비드는 권장법을 제대로 익히지 않았기에 잘해야 이류 정도로밖에 볼 수 없는 수준이었다.

"휴~ 어쩔 수 없군……."

곽무진이 이런 걱정을 하고 있을 때 장천은 크게 한숨을 내쉬고는 허리춤에서 무엇인가를 꺼내 들었는데 그것은 두 자루의 탈수표(脫手鏢)였다.

"어디서 났냐?"

"방금 저치들이 무지하게 뿌렸잖아."

데비드의 말에 장천은 그제야 알았다는 듯 손바닥을 치고는 자신들을 둘러싸고 있는 적도들을 보고 음흉한 웃음을 흘리며 중얼거렸다.

"나에게 암기를 뿌리다니… 우스운 녀석들… 크크크."

장천은 담장 위에 있는 적들을 보며 조소를 터뜨렸다. 그도 그럴 것이 장천은 쌍도문의 검법과 도법 외에도 무림을 시끄럽게 만든 무공, 바로 혈비도 무랑의 비도술이 있었기 때문이다.

좌검우도의 수법을 사용한 이후 혈비도 무랑의 비도술을 사용하지 않겠다고 다짐한 장천이었지만, 상황이 상황인 만큼 데비드를 위해 비도술을 사용하기로 한 것이다.

곽무진은 장천이 비도술을 익히고 있다는 것을 알고 있었지만, 직접 그것을 본 적은 없었기에 그 위력이 어느 정도나 될까 궁금했는데, 그때 안승의 외침이 터져 나왔다.

"쳐라!"

그의 명령과 함께 사방에서 무사들이 병기를 들고는 세 사람을 향해 쇄도해 들어왔고, 장천은 내력을 끌어올려 탈수표를 던졌다.

"회선비도 난(亂)!"

장천의 외침과 탈수표는 강렬한 열기와 냉기가 서려 공격해 오는 적들을 향해 밀려 들어갔다.

"헉!"

"끄악!!"

장천은 비도술의 수법에 양의심공을 운용하여 한쪽은 화의 무공을 한쪽은 소수마공의 내력을 주입했다.

그의 손에서 벗어난 탈수표는 맹렬한 기세로 흔들려서는 적 사이를 휘저으며 날아갔고, 순식간에 서너 명의 무사가 탈수표에 관통당하여 비명과 함께 쓰러졌다.

"헉!"

안승은 설마 저들에게 이러한 무공이 있을 줄은 몰랐는지라 크게 놀랄 수밖에 없었다.

'암기술까지 능통하다니!! 냉천마수라… 무서운 자로군.'

냉천마수가 암기술로 이렇듯 쉽게 부하들을 쓰러뜨리는 것을 보며 혀를 내두를 수밖에 없었다. 그가 데려온 자들은 대사련에서도 그 무공을 인정받은 고수들이기 때문이다.

장천의 손에서 벗어난 탈수표는 잠시 후 양 옆의 담장을 굉음과 함께 부수어 나갔고, 그의 손에서 무기가 사라진 것을 확인한 무사들은 놀란 표정을 감추고는 다시 세 사람을 공격해 들어갔다.

"데비드! 잠시만 버텨라!"

"내 걱정은 말라고!"

장천의 말에 데비드는 급히 옆으로 몸을 날려 내력을 끌어올렸다.

"철피공!"

그에게는 뛰어난 권장법은 없었지만 그에 대비하여 하나의 외공을 익히고 있었는데 바로 몸을 철과 같이 만드는 철피공이었다.

철피공을 끌어올린 데비드가 적을 향하여 몸을 날리자 적들은 들고 있던 병장기를 들어 데비드의 요혈을 노려 내찔렀다.

"흥!"

하지만 데비드는 녀석들의 검공을 보며 콧방귀를 뀌었고 두 손을 끌어올려 머리를 보호했으며 그들의 검은 철피공으로 보호된 피부로 인해 미끄러지듯 스쳐 지나가 미약한 검상만을 만들어낼 뿐이었다.

"헉!"

"차압!"

검이 비껴 나가자 데비드는 단숨에 그들의 앞으로 다가갔고 무사들을 향해 기합과 함께 주먹을 내질렀다.

"끅!!"

쿵!!

데비드의 강한 주먹에 한 사람의 무사는 몸을 피할 수 있었지만 다른 한 명은 그대로 안면을 허용하고 말았고, 그의 엄청난 괴력에 그대로 땅에 처박히고 말았다.

데비드는 자신에게 검을 휘두른 자가 땅으로 쓰러지자 급히 몸을 날려 손에 들려 있던 검을 빼앗으면서 대소를 터뜨리며 소리쳤다.

"크하하하. 내 손에 검이 들렸으니 이제 한 놈도 살아남지 못할 것이다!"

"윽!"

"당황하지 말고 녀석들을 공격해라!"

"예!"

동료들이 쓰러지자 당황하는 무사들을 보며 안승은 크게 소리치며 부하들을 독려했지만 상황이 극히 좋지 않음을 인지하고 있었다.

안승에게 검공을 가한 인물은 그래도 가장 무난하다고 생각한 곽무진이었다. 엄청난 무공을 보이는 냉천마수나 괴력의 장사인 거창기마보다는 그래도 이름없는 자인 곽무진이 상대하기 편하다는 생각을 했기 때문이다.

"죽어라!"

담장에서 뛰어내린 그가 검을 휘두르자 수십 개의 검영이 작렬해 들어왔고, 곽무진은 급히 뒤로 몸을 날려 장천의 암기에 죽임을 당한 무사의 검을 주워 휘둘렀다.

"훙!"

곽무진 역시 파사신검을 소유한 이후 검법에 신경을 기울였기 때문에 그 기세가 범상치 않았고 그 때문에 안승은 크게 놀랄 수밖에 없었다.

'뭐야!'

채재재쟁!!

곽무진의 검이 자신의 산검을 튕겨내는 것도 모자라 다시 일격을 날리자 안승은 미간을 찌푸렸다.

이번 한 수로 녀석을 쓰러뜨리고 승기를 잡겠다고 생각했던 그였는데 생각 외로 상대가 강하여 계획이 틀어져 버렸기 때문이다.

"악귀도래(惡鬼到來)!"

하지만 세외의 무리를 우습게 보고 있던 안승이기에 다시 한 번 초식을 사용하여 녀석들을 공격해 들어갔다.

"흥!"

안승의 공격에 곽무진은 가볍게 몸을 회전시켜 검을 날렸고, 빠른 회전력을 먹은 검은 맹렬한 기세로 안승을 밀어붙였다.

쿵!! 쿵!!

강한 검기가 밀려오자 현란한 보법을 사용하여 그 검기를 피하긴 했지만 검기가 굉음 소리를 내며 대지를 흔들었다.

"귀조육열(鬼爪肉裂)!"

귀검의 달인인 안승이 귀조육열의 초식을 시전하자 그의 검신은 파르르 소리를 내며 사방으로 넓게 퍼져 나갔고, 그 기세가 범상치 않다 생각한 곽무진은 급히 검을 휘두르며 오른쪽으로 몸을 날렸다.

챙!! 슈슈슉!!

하지만 귀조육열의 초식은 검영이 넓게 퍼짐과 동시에 일시에 한곳으로 몰리며 곽무진이 휘두른 검을 두동강 내었고, 독특한 초식의 움직임에 무진은 제대로 피하지 못하고 옷이 찢어지며 사방으로 피가 터져 나왔다.

"윽!"

"무진 형!"

안승의 공격에 무진이 피를 흘리며 뒤로 물러나자 그것을 보고 있던 장천은 상대하고 있던 두 명의 무사들에게 일장을 날린 후 무진을 도와주기 위해 몸을 날렸다.

"흑야귀살(黑夜鬼殺)!"

장천이 무진 쪽으로 달려오자 안승은 무진을 공격하던 것을 멈춘 채 일검을 내찔렀고, 그의 검이 흐릿해지는가 싶더니 이내 장천의 미간이 한 자 앞까지 밀려왔다.

"흥!"

하지만 안승의 귀검은 장천에겐 우스울 뿐이었다. 다른 이들이 보기에 흐릿해 보이는 검이지만 그의 눈에는 또렷하게 보이고 있기 때문이었다.

안승의 검이 자신을 향해 밀려오자 가볍게 오른발을 차며 진각을 시전했고, 순간 강한 기풍이 일렁이며 안승의 검은 뒤로 휘어지듯이 꺾어졌다.

"헉!"

설마 진각의 힘으로 자신의 검이 밀려 버릴 것이라고는 생각지도 못한 안승은 크게 당황할 수밖에 없었다.

"차압!"

상대의 검이 진각에 의해 휘어지자 그 틈새를 놓치지 않은 장천은 진각의 힘을 그대로 이어서 일권을 내뻗었고, 엄청난 권기가 밀려 들어가 안승의 가슴에 강한 타격을 주며 그대로 뒤로 밀어버렸다.

"끄윽!"

단 일 권만으로 안승이 밀려 버리자 무사들은 크게 놀라고 말았다.

안승은 대사련 내에서도 손꼽히는 고수 중의 한 사람으로 차기 사파 십대고수의 일인이 될 것이라 불렸었는데, 그런 그가 제대로 대항하지도 못한 채 쓰러진 것이다.

안승을 쓰러뜨린 장천은 급히 부상을 입은 무진에게 뛰어갔다.

"무진 형! 괜찮아요?"

"으윽… 아프긴… 아픈데… 제발… 이름 좀 부르지 마라……."

"합……."

무진의 말에 장천은 급히 입을 막고 말았다. 지금 그들은 은원방의 가명을 사용하고 있었기 때문이다.

"아직 검에 익숙하지 못한 모양이군."

무진은 자신의 검술이 미숙함에 한탄할 수밖에 없었다. 그도 그럴 것이 무림에서 검을 쓰는 자들의 대부분은 어린 시절부터 꾸준히 검만을 익혔으나 무진이 검을 익힌 것은 그리 많은 시간이 되지 못했기 때문이다.

도에 비해서 검은 상당히 많은 변화를 가지고 있었기에 짧은 시간에 쉽게 익힐 수 있는 것이 아니었던 것이다.

쓰러진 무진을 부축하여 일으킨 장천은 살기 어린 눈으로 자신들을 공격했던 무사들을 노려보려 했는데 애석하게도 이미 기회를 놓치고 말았다.

안승이 쓰러지자 이미 전의를 상실했는지 남아 있던 무사들이 부상당한 동료와 시체를 들고 도주했기 때문이다.

"휴~ 대사련에서의 일이 그리 순탄할 것 같지는 않은데."

장천의 말에 무진과 데비드 모두 고개를 끄덕이며 수긍했다.

숙소로 돌아온 이후 장천은 대사련의 사람들에게 자신들이 습격당했다는 소식을 전했고, 이 때문에 부련주 양진은 부하들과 함께 급히 이들을 찾아왔다.

"어찌 된 일입니까? 습격이라니?"

"안승이란 자가 우리에게 련주님을 만나게 해준다면서 함정에 빠뜨렸소."

"안승이!"

양진으로선 가슴이 철렁 내려앉을 수밖에 없었다. 자칫 잘못하다가는 은원방과의 약속이 깨질 수도 있었기 때문이다.

상황이 좋지 않은 대사련으로선 은원방의 도움이 절실했기에 일을 망치려 했던 안승에게 이가 갈릴 수밖에 없었다.

'도대체 녀석이 무슨 이유로 일을 방해하려 했던 것이지?'

그가 알고 있는 안승은 자신의 세력에 속한 자는 아니지만 그렇다고 반대파에 속한 자도 아닌 중립을 표방한 인물이었다.

그 때문에 련의 손님을 모시는 접객당의 부당주가 될 수 있었던 것인데 그런 그가 왜 은원방의 사람들을 죽이려 했는지 알 도리가 없었다.

하지만 이 일은 쉽게 간과하고 지나갈 일이 아니었기에 부련주는 급히 안승과 장천들을 공격했던 무사들을 잡기 위해 그들을 보냈다. 하지만 당사자인 안승은 스스로 독을 먹고 자결한 이후였기에 나머지 무사에 대해 알아낼 도리가 없었다.

무슨 이유로 안승은 은원방의 무리들을 공격한 것일까? 알 수 없는 일이었다.

중원 사파 연합체의 주인인 대사련의 련주가 머물고 있는 거대한 대청 안에는 검은 옷을 입고 있는 련주의 친위무사들인 검은 복장을 입은 무사들 이십여 명이 일렬로 서 있었다.

그리고 상좌에는 백색의 장삼을 입고 있는 중년인이 자리에 앉아 아래쪽을 보고 있었는데, 련주 유일랑의 눈은 바로 이번 일의 당사자라 할 수 있는 장천과 그 일행에게 있었다.

이번 은원방 무사 습격 사건이 결코 가벼운 것이 아닌지라 부련주 양진이 련주에게 보고하여 이들을 직접 만나게 주선한 것이다.

과연 강호 사파의 총수라고 할까? 장천이 보는 유일랑은 가만히 있어도 위엄이 흐르는 것과 같은 모습의 중년인이어서 긴장감을 감출 수가 없었다.

"대사련의 련주님께 은원방의 냉천마수가 인사드립니다."

"련주의 소임을 맡고 있는 유일랑이라 하네."

단순한 소개에 불과했지만 장천은 유일랑의 목소리에서 느껴지는 기도에 절로 식은땀을 흘리고 있었다.

강호의 소문으로 대사련의 련주 유일랑은 마교나 정파의 장에 비해 그 무공이 떨어진다고 알려져 있었는데, 직접 느낀 유일랑의 기도는 마교의 천마나 우경과 비교해도, 아니, 그보다 한 수 위란 생각이 들었다.

하지만 장천이 그에게서 느끼고 있는 긴장감을 유일랑 역시 느끼고 있었다.

'어떻게 저런 자가…….'

유일랑은 장천의 몸에서 뿜어져 오는 기도를 느끼며 그가 소속되어 있다고 하는 만마문에 대한 불안감을 가질 수밖에 없었다.

하지만 지금 당장 그 불안감을 내비칠 필요가 없다고 생각한 유일랑은 부련주 양진을 보며 차가운 목소리로 말했다.

"어젯밤에 있던 일을 보고하라."

"예, 정오 무렵 접객당의 부당주인 안승이 련주님을 뵙게 한다는 명목으로 은원방의 분들을 함정에 빠뜨려 해하려 했습니다. 이 사건에 관련되어 있는 자들로는 부당주 안승과 접객당 휘하의 일급무사 열다섯 명으로 추정되나 아직 그들의 신원을 전부 밝혀내지는 못했습니다."

"안승은?"

"일이 알려진 후 급히 문도들을 보냈지만 독을 마시고 자결한 이후였습니다."

"음……."

지금까지 대사련 내에서 이런 일은 한 번도 없었으므로 유일랑은 어떻게 처리해야 할지 막막할 뿐이었다. 하지만 은원방에 온 이들이 자신들의 손님인지라 그들의 체면을 생각해서도 간단히 넘어갈 수는 없어 마음을 결정하곤 양진에게 명령을 내렸다.

"접객당 부당주인 안승의 사문은?"

"귀주 귀검문입니다."

"귀검문을 대사련의 명부에서 지우도록 하게."

"예."

유일랑의 명령에 양진은 잠시 흠칫거리는 모습을 보이고는 포권하며 물러났다.

하지만 그와는 달리 그가 하는 말이 무슨 뜻인지 잘 알고 있는 장천은 섬뜩할 수밖에 없었다.

아무런 감정의 변화 없이 한 문파를 몰살시키라는 명령을 들었는데 어찌 놀라지 않을 수 있겠는가? 그런 장천의 생각을 아는지 모르는지 유일랑은 귀찮다는 듯 턱을 괴고 앉아 장천을 보며 말했다.

"귀방의 무사가 본련의 실수로 상처를 입었으니 그것은 본련의 실책, 그에 대한 보상으로 은원방에 몇 가지 사과의 선물을 준비했으니 받아주게."

그 말이 끝나자 두 사람의 무사가 궤짝을 들고는 걸어 들어와 뚜껑을 열었고, 그 안의 물건들을 본 장천들은 크게 놀랄 수밖에 없었다.

궤짝 안엔 백 냥짜리 은원보가 가득 들어 있었기 때문이다. 족히 수만 냥은 넘을 듯한 액수, 그 때문에 장천은 유일랑의 큰 배포에 놀랄 수밖에 없었다.

"약간의 상처만을 입었을 뿐인데 이렇듯 해주시니 송구스러울 뿐입니다."

"본련으로서는 귀방의 도움이 필요한 상태이니 오히려 부족하다 생각할 뿐이지요."

그 말과 함께 유일랑이 자리에서 일어나 사라졌다. 하지만 세상에 돈이 아깝지 않은 이가 어디 있겠는가.

은원방의 무사들이 안 보이는 곳까지 걸음을 옮긴 유일랑은 잠시 후 벽에 두 손을 가져가고는 머리를 벽에 박기 시작했다. 이를 본 부련주 양진은 이미 예상이라도 했던 듯 뛰어와 그를 만류하기 시작했다.

"련주! 련주! 제발 참으십시오!"

"놔! 이 자식아! 으… 아까운 내 돈… 흑흑흑."

애석하게도 은원방에 내준 수만 냥이나 되는 돈은 바로 련주 개인의 사재였던 것이다.

한편 이런 유일랑을 아는지 모르는지 숙소로 들어온 장천 일행은 궤 짝 가득히 들어 있는 은원보를 보며 도저히 웃음을 멈출 수가 없었다. 약간의 부상으로 이 정도의 돈을 얻을 수 있다면 상당히 부가가치가 높은 사업이 아니던가?

"무진 형… 흐흐흐 다음도 기대해 볼게!"

"빌어먹을 녀석… 저런 녀석이 동생이라니… 흑흑흑."

자신의 안위보다 돈을 더 좋아하는 장천의 말에 눈물을 흘리는 곽무 진이었다.

대사련과 은원방의 연합이 순조롭게 끝나자 장천들은 처음 약속한 대로 야묘대의 무사들과 함께 마교와의 연합 전선을 위한 첫발을 내디 뎠다.

하지만 연합을 보고하기 위한 첫발부터 이들을 방해하는 이들이 있었다.

대사련의 총단을 나온 지 얼마 되지 않아 장천은 대로의 주변에서 수십의 살기가 자신들을 향하고 있음을 눈치 챌 수 있었다.

"데비드……."

장천은 피부로 느껴지는 살기에 데비드와 곽무진에게 주의를 기울이라는 말을 던졌고, 잠시 후 사방에서 파공음이 들리며 수십 개의 화살이 일행을 향해 쇄도해 들어왔다.

"적습이다!"

"끄악!!"

제대로 방비하지 못한 화살에 의해 순식간에 야묘대의 무사 서너 명이 쓰러졌다.

그리고 잠시 후 그들의 주위로 복면을 하고 있는 무사 수십 명이 병장기를 들고 모습을 드러내었는데, 이들 중 유일하게 복면을 하지 않은 대도를 든 중년인이 장천들을 보며 크게 소리쳤다.

"세외의 오랑캐들에게 중원이 그리 호락호락하지 않음을 보여주지!"

"일살대도(一殺大刀) 하후명(夏候明)!!"

대도를 든 중년인을 보며 남아 있던 야묘대의 무사 한 사람이 놀라 크게 소리쳤다. 일살대도 하후명, 그는 대사련 서열 칠 위의 인물로 유일랑에게 상당히 신임을 받고 있는 인물이었다.

"하후 대주! 도대체 이게 무슨 짓입니까!"

장천의 일행과 동행한 야묘대의 부대주가 소리치자 하후명은 크게 대소를 터뜨리며 말했다.

"크하하하! 세외의 무리들을 처단하는 것은 중원의 무인으로서 당연한 일이 아닌가?"

"흥! 처단되는 것이 누구인지는 마지막에 가서야 알 수 있겠지!!"

상대의 말에 장천은 노기를 드러내며 소리치고는 몸을 날렸고, 이에 하후명의 뒤에 시립해 있던 복면의 무사들이 몸을 날리며 장천들을 향해 일제히 공격해 들어왔다.

장천들은 안승과의 싸움 이후 갑작스러운 싸움에 대비해 왔기에 전과는 달리 무진은 파사신검을, 데비드 역시 애검과 함께 간단한 체인메일을 걸치고 있었다.

안승과의 싸움에서 상대의 실력을 대충 파악한 하후명은 그들을 제압할 수 있을 정도의 숫자를 끌고 왔지만 안승과의 싸움과 비교할 때 파사신검을 든 곽무진이나 완전한 복장을 갖춘 데비드가 수 배는 더 뛰어남을 모르고 있었다.

"호오~ 상당히 재밌는 싸움이 되어가는군."

하후명과 장천 일행이 격돌하고 있을 때 멀리서 이들을 보고 있던 두 명의 인영이 있었다. 그중 창을 들고 있는 한 남자는 이들의 싸움을 보며 흥미롭다는 표정으로 중얼거리고는 옆에 있던 활을 들고 있는 중년인을 보며 넌지시 물어보았는데 놀랍게도 그는 쌍도문의 구궁이었다.

"자네의 사제들인가?"

진형은 장천들의 실력이 녹록치 않은 것을 보며 말했지만 그의 물음에 구궁은 더 이상 볼 것도 없다는 표정으로 돌아서며 말했다.

"세외에서 온 무리들이라면 모를까, 저들과의 싸움은 문주의 명으로 금지되어 있다. 또 대사련 수뇌들과의 거래도 모두 끝났으니 이만 돌아가겠네."

하지만 유성신창의 진형은 이 재미있는 일을 그냥 지나치고 싶은 마음은 없는 듯 창을 한번 회전시키곤 구궁을 보며 말했다.

"그래, 그럼 자네는 그냥 가. 난 약간 재미를 보고 갈 테니 말이야. 후후후……."

장천을 상대로 손속을 겨루는 것도 상당히 흥미있을 것이란 생각에 진형은 웃음소리를 내며 중얼거렸고, 그런 그를 보며 구궁은 피식 웃음 지으며 말했다.

"가치없는 일에 힘을 쓸 필요는 없지. 앞으로 더 좋은 기회가 있을 텐데 말이야. 하나, 자네에게 한 가지 말해 두지. 내 사제들을 우습게 보았다간 큰 낭패를 보게 될 것이야."

그 말과 함께 구궁은 경공을 사용해서 사라졌고 그 뒷모습을 보며 진형은 코웃음치며 중얼거렸다.

"이래저래 쌍도문의 것들은 재미있단 말이야. 언제고 신궁을 견식해 볼 날이 있을 것이니 그때를 기다려 주지 구궁. 후후후후."

하후명과 장천들의 싸움은 이제 거의 막바지에 달하고 있었다. 상대의 힘을 잘못 판단했던 하후명의 무사들은 곽무진과 장천에 의해 대부분이 쓰러졌고, 하후명 역시 곽무진의 검공에 밀려 복부에 큰 상처를 입고 있었다.

'이럴 수가……!'

안승과의 싸움을 통해 적의 전력을 파악했다 생각한 하후명은 가장 약하다 알려진 곽무진을 처리한 후 나머지를 처리할 생각이었는데 가장 약하다고 알려진 상대에게 큰 상처를 입자 절망이 밀려오고 있었다.

만약 이대로 도망가기라도 한다면 중한 검상이라 할지라도 목숨을 부지할 수 있을지 모르나, 적을 앞에 두고 도주했다는 이유로 그 죄를 물어 스스로 목숨을 끊을 수밖에 없는 그였다.

그의 배후에 있는 세력은 무림의 어느 누구도 피할 수 없는 눈을 가진 존재, 자신의 문파와 가족들을 위해서라도 하후명은 스스로 목숨을 끊는 것이 가장 좋은 방법이란 생각이 들었다.

하지만 지금의 하후명은 가족과 문파의 안위보다는 살고자 하는 생각이 더욱 강했고, 곽무진에게 밀리던 그는 더 이상 버티지 못하고 몸을 뒤로 날려 이들에게서 도주하기 시작했다.

"흥! 두고 보자!"

곽무진을 보면서 살기 어린 목소리로 소리치며 도주하는 하후명은 어떻게든 힘을 모아 배후에 있던 세력이 지금의 패배를 알지 못하는 사이에 이들을 처리하겠다는 생각을 했지만 애석하게도 일은 그의 마음대로 풀리지 않았다.

부하들을 모두 남겨놓고 혼자 도망치던 하후명은 숲 쪽으로 시선을 돌렸는데, 그 순간 자신의 눈앞으로 은빛의 섬광이 빠른 속도로 쇄도해 들어오는 것을 볼 수 있었다.

"끄아악!!"

갑작스러운 공격에 제대로 방어도 하지 못한 채 은빛의 섬광은 그대로 하후명의 미간을 뚫어버렸고, 비명과 함께 그의 몸은 땅으로 처박히고 말았다.

"응?"

도주하던 하후명이 죽임을 당하자 곽무진은 놀랄 수밖에 없었고, 잠시 후 빠른 신형을 놀리며 은빛의 창을 든 자가 그들의 앞에 모습을 드러내었다.

"누구냐?"

곽무진은 상대의 경신공이 범상치 않자 긴장하며 소리쳤고 상대는 차가운 목소리로 말했다.

"이 겁쟁이 녀석과 같은 곳에 있는 사람이랄까?"

"마교?"

"하하하하! 본좌를 그런 무리들과 비교하다니 어이가 없군."

"음……."

마교의 인물도 아니라는 말에 곽무진은 녀석의 정체에 대해 궁금할 수밖에 없었다. 대사련의 무리라고 생각할 수 있지만 대사련에서 은빛의 창을 쓰는 고수에 대해서는 들어본 적이 없었다.

그에게서 느껴지는 기도로 보아 무진은 결코 자신이 상대할 수 있는 수준의 무사가 아님은 알았지만 이대로 물러설 수는 없는지라 천천히 파사신검에 내력을 끌어올렸다.

"호오… 십대신병이라… 한번 해볼만 하겠군."

곽무진이 들고 있는 검이 십대신병의 하나인 파사신검이라는 것을 알고 있는 진형은 흥미가 돌았다. 십대신병 서열 사 위의 파사신검과 구 위인 자신의 유성신창의 위력을 비교하고 싶은 마음이 있었기 때문이다.

곽무진이 자세를 잡자 진형은 창을 빠른 속도로 회전시키는가 싶더니 그를 향해 내찔렀다.

"미종보(謎踪步) 강풍파운!"

진형이 공격해 들어오자 곽무진은 미종보를 사용함과 동시에 강풍파운의 초식을 사용하여 반격해 들어갔다.

강풍파운의 패도적인 검공은 빠른 속도로 진형의 복부를 향해 밀려갔지만 상대는 당황함도 없이 창을 잡고 있던 손목에 힘을 가하자 창은 크게 휘어지며 곽무진의 검을 날카로운 소리와 함께 튕겨 버렸다.

무진은 이에 크게 놀랄 수밖에 없었는데 지금까지 내력을 보탠 파사신검의 날과 부딪쳐서 온전한 병기를 본 적이 없었기 때문이다.

"유성신창?"

"드디어 알아보는가?"

유성신창, 무림십대신병의 하나로 신창 진명이 가지고 은거했다는 신병이 등장하자 무진은 미간을 찌푸리고 말았다.

상대의 역량이 자신을 상회하는 상황에서 무기마저 비등하다면 이 싸움은 이로울 것이 없었기 때문이다.

"유성일광!!"

진형이 유성일광의 초식을 시전하자 은빛의 섬광이 일렁이며 무진의 미간을 향해 빠른 속도로 밀려 들어갔고, 놀란 그는 급히 몸을 회전하여 간신히 공격을 피할 수 있었다.

상대가 신병상의 무공을 쓰자 무진 역시 파사신검상의 무공을 사용하려 했으나 아직 그는 파사신검의 초식을 완전히 익히지 못했다.

현재 그가 익히고 있는 초식은 제일식 성광척사(聖光斥邪), 제이식 만귀광멸(萬鬼光滅), 제삼식 불영성수(佛影聖守)의 삼 초식뿐이라 이것으로 상대를 쓰러뜨리지 못한다면 도저히 이길 방법이 없었다.

"천부유운!'

내력이 미흡한 무진으로선 처음부터 파사신검상의 초식을 사용할 수 없었기에 일단 무당의 무공을 사용하여 진형을 향해 검을 내질렀다.

천부유운의 초식을 사용하여 몸을 날리자 깃털이 바람에 날리고 있는 듯한 모습과 함께 검은 느릿한 속도로 진형을 향해 밀려갔다.

무진의 공격에 진형은 창을 들어 원을 그리듯 빠르게 내질렀고, 순간 수십 개의 창영이 형성되어 흐느적거리며 밀려오는 그의 검을 피해 무진의 각 요혈을 향해 밀려갔다.

하지만 그것이 곽무진이 노리는 것이었다. 천부유운의 초식으로 정적인 검공을 시전하던 그는 수십 개의 창영이 검을 피해 장병기의 특성인 긴 공격 거리를 이용해 밀려오자 그 흐름을 쾌속하게 바꾸어 파사신검의 초식을 시전한 것이다.

"성광척사!'

무진의 손에서 파사신검의 초식이 시전되자 강렬한 빛이 파사신검에서 뻗어 나오는가 싶더니 이내 진형의 눈으로 파고들었다.

"끄윽!!'

엄청난 빛에 진형은 눈이 보이지 않게 되자 크게 놀라 손을 들어 눈을 가렸고, 그와 함께 엄청난 기운이 자신의 복부를 향해 밀려오는 것을 느끼고는 급히 창을 수직으로 세워 바닥을 내려쳤다.

쿵!!

빛에 의해 눈이 보이지 않는 상태에서 복부를 향해 검이 밀려오는 것을 느끼자 급히 창의 반동을 이용해 몸을 위로 띄우며 적의 공격을 피한 것이다.

"첫!"

상대가 성광척사의 초식을 피하자 무진은 발을 박차 공중으로 몸을 피한 녀석을 향해 다시 검을 날렸다.

"괘씸한 녀석! 유성일광!"

하지만 상대의 첫 번째 초식을 피한 진형은 뒤이어질 공격을 예상하고 있었고, 무진의 움직임을 파악한 그는 급히 유성일광의 초식으로 창을 내질렀다.

"헉!"

몸을 날리던 무진은 미간으로 은빛의 섬광이 밀려오자 크게 놀라 천근추 수법을 사용하여 몸을 가라앉힌 후 파사신검을 휘둘러 적의 공격을 튕겨낼 수 있었다.

"이게 끝이 아니다! 칠성광쇄!"

유성일광의 공격을 막느라 자세가 흐트러진 것을 간파한 진형은 칠성광쇄의 초식을 시전했고 일곱 개의 섬광이 무진을 향해 밀려들어 갔다.

"으악!"

자세가 흐트러진 무진은 도저히 피할 수가 없다는 것을 깨닫고는 비명을 내질렀는데 그 순간 뒤쪽에서 누군가가 위기에 처한 그를 끌어당겼다.

쿠구궁!!

곽무진이 뒤로 밀려나자 상대를 잃은 일곱 개의 섬광은 그대로 대지와 충돌했고, 큰 소리와 함께 대지는 사방으로 파편을 튀기며 일대를 흙먼지로 뒤덮어 버렸다.

"이런……."

상대를 쓰러뜨리는 순간에 방해를 받자 진형은 이를 갈 수밖에 없었는데 진형의 손에서 무진을 구한 사람은 바로 장천이었다.

"휴~ 고맙다, 천아."

"조금 빨리 도와줄 수 있었는데 성광척사의 초식에 당해서 말이야. 으으으……."

어이없게도 무진이 진형의 눈을 현혹하기 위해 사용했던 초식이 장천의 눈을 어둡게 하고 말았던 것이다.

하지만 잠시 후, 대충 시력이 돌아오자 장천은 소수마공을 끌어올린 후 진형을 보며 말했다.

"당신이 누군인지는 모르지만 지금부터 내가 상대해 주겠소."

"후후후, 어디 솜씨나 구경해 볼까?"

진형은 구궁의 사제인 장천의 무공 또한 구경해 보고 싶었기에 흔쾌히 고개를 끄덕였고, 장천은 기다렸다는 듯 몸을 날리며 장풍을 날렸다.

"한천장!(寒天掌)"

장천의 한천장이 강렬한 냉기를 뿜은 바람과 함께 밀려 들어가자 진형은 가볍게 뒤로 몸을 날려 장풍을 피하곤 바닥에서 창을 크게 팅기며 그 기세로 몸을 날려 장천의 머리를 향해 일격을 날렸다.

"뇌격낙파(雷擊落破)!"

상대가 창을 내려치자 장천은 물러서지 않고 왼손에 진력을 돋구어 창을 잡아채고는 오른발을 앞으로 내지르며 진각과 함께 화의 무공을 시전했다.

"열화강권(烈火强拳)!!"

모든 것을 태워 버릴 듯한 기세를 지닌 화의 기운을 그대로 강권에 실어 날리자 진형은 오른손으로 창을 잡아 진력을 돋구어서는 급히 오른 쪽으로 회전해 장천의 강권을 피할 수 있었다.

"끄윽!"

진형이 빠른 속도로 몸을 회전하자 창을 잡고 있던 장천의 왼손은 창이 회전하며 생긴 마찰열로 인하여 손이 타는 듯한 고통을 느껴 급히 창을 놓고는 뒤로 몸을 날렸다.

"젠장!"

창을 잡고 있던 왼손은 손을 움켜지지도 못할 정도로 화상을 입었기에 장천으로선 이를 갈 수밖에 없었다.

'만만치 않은 자로군……'

전체적인 무공의 수준으로 비교한다면 유성신창의 진형보다 장천이 한 수 위라 할 수 있었지만 장병기 특유의 공격법, 쾌속함과 다변함이 조화롭게 이루어져 있는 파상적인 공격에 병기를 들고 있지 않은 장천은 공격하기가 쉽지 않았다.

그런 장천의 생각을 아는지 곽무진이 그를 향해 무엇인가를 집어 던지며 소리쳤다.

[천아, 그것을 사용해라!]

전음을 사용하며 무진이 던져 준 것은 한 쌍의 장갑이었고, 장천은 한눈에 그것이 물건임을 알 수 있었다.

무진이 던져 준 장갑은 그의 스승인 광무자가 무진의 강호 초출 때 준 선물로 천잠사로 짠 장갑이었다.

첨잠사로 짠 장갑은 도검으로도 상하게 할 수 없을 정도이기에 권장을 익힌 이에게는 천금을 주고도 바꾸지 않을 무가지보였다.

장천은 이것이라면 상당한 도움이 될 것이라 생각하고는 급히 장갑을 낀 채 내공을 끌어올렸고, 천잠사는 아무런 해 없이 화의 무공과 소수마공을 받아들이며 은빛으로 물들기 시작했다.

"천잠사?"

진형은 장천이 끼고 있는 장갑이 빛을 내는 것을 보며 한눈에 천잠사로 짠 장갑임을 눈치 챌 수 있었다.

"홍염만화(紅炎萬化)! 한풍빙천(寒風氷川)!"

천잠사로 손을 보호할 수 있게 된 장천은 이제 거리낌이 없었고, 이내 분심공인 무당파의 양의 심공을 이용하여 홍염만화의 초식과 냉기가 가득한 소수마공 상의 장풍을 사용하기 시작했다.

이러한 음양의 신공을 연이어 계속 시전하자 진형은 제대로 정신을 차릴 수가 없었다.

뜨거운 열기의 공격을 견디어냈다 생각하면 냉기가 밀려오고, 냉기가 밀려오면 또다시 열기가 밀려오며 공격해 몸이 견디지 못하는 것은 당연한 일이었다.

"큭!!"

계속되는 두 개의 상반된 공격으로 인해 진형은 피가 솟구쳐 올라오는 것을 느낄 수밖에 없었다.

이런 식의 공격을 계속받게 되면 내가진기가 극한의 두 기운으로 인하여 심하게 흔들리면서 큰 내상을 면치 못할 것임을 아는 진형은 이를 갈며 뒤로 물러설 수밖에 없었다.

장천의 초식을 받아넘기던 진형은 그대로 몸을 날려 나무 위로 뛰어 올라 갔고, 장천은 틈을 주지 않고 연이어 계속 공격했지만 수풀에 막혀 공격은 무위로 끝날 수밖에 없었다.

그 틈을 타 진형은 더욱 멀리 몸을 날리며 진기를 돋구어 소리쳤다.

"꼬마야! 이번에는 본좌가 물러나도록 하마!"

"흥!"

녀석이 사라지자 장천은 코웃음을 쳤으나 이 싸움에서 그가 전력을 다하지 않았음을 잘 알고 있었다.

그가 자신에게 보여준 몇 가지 초식만 보더라도 곽무진에게 사용했던 초식에 비해 위력이 떨어짐을 알 수 있었기 때문이다.

하후명에 의해 시작된 싸움은 진형이 사라지자 대충 마무리가 지어졌고, 야묘대의 부대주는 쓰러져 있는 적의 복면을 벗기고는 잠시 침음성을 흘리며 말했다.

"역시나 하후명의 부하들이군요. 이들이라면 대사련에서 신분이 확실한 자들인데 무슨 이유로 우리들을……."

대사련은 수많은 사파들이 모여 만들어진 연합체였지만 그 상하의 규율은 상당히 엄격하기로 유명했다.

련을 배반했다는 것으로 당사자는 물론 그가 속한 문파까지 명부로 보냈던 안승의 경우를 보더라도 알 수 있는 것이다.

"부대주, 아무래도 련 내에서 이번 본방과 귀련의 일을 반기지 않는 인물이 많은 듯하군요."

"본련으로서는 죄송스러울 뿐입니다."

야묘대의 부대주로선 계속되는 기습이 반가울 리 없었기에 길게 한숨을 내쉬었다.

'아무래도 양 부련주의 일이 어렵게 되었구나. 이렇게 되면 은원방이 동맹을 끊는다고 해도 뭐라 할 말이 없는 것이 아닌가… 휴…….'

이번 은원방과의 동맹은 상당히 중요한 일이었다. 힘을 합쳐 마교를 몰아낼 수만 있다면 지금까지 중립을 지킨 대다수의 사파 문파들이 대사련의 연맹으로 들어오게 되기 때문이었다.

지금의 상황은 전체 사파의 고수들 중 개인적으로 활동하는 상당수가 중립을 지키며 대사련에 도움을 주지 않은 탓에 정파나 마교에 비해 수적으로는 상위임에도 불구하고 고수들의 수가 모자라 전체적인 힘에서 크게 밀리고 있었다.

거기에다 근래에 들어와 십대거두들이 모두 실종되는 바람에 사정이 더욱 힘들어져 은원방의 존재는 반드시 필요했다.

"다행히 본방의 피해가 없는지라 이번 일은 넘어가겠지만 계속 이런 식으로 귀련에서 실수를 보낸다면 저희로선 이번 동맹을 다시 생각할 수밖에 없습니다."

"본련에서도 최선을 다하고 있으니 대협께선 안심하십시오."

그 말에 장천이 고개를 끄덕이며 돌아서자 부대주는 안도의 한숨을 내쉴 수 있었다.

두 번째 위기를 넘긴 후에는 다행히 적습은 없었기에 일행은 무사히 은원방에 도착할 수 있었다.

제43장
멸천문의 개파대전

　시월 초하루 무림의 각 명문대파에 하나의 서신이 도착했다.

　문파의 개파대전을 위해 명문대파에 초대장을 보낸 것이었는데 많은 명문대파들은 처음엔 삼류문파의 형식적인 서신이라 생각했다.

　서신에 적혀 있는 문파의 이름도 처음 들어보는 것이니와 보통 삼류문파가 개파에도 형식상 명문대파에 서신을 보내는 것이 보통이었기 때문이다.

　하지만 그 안의 내용을 읽어본 이는 경악을 금치 못했는데 그것은 바로 서신을 보낸 멸천문이라는 문파의 문주와 그 외의 장로들의 이름이 결코 간과하여 넘어갈 수 없는 자들로 메워져 있었기 때문이다.

　달마대사가 처음 창건한 이후 무림의 태산으로 흔들림없는 입지를 유지하는 숭산 소림사. 이천 년의 역사를 지닌 고찰은 현재 중요한 손님을 맞이함에 접객원의 승려들이 분주히 움직이고 있었다.

불가에 속한 문파로 손님을 접대함에 이런 분주함은 조금 의외의 일이라 할 수 있었다.

소림의 접객원주를 맡고 있는 무허 대사는 접객원 승려들에게 일일이 명령을 내리며 다그치고 있었는데, 그런 그의 앞으로 승려 한 사람이 다가와서는 조용히 말했다.

"무당의 분들께서 찾아오셨습니다."

"벌써 오셨는가? 자네는 방장께 손님들이 오셨다 말씀드리게."

"예."

숭산으로 찾아온 이들은 바로 소림사와 함께 무림 양대산맥으로 군림하고 있는 무당의 무사들이었고, 이들이 도착했다는 말에 접객원의 무허 대사는 천천히 산문을 향해 걸음을 옮겼다.

얼마 후 무허 대사는 소림사로 들어서는 돌층계 아래로 십수 명의 무림인들이 서 있는 것을 볼 수 있었기에 천천히 계단을 내려와 그중 노년의 도인 앞에 서서는 인사를 올리며 말했다.

"아미타불. 먼 길 오시느라 고생하셨습니다."

"고생이랄 것이 무엇이 있겠소, 허허허허."

무허 대사를 보며 인자한 미소를 짓고 있는 노년의 도사, 그는 장천도 만난 적이 있었던 무당의 전설 신검 진인이었다.

공동파의 현 문주인 천무성자와 함께 한때 정파 양대 최고수의 일인이라 불렸던 신검 진인은 젊은 시절 소림 방장의 목숨을 구해주었던 적이 있는지라 소림사는 최대의 예를 다하여 그를 마중하는 것이다.

그런 진인의 옆에는 무엇이 그리 불만인지 퉁명스러운 표정으로 툴

툴거리고 있는 이가 있었는데, 그는 강호에 모르는 것이 없다 불리는 만박광인이었다.

광인으로 소문이 나 무림을 종횡하고 있는 그로서는 답답하기만 한 소림사행이 마음에 들 리가 없었지만, 무림의 대의를 위해 어쩔 수 없이 참아야 되기에 짜증으로 온몸에 경련이 일고 있었다.

"이런 누구신가 했더니 만박 시주께서도 본사를 방문하셨군요."

그런 만박광인을 보면서 무허는 인자한 미소를 지으며 말했고 무허와 친분이 있던 그는 손을 내저으며 투덜거리듯 말했다.

"무허 땡중아! 네 녀석이 한마디할 때마다 답답함에 가슴이 턱턱 막히는 것 같으니 잔말 말고 방장 대사나 뵈러 가자꾸나!"

"허허허. 만박 시주께서는 예나 지금이나 여전하십니다."

"큭……."

만박광인의 말에 무허는 너털웃음을 흘리며 즐거워했다. 사실 지극히 조용한 소림에서 만박광인과 같은 인물은 시원한 바람과도 같았기 때문이다.

무허가 몇 명의 접객원 스님들과 함께 무당의 손님들을 모시고 안으로 들어서는데 이들을 확인하고는 멀리서 십여 명의 승려들이 다가왔다.

이들은 놀랍게도 소림의 방장인 무진 대사와 무 자 배의 노승들이었으니 소림 방장은 신검 진인이 도착했다는 말에 직접 맞으러 나온 것이다.

소림에서 이렇듯 방장이 직접 손님을 맞이하러 나서는 것은 거의 이례적인 일인 것임을 감안한다면 소림 방장 무진이 신검 진인에 대한 배려는 상당한 것이라 할 수 있었다.

"아미타불. 어서오시오, 진인."

"방장께서 친히 마중을 나오시니 몸 둘 바를 모르겠습니다."

"별말씀을 다하시오. 자, 안으로 드십시다."

소림 방장 무진 대사의 안내를 받은 신검 진인은 얼마 후 방장실에 도착할 수 있었고, 서로 간에 간단한 이야기를 나누었다. 사미승이 가져다놓은 차의 향기가 방장실을 가득 메울 무렵 만박광인이 헛기침을 하며 사람들의 시선을 모은 후 천천히 좌중에 있는 사람들을 보며 말했다.

"이곳에 계신 분들은 오늘 이 모임의 이유를 대충 짐작하고 계실 것입니다."

"음……."

만박광인의 말에 좌중에 있던 이들은 침음성을 흘렸다.

"현재 강호는 정사마의 세 세력이 큰 다툼을 벌이고 있는 상황입니다. 물론 이런 다툼은 언제나 있어왔던 것이지만 근래 들어 이들의 다툼은 더욱 거세어지고 있습니다. 이들의 다툼이 전면전으로까지 번진 이유는 각자의 세력에 속해 있는 중소 방파를 상대방이 멸문시킨 것이 그 이유입니다만, 이들이 대세에 아무런 영향을 줄 수 없는 중소 방파들을 친다는 것은 도무지 납득할 수 없는 일입니다. 그런 이유로 전 현재의 상황이 어떠한 세력이 고의적으로 무림에 혼란을 일으키기 위해 조장한 일이라 생각하고 조사를 했습니다. 하나, 이들의 움직임이 매우 조심스럽고 은밀하여 알아낼 수 있는 것은 극히 소수, 다만 이들이 각 방파에 자신들의 첩자를 심어두고 있다는 것만을 확인할 수 있었습니다."

"첩자!!"

만박광인의 말에 좌중에 있던 소림과 무당의 사람들은 크게 놀란 표정을 지었다. 이들이 신검 진인에 의해 모였다고는 하지만 자세한 내용은 만박광인과 신검 진인밖에 모르고 있었기 때문이다.

만박광인은 이 일이 결코 간단한 것이 아니라 소림으로 모일 때까지 어느 누구에게도 첩자에 대한 것을 밝히지 않고 있었던 것이다.

"첩자라니… 도대체……?"

소림 방장의 물음에 만박광인은 고개를 끄덕이며 말했다.

"애석하지만 무당을 제외하고는 구파 대부분에 놈들의 첩자들이 상당수 잠입해 있는 듯합니다. 거기에다 그러한 첩자들 중에는 구파의 수뇌들도 포함되어 있어 이번 일이 결코 간단한 것이 아니라는 것이지요."

"그렇다면 설마 본사에서도?"

"아마도……."

그의 말은 소림사에도 신비 세력의 첩자가 있다는 뜻인지라 소림사의 방장은 경악을 금치 못했다.

"어떻게 이런 일이……?"

도저히 믿을 수 없는 말에 소림 방장이 말을 잇지 못하자 만박광인은 길게 한숨을 쉬고는 자신 앞에 앉아 있는 한 노승을 보며 말했다.

"무무 대사… 이제 정체를 밝히시는 것이 어떻습니까?"

"…무슨 소리이십니까!"

만박광인의 말에 소림 방장 무진 대사와 접객원의 원주 무허 대사는 크게 놀라며 소리쳤다. 그가 말하고 있는 무무는 바로 이들의 사제였기 때문이다.

하지만 당사자인 무무는 만박광인의 말에 아무런 대꾸도 하지 않고 있었다. 한참을 그렇게 침묵에 잠겨 있던 그는 미소를 지으며 천천히 입을 열었다.

"만박 대협께서 그렇게 말씀하시는 것을 보니 빠져나갈 도리가 없겠소이다. 하하하!"

신중한 만박이 아무런 증거도 없이 자신을 신비 세력의 첩자라 말할리 없다는 것을 잘 아는 무무는 너털웃음을 지으며 자신의 정체를 밝혔고, 방장인 무진 대사는 떨리는 목소리로 물었다.

"무무 사제… 그것이 정말인가……?"

"…대사형께는 죄송스러울 따름입니다."

오랜 시간 소림에서 같이 지내왔던 사이인지라 무무는 방장의 말에 침울한 목소리로 대답했는데 갑자기 신검 진인의 손이 빠르게 움직이며 무무를 향해 지법을 시전했다.

"큭!"

너무나 갑작스러운 일인지라 무무는 제대로 반항 한번 하지 못한 채 마혈을 짚이고 말았는데, 그의 눈에는 당혹감이 서려 있었다.

"신검 진인……."

무진은 신검 진인이 손을 쓰자 도무지 이 상황을 이해할 수가 없는 표정을 지었는데 그 이유를 만박광인이 말해 주었다.

"무허는 무무 대사의 어금니에 있는 독낭을 제거해 주십시오."

"독낭이라 하셨소?"

그의 말에 무허가 놀라서는 무무의 입을 살피니 역시나 어금니 주변에 독낭이 있는지라 크게 놀라며 급히 그것을 제거했다.

신검 진인은 무무의 정체가 밝혀지자 이전에 만났던 신비 세력의 첩자들과 같이 어금니의 독낭을 물어 자결하려 함을 눈치 채고는 급히 지법을 사용하여 그의 행동을 막았던 것이다.

"어떻게 이런 일이……!"

이런 상황이 도저히 믿어지지가 않는 소림사의 방장이었다. 수십 년간을 같이 해온 사제가 혼란의 무리의 첩자라는 말을 어찌 믿을 수가 있겠는가?

"신비 세력의 대계는 수십 년 전부터 시작되었다고 합니다. 이런 이유로 구대 문파에 잠입해 있는 그 첩자들의 수는 헤아릴 수 없을 뿐 아니라 문파 내의 직위도 상당히 높기 때문에 그 정체를 알아낸다 하더라도 색출하는 것은 힘든 것이지요."

만박광인의 말대로 문파에서 상당한 직위에 있는 인물들이 첩자라고 밝혀진다면 그자를 색출하는 것도 힘들 뿐 아니라 그자가 있는 문파에서는 자파에 대한 치욕이라는 생각에 비밀로 감출 것이 분명하니 오히려 그들을 도와주려 하는 것이 서로 반감을 가지게 할 수 있는지라 상당히 힘이 드는 일이라 할 수 있었다.

"그들의 일이 이렇듯 심각할 줄은 생각지도 못했소이다. 아미타불……."

방장으로선 서신으로 무림을 어지럽히는 무리가 있다는 것을 알고 있었지만 일이 생각보다 심각한지라 도저히 타개할 방법이 떠오르지 않았다.

그도 그럴 것이 그의 사형이 되는 방장의 입장에서는 무무가 첩자였음을 사전에 알았다고 해도 오랜 시간을 같이 해온 사형제에게 매몰찬 행동을 할 수 없을 것이었다.

　물론 방장의 입장에서 형벌을 내려야 하겠지만 평생 면벽동에 가두는 것 이상의 형벌을 가할 뿐 그를 고문하여 적의 정체를 알아내는 등의 행동을 하지 못할 것이 분명했다.

　무림에서 사형제지간의 우정은 혈육과도 같았기 때문이다.

　그러한 신검 진인과 만박 진인을 보며 무진은 잠시 헛기침을 하고는 그들에게 하나의 서신을 건네주었다.

　"이것은 오늘 소림사에 도착한 한 문파의 개파대전을 알리는 서신입니다. 사실 신검 진인께서 소림사로 오신 것이 본승은 이 서신 때문이 아닐까 생각하고 있었습니다만, 아마도 이곳에 오시는지라 못 보신 것 같은데 여기에 써 있는 이름을 보시겠소?"

　"음……."

　소림 방장의 말에 신검 진인은 천천히 서신을 받아 그 내용을 읽고는 다음 순간 크게 침음성을 내지를 수밖에 없었다.

　설마… 이렇게 노골적으로 그들이 모습을 드러내리라고는 생각지도 못했기 때문이다.

　"아무래도 무림에 큰 혼란이 야기될 것 같소이다."

　놀랍게도 서신에 써 있는 멸천문 태상 방주의 이름은 무림을 경천시키고 남을 정도로 충격적인 인물이었으니 바로 정사마가 인정한 천하제일의 공적이자 천하제일의 고수인 혈비도 무랑이었기 때문이다.

　"말도 안 돼… 어째서 이자가 모습을 드러낸 것이지……?"

만박광인은 서신의 내용이 도저히 믿어지지 않았다. 지금까지 어둠 속에서만 그 모습을 드러내었던 자가 멸천문의 태상문주가 되어 무림에 나섰기 때문이다.

"만약 만박 시주의 말씀대로라면 본사에서의 이번 회합 역시 멸천의 눈을 피하지 못한 것 같소이다."

무진의 말에 좌중에 있던 다른 이들 역시 고개를 끄덕였다. 비밀리에 각 명문대파에 잠입한 첩자들을 색출하여 반격한다는 것이 그들의 계획이었는데, 멸천문이 이렇게 개파하게 된다면 생각보다 일이 어렵게 변하기 때문이다.

"태상문주가 혈비도 무랑이라는 것이 밝혀진 이상 무림의 명문대파역시 그것을 무시하진 못할 것인데 함정이 아닐까 생각됩니다."

신검 진인을 따라 소림사로 온 무당의 장로 한 사람이 심각한 표정을 하며 자신의 의견을 피력하자 다른 이들 역시 가능성이 있는 일이라 고개를 끄덕였다.

"혈비도 무랑의 이름이 적혀 있는 이상 수많은 무림인들이 모이는 것을 막을 수 없을 것이니 난감할 뿐이군."

"하지만 그만큼 멸천을 칠 수 있는 군웅들도 모이는 것 아닙니까?"

만박광인의 말에 한 무인이 오히려 이것이 기회가 아닐까 하는 생각으로 말을 했지만 그는 고개를 저을 뿐이었다.

"무림 각 명문대파에 수십 년 전부터 첩자들을 보내왔던 용의주도한 그들입니다. 그런 그들이 표면으로 혈비도 무랑의 이름을 끌어올리고 무림인들을 모으고 있다면 그만큼의 준비가 되어 있을 것이니 쉽게 생각할 수 있는 문제가 아닙니다."

"아!"

만박광인의 말대로 그들이 어떠한 계획도 없이 이런 무모하리만큼 과감한 일을 벌일 리 없었다.

반드시 이곳으로 모여든 무인들을 처리할 수 있는 계책이 있는 것이 분명했으니 만박광인으로선 암담할 뿐이었다.

소림과 무당의 고수들이 비밀리에 움직일 수만 있다면 어떻게든 멸천문을 기습할 수 있겠지만, 소림과 무당 외에 각파의 중추에 잠입해 있는 첩자를 알아내지 못했기에 멸천문이 모르는 사이에 군웅을 움직일 수 없었다.

"하지만 이 일을 그대로 보고 있을 수만은 없는 일이니 본사에서는 나한전의 십팔나한과 무승들을 멸천문으로 보낼 생각입니다."

소림 방장의 말대로 이렇게 탁상공론만을 하고 있다면 아무 소용 없는 것을 잘 아는 신검 진인과 만박광인도 고개를 끄덕이며 수긍했다.

어떠한 함정이 있을지는 모르지만 뭇 군웅들을 멸천의 살수에서 구하기 위해 나서지 않을 수 없기 때문이었다.

소림사에서 멸천의 개파에 대한 이야기가 오가고 있을 무렵, 은원방에도 똑같은 서신이 날아왔다. 대사련과의 동맹으로 마교를 치기 위해 준비하던 장천 일행 역시 이 서신을 볼 수 있었다.

은원방의 실질적인 방주라고 할 수 있는 장춘삼의 곁에 모인 이들은 모두 심각한 표정을 하고 있었는데, 그들 역시 혈비도 무랑이 멸천의 이름으로 무림에 모습을 드러냈다는 것이 범상치 않은 일임을 잘 알고 있었기 때문이다.

"아버지, 우리도 일단 멸천문의 개파대전으로 가야 되는 것 아닐까요?"

"우리에게도 서신이 왔으니 그리해야 될 듯하나, 그 숫자는 최소한으로 하고 무공 역시 뛰어난 자들로 한정해야 할 듯하구나."

장춘삼의 말에 옆에 있던 동방명언 역시 고개를 끄덕이며 말했다.

"그렇습니다. 혈비도 무랑이 표면으로 모습을 드러내었다는 것은 그것에 대한 계책이 마련되었음이 분명한 일이니 상황에 대처할 수 있는 자가 가야 될 것입니다."

동방명언의 말이 끝나자 장춘삼은 잠시 생각에 잠기는 듯하다 천천히 입을 열었다.

"이번 멸천문의 개파대전에는 내가 직접 나설까 한다. 천아, 나를 따라가겠느냐?"

"예, 저 역시 혈비도 무랑에게 볼일이 있으니까요."

장천으로선 만박광인이 혈비도 무랑과 밀접한 관련이 있을 것이란 말도 있었고, 지금까지 수많은 일 중 혈비도 무랑과 자신이 관계되었던 일이 상당히 많았기 때문에 과연 그가 자신에게 무엇을 원하는지 알고 싶었다.

이렇게 해서 쌍도문에서 멸천문의 개파대전으로 향하는 사람은 모두 여섯 명으로 결정되었으니 장춘삼과 장천, 요운, 곽무진, 데비드, 동방명언이었다.

멸천문의 개파대전이 가져다 준 무림의 파장은 엄청났다.

지금까지 어둠 속에서만 그 이름을 간혹 드러내었던 혈비도 무랑이 태상문주로 그 이름을 드러내자 무림의 각 명문대파는 물론이요, 삼대 세력 역시 큰 혼란에 빠졌으니 지금까지 싸우던 대사련과 홍련교 역시 모든 문도들을 철수시키고 대책을 논의하기 시작한 것이다.

하지만 그 모든 문파들이 그것이 함정이라는 것은 알 수 있었지만, 그 계책에 대해 자세한 것은 알 수 없었기에 함부로 많은 수의 문도들을 보낼 수 없게 된 것이다.

그런 이유로 각 문파에서는 고수들만을 선출하여 멸천문의 개파대전으로 향하게 했고, 홍련교에서는 혈비도 무랑과 원한이 깊은 천마 문천익과 만근퇴 우경, 그리고 불괴대제들이 직접 자신들의 부하를 이끌고 멸천문의 개파대전에 참석하게 되었다.

또 대사련에서는 련주 유일랑과 부련주 양진들이, 무림맹에서 역시 맹주와 정예인 정무대가 직접 멸천문으로 향했다.

삼대세력에서 이렇듯 수뇌부가 직접 움직인 것은 이례적이라 할 수 있었지만, 혈비도 무랑의 무림에서의 비중을 생각할 때 어찌 보면 당연한 일이라 할 수 있었다.

그러나 한편으로는 이상한 것도 있었는데, 분명 함정인 것을 알면서도 왜 삼대세력의 수장들이 한꺼번에 움직이고 있는 것일까 하는 것이다. 아무리 혈비도 무랑이 강하다고는 하나 위험을 감수하면서까지 수장들이 직접 그를 제거하기 위해 움직인다는 것은 있을 수 없는 일이기 때문이다.

하지만 무림의 어떠한 자들도 이러한 의문을 제기하는 이들은 없었으니 가장 큰 이유는 이들 삼대세력의 수뇌부에 멸천의 첩자들이 상당수 잠입해 있다는 것이다.

아직 멸천의 첩자들이 상당수 자신들의 세력에 잠입해 있다는 것을 알지 못하는 각파의 수뇌부들은 혈비도 무랑의 척살이 중요함을 부각시키며 각파의 중요 인물들을 모두 멸천문의 개파대전으로 모으고 있었기에 수장들이 직접 이 싸움에 참여하게 된 것이다.

또한 혈비도 무랑을 제거할 수 있다면 천하제일의 고수로 이름을 떨칠 수 있을 뿐 아니라 자신들의 세력 하에 그 명성을 이용하여 지금까지 세력 간의 싸움에서 중립을 유지하던 이들을 끌어들여 단숨에 적과의 세력 차를 크게 벌릴 수 있는 이점이 있었기에 삼대세력의 수장들은 그 유혹을 떨치지 못한 것이다.

쌍도문의 장춘삼들이 멸천문의 개파대전으로 떠난 지 삼 일째 되던 날, 쌍도문으로 한 장의 서신이 도착했고, 서신을 받아 든 임아란과 장천의 부인 유능예는 크게 기뻐할 수밖에 없었다.

"어머니!"

"다행이구나, 아가야……."

서신이 온 곳은 바로 항주에 위치한 하오문의 총단, 그것을 보낸 이는 바로 장춘삼의 사형인 양우생이었다.

장춘삼에게 보낸 편지에는 그동안 사방으로 찾아다녔던 장천의 외아들 소천이가 항주에 있다는 내용이 쓰여 있었다.

소천이가 무사하다는 말에 유능예는 눈물을 감추지 못했는데, 그동안 가졌던 마음 고생이 얼마나 심했는가를 말해 주고 있었다.

평소에 아무런 내색도 하지 않았지만 그녀가 사라진 아이에 대해 얼마나 걱정하고 있었는지 잘 알고 있었던 임아란은 말없이 며느리를 가슴에 안아주었다.

한참을 그렇게 며느리를 안아주고 있던 임아란은 능예를 보며 입을
열었다.

"아가야, 어떻게 하겠느냐?"

"제가 직접 항주로 가 소천이를 데리고 오겠습니다."

이제는 어느 누구의 손에도 소천이를 맡기고 싶지 않은 능예는 직접
항주로 가겠다고 말했고, 당연한 말이란 생각에 고개를 끄덕인 임아란
은 미소 지으며 말했다.

"그렇다면 이 시애미와 함께 가도록 하자꾸나."

"어머니……."

임아란으로선 유능에 혼자 보내기에는 항주로 가는 길이 너무 멀고
험한지라 자신이 동행하는 편이 나을 것이라 생각한 것이다.

멸천문이 개파를 선언한 곳은 하남성에 위치한 청아현이라는 곳이
었다.

그들은 사람이 살지 않는 이곳에 오 년 전부터 은밀히 많은 노역부
들을 고용하여 자신들의 거취를 건설했는데, 그 행사가 워낙 은밀하여
마을 사람들조차 단순히 외지로 나간 마을 사람들 중 하나가 거부가
되어 이곳에 큰 저택을 짓는 것으로밖에 생각하지 않았다고 한다.

오 년간의 작업으로 이제 멸천문의 현판을 세우는 것만이 남아 있는
현재, 중앙에 위치한 태허각에는 멸천문의 수뇌부들이 모두 모여 있었
다.

태허각의 내부에서는 십수 명의 무인들이 시립하고 있는 가운데 상

좌로 한 남자가 무표정한 모습으로 자리하고 있었다.

이곳에 있는 무인들은 하나같이 그 기도가 범상치 않았는데, 그 반 정도는 무림에서 꽤 명성을 날리는 이들이었으나 다른 반은 무림에 그 이름이 알려지지 않은 무명인들이었다.

이들은 무림을 시끄럽게 만든 멸천문의 전주들과 당주들이었는데, 이 정도의 기도를 지닌 자들 중 다수가 무림에 그 이름이 알려지지 않았다는 것은 의외라 할 수 있었다.

이들 중 가장 무공이 약한 사람이라 할지라도 한 문파의 주인이 되는 것이 하등 이상하지 않기 때문이었다.

이들을 양성해 낸 인물은 바로 상좌에 앉아 있는 멸천문의 주인으로 천하에 그 이름을 모르는 자가 없는 당대 제일의 고수인 혈비도 무랑이었다.

"개파대전의 일은 이제 거의 막바지에 이르렀습니다."

"수고했다."

개파대전의 일을 보고했던 무사가 물러나자 좌측에 시립해 있던 중년의 무인이 앞으로 나와 혈비도 무랑에게 계속 보고를 올렸다.

"멸천의 자손들 역시 각파의 수뇌들을 충동질하여 개파대전으로 모이게 하고 있습니다. 지금의 예측대로라면 팔 할 이상의 각파 수장들을 멸천대계로 끌어들일 수 있다 사료되옵니다."

그들이 혈비도 무랑에게 올리는 보고 하나하나는 결코 쉽게 간과할 수 없는 일이었는데 과연 각파의 수장들을 끌어 모아 행하려 하는 멸천대계란 무엇이란 말인가?

이런 보고는 거의 반 시진 이상 계속되었고, 전주와 당주들의 보고

가 모두 끝나자 혈비도 무랑은 천천히 고개를 들어 좌중에 있던 사람들을 보며 말했다.

"수고했다. 각 전주와 당주들은 맡은 바 일을 착오없이 수행하도록 하라."

"예."

이들이 모두 물러나자 그는 피곤한 듯 상좌에 등을 기대고는 길게 숨을 내쉬었는데, 그의 옆으로 여기저기를 꿰맨 낡은 복색을 한 노인이 다가왔다.

"오셨습니까?"

"드디어 시작되는가……."

"정사마의 대전을 통해 방해가 되는 세력을 대부분 정리했으니 멸천대계를 시작하기엔 문제가 없을 것입니다."

정사마의 대전, 놀랍게도 그것은 멸천문이 계획하고 있는 대계를 위한 사전 작업이었던 것이다.

무랑의 옆에 서 있는 자는 바로 그가 유일하게 믿음을 가지고 있는 인물인 하 노인으로 무랑의 말에 그는 고개를 끄덕이며 답했다.

"멸천대계에 필요한 자금 확보도 모두 끝났네."

"수고… 콜록……!"

그때 혈비도 무랑은 갑자기 무엇인가 참을 수 없는 고통을 느끼는가 싶더니 기침을 하기 시작했고, 잠시 후 그의 손에서는 시뻘건 핏덩어리가 흥건히 고여 있는 것을 볼 수 있었다.

각혈의 정도로 보아 그 증상이 심상치 않았는데, 다른 이들이 보는 앞에서 그런 모습을 보일 수 없어 참았던 것이 한꺼번에 터져 나온 것이다.

"내상이 점점 심해지는 것 같구나……."

"예… 비도문의 무공은 천무성골을 가지고 있는 적자만이 익힐 수 있는 무공, 저 같은 사람에게는 무리가 있을 수밖에 없지요."

천하를 경천동지할 만큼 강력한 무공, 하지만 비도문의 무공은 그 극에 이르기 위해 반드시 필요한 전제가 있었는데 그중 하나가 엄청난 내력을 움직이기 위한 신체가 필요한 것이다.

천하를 오시할 정도로 강력한 비도문의 무공은 엄청난 내력이 필요했고, 이는 이종의 내력을 무리없이 받아들이며 움직일 수 있는 천무성골이 아니고서는 허공에서 변화하는 비도문의 비도술을 조종할 수 없었다.

혈비도 무랑 역시 상당한 무골의 소유자이기는 했지만 이종의 내력을 마음대로 할 정도는 아니었기에 깊은 내상을 입게 된 것이다.

"하지만 후회는 없습니다. 본문 무공의 대부분이 그 아이에게 전해졌으니 말입니다."

"…안타깝군… 안타까워……."

그의 말에 하 노인은 혀를 차며 중얼거렸다. 그로서는 자신의 앞에 있는 혈비도 무랑, 아니, 장춘일의 행동이 안타깝기만 할 뿐이기 때문이다.

비도문을 이루고 있는 종가의 장손이라지만 그 태생이 달라 적자의 상징인 천무성골을 가지지 못했기에 제대로 된 삶을 누려보지 못한 채 살아왔던 것이다.

그런 장춘일을 보며 하 노인은 품에서 하나의 환단을 꺼내 그에게 건네주었다.

"소림 대환단이로군요."

"무무… 아니, 문가의 셋째인 유아가 자네에게 마지막으로 주는 물건이네……."

문가는 비도문을 이루고 있는 삼대방가 중 하나로 과거에나 지금이나 이들 문가의 식솔들은 무림 각 문파에 잠입하여 그들의 대소사를 비도문에 전달하는 일을 맡고 있었다.

이들 문가의 자손들이 각 명문대파에 첩자로 들어간 횟수만 해도 족히 수백 년이 넘는 것을 감안한다면 실로 놀라운 것이라 할 수 있었다.

"문유……."

혈비도 무랑은 소림에서 무무란 이름을 가지고 있던 문유가 보내주었다는 소림의 대환단을 보니 과거의 일이 떠올랐다. 과거 어린 그들이 함께 모여 있었을 때의 일, 하지만 이내 그런 추억이 자신에겐 사치일 수밖에 없다는 생각에 고개를 흔드는 그였다.

"일단 그것을 복용하고 운기조식을 취하게… 비도문의 무공으로 인해 망가진 자네의 몸이 얼마나 나을까는 모르겠지만, 대환단의 효능이라면 어느 정도 상세를 완화시킬 수 있을 것일세."

"알겠습니다."

손에 들린 대환단, 이것을 현재 문파의 젊은 후지기수들 중 한 명에게 쓰고 싶은 그였지만 지금 이것을 복용하지 않는다면 오랜 시간을 버티지 못할 것임을 잘 알고 있는 그로서는 그것을 복용할 수밖에 없었다.

멸천대계의 가장 큰 분수령이 될 계획이 아직 시작되지 않은 상태에서 자신이 쓰러진다면 아무것도 이루지 못할 것임을 잘 알고 있었기 때문이다.

대환단을 삼킨 그가 가부좌를 틀고 운기조식을 취하자 그의 몸에선 엄청난 기운이 용솟음치기 시작했다.

현재 그의 몸에 서려 있는 내공은 거의 육 갑자 수준, 천하제일고수인 그에게는 당연하다 할 수 있는 수준이지만, 사실 이 정도의 내력은 보통 인간의 몸으로는 견디기 힘든 수준이었다. 신체의 허용 범위를 넘어선 내력은 오히려 장기를 엉망으로 만들 우려가 있기 때문이다.

그가 지금 섭취한 대환단 역시 일 갑자 정도의 내력을 상승시키는 절세의 영약이지만 소림의 대환단은 단순히 내공만을 늘리는 것이 아닌 신체의 능력 역시 그만큼 상승시켜 주는 효능이 있어 넘쳐 나는 내공으로 인해 장기가 심각하게 손상된 그에게는 상당한 도움이 된다고 할 수 있었다.

하지만 대환단으로 내공을 받아들일 수 있는 그릇을 넓힐지라도 현재 몸에 서려 있는 내공을 모두 처리하는 것은 불가능했다.

그에게 남아 있는 방법은 탈태환골뿐이지만, 깨달음을 통해서 얻을 수 있는 탈태환골은 복수를 위해 이종의 진기를 무리하게 받아들인 그에게는 불가능한 일이었다.

일주천의 운기조식을 끝낸 그가 천천히 몸을 일으키자 답답했던 가슴이 상당히 가벼워짐을 느낄 수 있었기에 대환단의 효능에 탐복했다.

시간이 지나자 각지에서 온 무림인들이 멸천문으로 하나둘씩 모여들기 시작했다. 이들 중 몇몇은 멸천문에서 보내온 서신을 받고 온 자들이지만, 거의 대부분의 사람은 소문을 따라온 자들이었으니 모두 멸천문의 태상문주라고 알려진 혈비도 무랑을 보기 위함이었다.

무림 제일의 공적이라 알려져 있는 그라지만 실제로 그 모습을 본 이는 전무하다고 해도 과언이 아니었다.

지금까지 혈비도 무랑을 보고 살아남은 이는 전무하다는 것도 그 이유였지만, 그의 손에 죽은 이들치고 명문대파나 강호에서 악명이 자자하지 않은 사람이 없었다.

사실 어찌 보면 혈비도 무랑이 무림의 공적으로 몰린 이유는 바로 이들 명문대파 때문이라 할 수 있었다.

무림 명문대파를 무시할 수 없는 중소문파들은 어쩔 수 없이 그들의 결정에 따라 움직일 수밖에 없었고, 사실 명문대파에서 그들을 압박하지만 않았다 해도 혈비도 무랑은 수많은 무림의 악당들을 쓰러뜨렸다는 것만으로 그를 영웅으로 생각할 문파가 상당한 수에 달할 것이다.

그런만큼 혈비도 무랑이 표면적으로 나서 각 명문대파에 서신을 보내어 멸천문의 개파대전에 이들을 초대하자 많은 무림인들은 행여 혈비도 무랑이 그간의 일로 복수심을 품어 이곳에서 명문대파와 혈전을 벌이지 않을까 하는 궁금함에 이곳으로 모여들고 있는 것이다.

만약 그들 간에 싸움이 일어난다면 이들은 겉으로야 초대받은 명문대파를 응원하겠지만 내심은 혈비도 무랑이 이들을 꺾어주기를 바라고 있었다.

"엄청난데요, 대형?"

멸천문의 주위로 모여든 수많은 군웅들을 보며 탄성을 내지르는 자가 있었으니 바로 하오문의 소문주인 오승이었다. 그의 옆에 긴 수염을 쓰다듬으며 곰방대를 들고 있는 중년인은 공공문의 문주인 정명으로 이들은 하오문으로 온 멸천문의 서신을 받아 이곳으로 오게 된 것이다.

물론 개파대전까지 아직 십여 일이 남아 있기는 했지만 미리 이곳에서 이들을 살펴보며 그들이 군웅들을 이곳으로 모이게 하는 이유를 알아볼 요량이었다.

"그나저나 이렇게 많은 사람들이 이곳에 모인 이유가 뭘까요, 대형?"

"아마… 명문대파와 멸천문의 싸움을 보고 싶어 모인 것이겠지. 이들에게는 혈비도 무랑이 무림을 장악하나 명문대파들에 의해 무림이 계속 유지되나 똑같을 테니 말이다."

"그렇군요."

정명의 말에 오승은 고개를 끄덕이며 수긍했다. 그 역시 하오문의 소문주로서 무림에서 일어나고 있는 명문대파들의 행위를 잘 알고 있었기 때문이다.

무림에서 가장 이름 있는 명문대파는 겉으로는 아무런 행위를 취하고 있지 않았지만, 자신들의 속가제자가 세운 문파들을 암암리에 지원하며 그 방해가 되는 주변의 중소문파들을 몰아내거나 내물을 받아 챙김으로써 문파의 재정을 유지하고 있었던 것이다.

"혈비도 무랑이 기존 무림의 질서를 깨고 멸천문의 세상을 만든다면 지금까지 명문대파에 세금을 바치며 살아가던 중소문파들이 좀 더 자유로울 수 있겠지."

"그렇다면 멸천문을 돕는 것이 더 좋은 게 아닐까요, 대형?"

그의 말에 오승은 멸천문을 도와 기존의 무림 질서를 깨버리는 것도 그리 나쁘진 않을 것이란 생각이 들어 말했지만 정명은 고개를 저으며 말했다.

"물론 중소문파들의 사정은 좋아질 테지만 그것이 이루어질 때까지의 일을 생각해 보아라."

"기존의 무림 질서가 무너지면 어떤 일이 생긴다는 것입니까?"

"지금까지는 명문대파에 의해 중소문파 간의 싸움이 중재되는 것이 보통이었지만 질서가 무너지게 된다면 멸천문과의 싸움에 의해 많은 사람이 죽는 것은 물론이요, 중소방파들은 지역의 패권을 차지하기 위해 또 다른 싸움을 벌일 것이 당연한 일 아니겠느냐."

"아!"

정명의 말을 들은 후에야 왜 멸천이 기존의 무림 질서를 무너뜨려서는 안 되는지 알 수 있는 오승이었다.

하지만 이대로의 세상 역시 그가 바라는 것은 아니었기에 과연 세상이 어찌 돌아갈는지 탄식밖에 나오지 않았다.

여러 군웅들의 사이를 돌아다니던 오승은 이들 대부분이 중소 문파의 무림인들인 것을 알 수 있었는데, 개중에 상당한 무공을 지닌 고수들이 섞여 있는 것을 볼 수 있었다. 그렇기에 이들을 중소방파의 인물이라 보기에는 어려웠다.

"대형… 저자들은……?"

"상당한 수준의 무공을 지닌 듯하군… 멸천문이 노리는 것이 무엇인지 알 수 없구나."

이들을 보며 정명은 그들이 무슨 생각으로 중소방파들의 군웅들 속으로 이들을 파견했는지 알 도리가 없었다.

하지만 오승의 의문은 얼마 지나지 않아 풀리게 됐는데 군웅들 속에 들어간 멸천문 무사들의 행동이 그것을 말해 주었기 때문이다.

오승은 과연 이들이 무슨 생각으로 군웅들과 같이 있는지 궁금하여 그들의 행동을 자세히 살펴보았다. 그러자 그가 발견한 인물이 사방을 돌아다니면서 군웅들에게 무엇인가를 외치기 시작했다.

"들으시오! 우리들이 그간 얼마나 명문대파에 시달려야 했소이까! 같은 하늘에 선 강호인임에도 명문대파와 연이 없는 자들은 그들의 속가제자에게 문파를 빼앗기고 세금으로 많은 돈을 받쳐야 했소! 그들 스스로는 관과 무림은 다르다 하지만 썩어빠진 탐관오리와 같은 행세를 하고 있으니 어찌 통탄하지 않을 수 있겠소이까!"

그의 말에 많은 무인들이 고개를 끄덕이며 수긍하는 모습을 보였다. 이들 중 명문정파의 횡포에 당하지 않은 자가 없었기 때문이다.

군웅들을 보며 명문대파의 부조리에 대해 토하고 멸천문이 이루고자 하는 대계를 말하며 설득하고 있었기에 오승은 멸천문이 왜 자신들의 문파로 수많은 명문대파의 무림인들을 모이게 했는지 눈치 챌 수 있었다.

"이런……."

"이것이 멸천문의 속셈이었단 말인가… 이제 아무래도 이곳에서의 일이 쉽지 않을 듯하구나."

오승으로선 멸천문이 보여주고 있는 이러한 계책에 혀를 내두를 수밖에 없었다. 어느 누가 멸천문의 이러한 은밀한 행사를 눈치 채겠는가.

혈비도 무랑의 이름을 내세워 개파대전을 열어 각 명문대파에 서신을 보내 개파대전으로 초대하는 동시에 각지에 소문을 내어 군웅들을 멸천문으로 모이게 한다.

그리고 이들 사이에 사람들을 보내어 명문대파의 부조리에 대해서 토로하며 멸천문의 뜻을 사람들에게 전하면서 중소문파들을 자신들의 편으로 끌어들이려 하는 것이다.

이런 방법을 통해 상당한 수의 아군을 얻음과 동시에 자신들이 손을 쓰지 않고 명문대파들과 싸울 수 있으니 멸천문으로서는 개파대전 하나로 무림을 뒤엎을 수 있는 힘을 얻게 되는 것이다.

정명으로선 이 일을 다른 이들에게 알려 멸천문의 계책을 대비하게 해야 한다는 생각을 하며 자리를 옮기려고 했으나 애석하게도 하오문에도 멸천문의 눈이 있었기에 두 사람은 이미 감시를 받고 있었다.

군웅들 사이를 빠져나와 이곳에서 본 것을 전하기 위해 길을 가던 정명과 오승은 숲 길을 걷던 중 걸음을 멈추고 말았다. 일단의 무림인들이 그들의 앞을 가로막았기 때문이었다.

"여기서 멈추셔야 되겠습니다."

"…너희들은 누구지?"

"말하지 않아도 잘 알고 있으리라 생각됩니다만, 아닙니까?"

"음……."

그의 말에 정명은 눈치 챌 수 있었다. 바로 멸천문에서 자신들을 처리하기 위해 사람을 보낸 것이다.

"아우… 준비하게 이들과의 일전을 피하지 못할 것 같군."

“예, 대형.”

정명의 말에 오승 역시 준비를 하자 이들의 움직임이 심상치 않다는 것을 본 멸천문의 무사들은 대장의 지시에 따라 병장기를 들고 공격해 오기 시작했다.

멸천문에서 온 무사들의 수는 이십여 명, 그 하나하나의 무공이 일류 수준의 무사들이었다. 하지만 애석하게도 멸천문은 이들을 하오문의 사람이라고만 생각하고 사람을 보낸 것이다.

무림에서는 하오문을 시정잡배들이 모여 만들어진 집단으로만 생각하고 있었으나 정명은 공공문의 문주, 한때 공공문은 무림에서 구파일방을 넘어설 정도의 성세를 누린 적도 있는 문파로 그의 무공은 결코 명문대파와 비교해서도 뒤지지 않았던 것이다.

오승 역시 정명의 아우로 공공문의 무공을 이어받고 있었기에 하오문 문주의 무공을 예상하며 보낸 무사들의 실력으로 이 두 사람을 제압하는 것은 불가능한 일이었다.

“공공허격(空空虛擊)!!”

먼저 이들에게 선공을 가한 것은 오승이었다. 그는 대형인 정명에게 배운 이십팔로 공공권을 사용해 자신을 향해 덤벼드는 서너 명의 검을 피해 권을 날렸고, 눈에 보이지 않을 정도의 빠른 손놀림으로 순식간에 상대를 쓰러뜨리기 시작했기에 이들을 처리하기 위해 무사들을 대동하고 온 자는 크게 놀랄 수밖에 없었다.

“헉……!”

“넌 내가 상대해 주지!”

오승의 무공에 놀란 그를 보며 정명은 재빨리 구봉을 조립해 일격을 날렸고, 크게 놀란 무사들의 대장은 몸을 뒤로 날려 정명의 공격을 피할 수 있었다.

"하찮은 하오문 놈이 감히… 으드득!"

멸천문에서 중간 서열을 유지하고 있는 그는 하오문의 잡배에게 일격을 당할 뻔했다는 생각을 하며 이를 갈고 달려들었으며, 그가 초식을 시전하자 사방으로 수십 개의 검이 난무하더니 정명을 향해 밀려왔다.

"산화분검(散花奮劍)!"

"흥! 회원난영(回圓亂影)!"

자신을 향해 밀려드는 수많은 검을 보며 콧방귀를 낀 정명이 봉의 끝을 잡고 회전시키자 그 순간 멸천문의 무사가 만들어낸 검은 사방으로 튕겨져 날아갔다.

"끅……."

검이 튕겨져 나갈 때 그는 손아귀에 상당한 충격을 느끼고 말았다. 내력에서부터 크게 차이가 남을 아는 그는 만만치 않은 상대를 만났음을 알 수 있었다.

'도대체 이 녀석들이 하오문의 문도가 맞단 말인가?'

하오문 문주의 무공을 자신과 비교해 한 수 아래의 실력이라 알고 있는 그로서는 지금의 상황이 믿어지지 않았다.

그 때문에 하오문이란 이름만 듣고 적당히 무사들을 데리고 온 그는 후회될 수밖에 없으나 지나간 일을 다시 되돌릴 수는 없는지라 정신을 차리고 다시 초식을 시전하여 그를 밀어붙였다.

"춘풍낙화(春風落花)!"

"매화삼십육신검형(梅花三十六神劍形)."

멸천의 무사가 자신에게 초식을 시전하자 정명은 크게 놀랄 수밖에 없었다. 그가 시전하고 있는 것은 화산파에서도 정식 제자만이 익힐 수 있다고 알려져 있는 검법이었기 때문이다.

하오문에서 오래 생활을 해왔기에 각파의 무공에 대해 자세히 알고 있는 그는 멸천문의 문도가 매화삼십육신검형을 시전하는 것을 보며 일이 더 심각하게 돌아가고 있음을 감지할 수 있었다.

화산의 검법을 이 정도의 무공을 지닌 무사가 알고 있는 것을 생각한다면 이미 무림 명문대파의 무공이 멸천문으로 유출되었다는 것을 말하고 있기 때문이었다.

"월야도묘보(月夜盜猫步)!"

상대가 화산의 검법을 펼치자 정명은 공공문의 보법인 월야도묘보를 사용하였고, 순간 그의 움직임은 멸천의 무사에게서 사라져 버렸다.

"헉?"

공공문은 명문으로 이름을 떨친 적도 있었지만 그것보다 더 유명한 것이 바로 대도의 문파라는 것이었다.

그런 이유로 공공문의 문도들이 가장 뛰어난 것은 보법과 경공이었다.

월야도묘보는 공공문이 자랑하는 보법 중의 하나로 마치 월야에 도둑고양이가 움직이고 있는 것처럼 쾌속하고 소리없는 움직임을 지니고 있었기에 멸천문 무사의 눈에서 마치 사라진 듯 보임도 이상한 것이 아니었다.

"무음공 공격!"

"끅!"

사방을 돌아보며 사라진 정명을 찾기 위해 두리번거리던 멸천의 무사는 잠시 후 등 뒤에서 강한 기운과 함께 뜨거운 기운이 등줄기를 꿰뚫는 것을 느낄 수 있었다.

"이, 이럴 수가······!"

자신이 처한 상황을 전혀 이해하지 못한 그는 그대로 숨을 거두고 말았다. 그러자 쓰러진 녀석의 몸에서 구봉을 빼내어 피를 털어버린 정명은 잠시 그를 응시하고는 생각했다.

'각 문파의 비전절기가 멸천문에 유출되었다면 그것을 이용해 또 다른 일을 꾸밀 것은 분명한 일인데··· 과연 그것이 무엇일까?'

또다시 밝혀지는 멸천문의 모습에 고심할 수밖에 없는 그였고, 그런 그에게 오승의 목소리가 터져 나왔다.

"젠장! 대형, 일 끝냈으면 나 좀 도와주시오!"

그의 말에 고개를 돌려보니 오승이 대여섯 무사들의 검공에 몸을 피하기가 급급한 모습을 보이고 있었기에 정명은 한숨을 내쉬며 몸을 날렸다.

"암천낙우(暗天落雨)!"

공중으로 몸을 날린 그가 오승을 공격하는 무사들을 향해 구봉을 내지르자 수많은 잔영이 일렁이며 소나기 내리듯 작렬해서는 순식간에 오승의 주위에 있는 대여섯 명의 무사들을 향해 공격해 갔다.

"끄억!!"

"컥!"

봉이 관통하자 무사들의 몸은 순식간에 구멍이 뚫려 사방에 피분수를 터뜨리고는 외마디 비명과 함께 쓰러져 나갔다.

"휴… 과연 대형이유! 봉술이 상당히 늘었수다."

"네 녀석의 무공은 시간이 지나면 지날수록 줄어드는 듯하니 답답하기만 하구나! 제발 겉멋에만 신경 쓰지 말고 무공 수련에 신경 쓰도록 하거라."

"예, 예, 명심하겠습니다."

"쯧쯧……."

자신의 충고에 장난스럽게 대답하는 오승을 보며 그는 혀를 찰 수밖에 없었다. 하오문의 차대 문주가 될 녀석이 약관을 훌쩍 넘긴 나이에도 철이 들지 않았기 때문이다.

하지만 이런 고민을 하고 있을 때가 아닌지라 정명은 오승에게 손짓하고는 걸음을 옮겼다.

이들이 향하고 있는 곳은 근처에 위치한 하오문의 분타였다. 지금 자신들만으로는 이 소식을 많은 무림인들에게 알릴 수 없었기 때문이다.

반나절이 걸린 후에야 간신히 분타에 도착할 수 있었던 정명은 혹시나 자신들을 감시하는 자들이 더 있을지 모른다는 생각에 하오문의 독문표식을 사용하여 분타주를 불러들이려 했지만 시간이 흘러도 분타에서 연락이 없자 이상함을 느낄 수밖에 없었다.

"아무래도 좋지 않은 느낌이 드는구나."

"그렇습니다. 지금쯤이면 분타에 있는 문도가 표식을 확인했을 텐데… 아무래도 분타로 직접 들어가 보는 것이 좋을 듯합니다."

오승의 말도 일리가 있는지라 고개를 끄덕인 정명은 그들을 부르는 것을 포기하고 분타의 건물로 걸음을 옮겼다.

이곳의 분타는 도박장 내부에 위치해 있었는데 도박장 안으로 들어서자 오승은 고개를 갸우뚱거리며 말했다.

"대형… 아무래도 호랑이 굴로 들어온 것 같습니다."

"그런 것 같구나."

하오문의 분타인 도박장 안에는 십여 명의 시체가 의자에 앉아 있는 것을 볼 수 있었는데 이들 모두 이곳 분타의 문도들이었다.

구석의 한자리에서는 심각한 표정을 한 네 명의 무인이 마작을 하고 있는 것을 볼 수 있었는데 그들의 옷에 하나같이 붉은 피가 묻어 있어 그들이 문도들을 해한 자들임을 알 수 있었다.

"젠장! 못해먹겠군!"

"하하하! 이거 미안하군, 미안해!"

정명은 자신들이 들어왔음에도 전혀 움직이지 않는 그들을 보며 식은땀을 흘릴 수밖에 없었다. 하나같이 만만한 인물들이 아님을 느꼈기 때문이다.

"당신들이 이 사람들을 해하였는가!"

그때 분타의 사람들이 죽은 것을 보며 노기를 참지 못한 오승이 마작을 하고 있는 네 명의 무사들을 보며 소리쳤고, 이들은 그제야 정명들 쪽으로 고개를 돌렸다.

"거참, 자리도 많은데 방해하지 말고 저쪽 가서 하쇼!"

"으드득… 이놈들이!"

한 무사의 말에 노기를 터뜨린 오승은 몸을 날려 녀석들을 향해 쇄도해 들어갔는데 그런 그를 보며 마작을 하고 있던 무사 한 사람이 패 하나를 들어 오승을 향해 탄지신통을 사용하여 날렸다.

슈슈!

공기를 가르는 파공음과 함께 날아간 마작패는 오승의 미간을 향해 밀려들어 갔고, 크게 놀란 오승은 급히 뒤로 몸을 숙여 간신히 공격을 피할 수 있었다.

하지만 이 마작패의 공격은 오승이 아닌 뒤에 있던 정명을 노리고 날아간 것이었다. 상당한 내력이 포함되어 있는 마작패가 자신에게 날아오는 것을 확인한 정명은 가볍게 왼손을 들어 격공섭물의 수법을 사용해 공중에서 그것을 멈추게 했다.

한 자의 거리까지 다가간 마작패가 더 이상 움직이지 않고 공중에서 멈추어 서자 상대는 정명의 무공 역시 만만치 않음을 느꼈다.

"패가 하나 없으면 판이 돌아가지 않을 것이니 돌려 드리리다."

그 말과 함께 정명은 왼손의 중지를 들어서는 마작패를 가격했고, 마작패는 적이 날렸던 것과는 상대도 되지 않을 만큼의 날카로운 파공음을 내며 되돌아갔다.

"큭!"

눈 깜짝할 사이에 날아온 마작패가 미간을 향해 뻗어오자 상대는 급히 옆에 세워두었던 검을 들어 간신히 마작패를 막을 수 있었다.

정명이 날린 마작패의 위력이 얼마나 강했던지 마작패가 검집으로 한 치 이상 파고 들어갔기에 그의 이마에서는 식은땀이 흘러내렸다.

"호오! 하오문의 잡배가 추혈대(追血隊)의 십장을 쓰러뜨렸다는 말에 궁금했는데 역시나 그만큼의 실력은 지니고 있었군."

이들 네 사람 중 가장 나이가 많아 보이던 무사가 검병에 박힌 마작패를 보고 탄성을 터뜨리자 정명은 천천히 그의 앞으로 걸음을 옮겼다.

"아무래도 이 싸움을 피하기는 어려울 듯하군."

"어찌하겠는가? 이곳에서 도주한다 하더라도 또 다른 멸천의 검이 자네들을 노릴 텐데 말이야."

그 말은 이곳에서 빠져나간다 하더라도 다른 이들이 자신들의 앞을 막을 것이라는 뜻이기에 정명은 미간을 찌푸리고 말았다.

"당신들의 포로가 된다면 어찌하겠는가?"

"응?"

난데없는 정명의 말에 네 사람은 당황할 수밖에 없었다. 정명 정도의 실력자가 싸우지 않고 스스로 포로가 되겠다고 자처할 것을 예상이라도 했겠는가?

"솔직히 멸천의 태상 방주인 혈비도 무랑을 보고 싶은 마음도 있으니 하는 말일세."

"음……."

그의 말에 잠시 생각에 잠기는 노무사였다. 방금 전에 보였던 실력만 보더라도 만약 싸우게 된다면 자신들이라도 한두 사람의 희생은 불가피하기 때문이다.

그 때문에 이들을 데리고 간다 해도 크게 잘못된 일은 없는지라 손쉽게 끝내는 것이 좋다고 생각한 그는 고개를 끄덕이며 말했다.

"그게 좋겠군. 서로 쉽게쉽게 끝내는 것이 좋을 테니 말이야!"

"대형! 저자들은……!"

하지만 이 조건을 절대 수락할 수 없는 사람이 있었으니 바로 오승이었다. 하오문의 소주인 그로선 분타의 문도들이 앞에 있는 자들에게 스스로 포로가 된다는 말을 수긍할 수 없었다.

"아우, 내 말을 따르게……."

"하지만……."

"아우! 정녕 이 형의 말을 듣지 않겠단 말인가!"

오승이 좀처럼 말을 들으려 하지 않자 정명은 미간을 찌푸리며 살기가 들려 있는 목소리로 소리쳤고 그 노성에 어깨를 떤 그는 잠시 후 고개를 숙이며 말했다.

"알겠어요."

"고맙네."

힘없이 고개를 끄덕이는 오승을 보며 가볍게 어깨를 두들겨 준 정명은 자신과 이야기를 나누었던 무사를 보며 말했다.

"자, 이제 혈도를 짚도록 하시오."

"음……."

위급한 상황에서도 전혀 두려움을 보이지 않고 침착하게 말을 하는 정명을 본 그로선 탄복하지 않을 수 없었다. 조심스럽게 그의 앞으로 걸음을 옮긴 그는 손가락에 내력을 끌어올려 그의 혈도를 봉쇄했다.

정명이 혈도를 봉쇄당하자 오승 역시 그들이 하는 대로 몸을 맡겼고, 네 사람의 무사는 두 사람의 몸을 들어 멸천문을 향해 몸을 날렸다.

무사들에 의해 멸천문으로 들어온 정명과 오승은 지하에 있는 수옥으로 들어가게 되었는데 반 시진 정도가 지나자 그들의 앞으로 일단의 무사들이 찾아왔다.

그중 한 사람은 괴멸된 분타에서 만났던 멸천문의 무사로 그는 정명을 보고 미소 지으며 말했다.

"자네의 소원이 이루어졌군. 태상문주께서 자네들을 만나고자 하네."

"다행이군."

멸천문의 태상문주, 즉 천하제일고수 혈비도 무랑이 자신을 만나고 싶다는 말에 정명은 미소를 지었다. 일단 이곳에서 도망은 못 가더라도 혈비도 무랑이라는 희대의 인물을 만난다는 것은 무인으로서 바라는 일이기도 했기 때문이다.

일단의 무사들에게 둘러싸인 정명과 오승은 그들의 안내를 받으며 들어선 전각 안에서 흐릿한 불빛이 서려 있는 방에 한 남자가 의자에 앉아 있는 것을 볼 수 있었다.

"너희들은 물러가도록 하거라."

"예."

그 남자는 정명과 오승이 안으로 들어오자 그들을 데려온 무사들에게 나가라 명했고, 공손히 대답한 무사들은 두 사람을 남겨놓고 자리를 떠났다.

정명으로선 이자가 혈비도 무랑이라는 것을 알 수 있었기에 공손히 포권을 하며 말했다.

"정명이라 합니다. 천하제일고수인 혈비도 무랑 대협을 직접 뵙게 되니 영광입니다."

"흥!"

하지만 오승은 분타에서의 일이 생각났는지 콧방귀를 뀌며 고개를 돌렸고, 정명은 그의 어린애 같은 행동에 한숨이 나올 수밖에 없었다.

물론 혈비도 무랑은 그런 그의 행동에도 무표정을 유지한 채 조용히 정명을 보며 말했다.

"자네가 나를 만나고자 했다는데?"

"그렇습니다."

"그래, 나를 만나고자 한 이유가 무엇인가?"

단도직입적으로 묻는 혈비도 무랑의 말에 정명은 헛기침을 잠시 하고는 그의 눈을 보며 말했다.

"귀하께서 무슨 연유로 이런 계획을 꾸미셨는지 그 진의를 알고 싶었기 때문입니다."

정명으로선 혈비도 무랑이 단순히 무림의 공적으로 몰린 자신의 상황을 벗어나고자 이 일을 꾸미지는 않았으리라 생각했기에 그의 진의를 알고 싶었다.

"진의라……."

정명의 물음에 잠시 생각에 잠기는 듯한 표정을 지은 혈비도 무랑이 천천히 오른손을 들어 올리자 아홉 개의 비도가 마치 춤을 추는 듯 그의 손에서 움직였고, 정명의 얼굴에서는 식은땀이 흘러내렸다.

격공섭물은 자신 역시 할 수 있었지만 혈비도 무랑이 하는 것처럼 아홉 개의 물건으로 각기 다른 움직임을 보이게 하는 것은 불가능했기 때문이다.

"합!"

혈비도 무랑이 손을 내뻗자 아홉 개의 비도는 전광석화같이 정명에게 뻗어나갔다. 이에 정명은 자신의 눈앞으로 비도가 날아옴에도 아무런 두려움도 보이지 않았고, 비도는 살짝 벗어나서는 그의 주위를 맴돌 듯 움직이고는 다시 무랑의 손으로 돌아갔다.

애써 태연함을 유지했지만 이 순간 정명의 등줄기에는 식은땀이 흐르지 않을 수 없었다. 그것은 단순히 죽음에 대한 위협이라기보다는 놀라운 비도의 수법 때문이었다.

'아홉 개의 비도를 이기어검의 수법으로 한 치의 오차도 없이 움직이다니… 도저히 인간의 무공이라 생각할 수 없군.'

이기어검의 수법 하나조차도 강호에서 이루어내는 이가 드물다는 것을 감안한다면 혈비도 무랑은 과연 천하제일인이라 부를 만하다고 생각했다.

"천하를 둘러보아도 본좌와 대적할 자는 어디에서도 찾아볼 수 없었다. 이제 무공으로 천하제일의 뜻을 이루었으니 무림 일통만이 남아 있을 뿐이지. 이것으로 대답이 되었는가?"

그 순간 정명은 등줄기에서부터 뜨거운 피가 솟아오르기 시작했다.

"정녕… 정녕 그것이 당신이 이 계획을 행하는 진짜 이유란 말입니까?"

"그렇다네."

으드득……

그의 대답을 들은 순간 정명은 노기를 참지 못한 채 이를 갈기 시작했고, 한참을 그렇게 침묵에 잠겨 있던 그는 혈비도 무랑을 보며 말했다.

"정녕 당신이 뜻이 그렇다면… 나 정명은 그대로 보고 있지만은 않을 것이오."

"후후후……."

하지만 정명의 말에 혈비도 무랑은 그를 비웃듯 웃을 뿐이었다. 한참을 그렇게 그의 비웃음을 듣던 정명은 옆에 있던 오승을 보며 말했다.

"아우… 미안하네."

"대형?"

정명은 오승이 왜 그런 말을 하는지 잠시 후 알 수 있었다. 혈도가 짚혀져 있다고 생각한 오승이 빠른 속도로 혈비도 무랑을 향해 쇄도해 들어갔기 때문이었다.

"그따위 야망으로 천하를 어지럽히는 것은 용서할 수 없다."

"대형!!"

혈비도 무랑을 향해 몸을 날리며 소리치는 정명의 모습에 오승은 크게 놀라 소리쳤다. 그가 행하는 무공이 무엇인지 잘 알고 있기 때문이었다.

공공문에서 유일하게 문주에게만 전승되고 있는 금단의 무공, 몸에 있는 진기를 모두 폭발시켜 일순간 자신의 내공을 세 배 이상으로 끌어올리게 하지만 그와 함께 생을 유지하는 진기를 모두 사용하게 하는 무공이었다.

과거에는 공공문의 문주를 보호하는 무사들이 익힌 무공이지만, 현재에는 문주인 정명만이 알고 있었으니 정명은 혈비도 무랑의 헛된 야욕을 꺾기 위해 목숨을 걸었던 것이다.

"폭혈만쇄공(爆血萬殺功)!!"

공공문 금단의 무공인 폭혈만쇄공을 운공한 정명은 그대로 혈비도 무랑을 향해 달려들어 일권을 내질렀다. 내공이 보통 때의 세 배 이상으로 상승된 그의 공격은 상승의 무공을 지닌 자라 할지라도 그 움직임을 알 수 없을 정도로 쾌속한 수법이었다.

"홍!"

하지만 정명이 목숨을 걸고 사용한 폭혈만쇄공의 수법도 천하제일인에게는 아무런 소용이 없었다. 자신의 인중을 향해 밀려드는 정명의 일권을 무랑은 코웃음치며 왼손을 들어 가볍게 막았던 것이다.

"큭!"

정명은 회심의 일격이 막히자 다시 오른발을 들어 앉아 있는 혈비도 무랑의 옆구리를 향해 내질렀다.

"그 정도의 수준으로 본좌를 상대하려 했던가?"

여유있는 목소리로 중얼거리는 그는 왼손으로 막고 있던 정명의 손목을 잡아 아래쪽으로 끌어버렸고, 정명의 몸은 앞으로 크게 무너지며 옆구리를 노리던 일각도 실패할 수밖에 없었다.

"어리석은 녀석!"

정명이 앞으로 넘어지는 것을 보며 코웃음 치던 혈비도 무랑은 오른손의 검지손가락을 들어 그대로 정명의 등을 향해 지법을 시전했다.

"끅!!"

그 순간 정명은 등줄기에서 엄청난 고통을 느끼며 피를 토하고 그 자리에서 쓰러지고 말았다.

"대형!!"

혈비도 무랑의 지법에 대형이 쓰러지자 오승은 크게 놀라 소리쳤지만 혈도가 짚혀 있는 상태에서 움직일 수 없는 그는 쓰러진 대형을 도울 수 없다는 생각에 굵은 눈물이 쉴 새 없이 흘러나왔다.

"대형… 흑흑흑… 이 호로자식아, 네 녀석을 꼭 죽이고 말리라!"

대형이 죽었다고 생각한 오승은 혈비도 무랑을 보며 절규하듯 소리쳤고, 잠시 후 큰 소리와 함께 방문이 열리면서 사람들이 몰려들었다.

"태상문주!"

태상문주에게 무슨 일이 생긴 것은 아닐까 급히 달려 들어온 이들이었으나, 혈비도 무랑은 아무것도 아니라는 표정으로 손짓하며 말했다.

"저 시끄러운 녀석을 다시 수옥에 가두도록 하거라."

"예!"

"이 더러운 호로자식아, 하늘에 맹세코 네 녀석을 찢어 죽이고 말리라!"

사람들에게 끌려가면서도 혈비도 무랑에게 복수할 것이라 소리치는 오승이었고, 그가 방을 나가자 무사 한 명이 쓰러져 있는 정명의 앞으로 와 물었다.

"이자는……?"

"진기가 크게 흔들린 상태이니 청심단을 먹이고 몸에 잠재되어 있는 기운을 안정시키도록 하거라."

"예."

놀랍게도 혈비도 무랑은 자신을 죽이려 했던 정명을 구하려고 한 것이었다. 그가 정명의 등에 시전한 수법은 폭발된 진기를 멈추게 한 것으로 폭혈만쇄공으로 몸이 견딜 수 없을 정도로 끌어올려진 진기는 그의 지법에 의해 멈춰졌다.

정명이 무사에게 업혀 사라지자 그의 뒤쪽에서 노인 한 사람이 다가왔는데 바로 하 노인이었다.

"의기가 굳은 자로군."

"그렇습니다."

"자네가 급히 진기의 흐름을 막았으니 청심단만 복용한다면 목숨에
는 지장이 없을 것 같군."

하 노인의 말에 혈비도 무랑은 고개를 끄덕이며 말했다.

"강호에 저런 자가 많았다면 멸천대계 자체가 없었을 것임을⋯ 안
타깝습니다."

"옳은 말이네."

혈비도 무랑, 그는 정명이 보여준 의기를 높게 평가하고 있었다.

하지만 이제 타락해 버린 무림은 썩은 살을 도려내지 않는다면 안
된다는 것을 잘 알고 있는 그로서는 비도문에게 받은 은혜를 갚기 위
해서라도 멸천대계를 포기할 수 없었다.

한편 멸천의 땅에 도착한 장천 일행은 멸천문 주위로 몰려 있는 수
많은 군웅들을 보며 연신 감탄사를 내뱉고 있었다.

"엄청나군."

"아무래도 멸천문에서 고의적으로 이번 개파대전의 소문을 퍼뜨린
것 같습니다."

동방명언은 수많은 군웅들을 보고 계획적으로 소문을 퍼뜨리지 않
는다면 이 정도 숫자의 무인들이 모일 수 없다 생각했기에 장춘삼을
보며 말했다.

"멸천문의 의도하는 바가 무엇인지 흥미롭군."

"아버지, 잠시 이곳을 둘러보고 오겠습니다."

"그러도록 하거라."

아직 개파대전까지는 며칠 간의 시간이 남아 있어 군웅들 사이를 돌

아다니며 정보를 수집하는 것도 나쁘지 않다는 생각에 장천은 아버지에 허락받고는 말을 몰아갔고, 곽무진들이 그의 뒤를 따라갔다.

"무슨 생각이야?"

"아무래도 이 정도의 군웅들이 모였다는 것은 무슨 연유가 있을 것이 분명하니 알아보는 것도 나쁘지 않겠지."

"그렇군."

다른 이들 역시 장천의 말에 고개를 끄덕였다.

거의 군웅들은 작은 소문파의 삼류무인들이 대부분이었으나 간혹 가다 일류 수준의 기도를 지닌 무인들이 보였는데 장천은 이들이 소문을 듣고 모인 군웅들이 아니라는 것을 알 수 있었다.

"무진이 형, 아무래도 심상치 않은데……."

"저들이 군웅들을 선동하고 있는 것 같군."

그들이 본 일류 수준의 무인들이 군웅들 사이를 돌아다니며 현 무림의 명문대파에 대한 험담과 함께 멸천문에 들어가는 것이 좋을 것이라는 말을 하고 있었기에 무진은 심각한 표정을 지었다.

사람들은 보통 이러한 소문파의 삼류무인들을 우습게 보는 경우가 대부분이었다.

자신들의 문파에 대한 자부심이 높아 이런 자들을 시정잡배처럼 보고 있었지만, 장천들이 있는 쌍도문은 중소문파에 대한 차별이 극히 적은 곳이기에 군웅들 사이에서 어울리는 것을 꺼리지 않아 이런 사실을 알 수 있었던 것이다.

명문대파의 제자들이라면 이런 혼잡한 곳을 들어서는 것조차 꺼려할 것이 분명한 일이었다.

"헉!"

한참을 그렇게 군웅들 사이를 돌아다니던 장천은 한순간 누군가의 얼굴을 확인하고는 그 자리에서 얼어버린 듯 멈춰 서고야 말았다.

"무슨 일이야?"

곽무진은 장천이 멈춰 서자 이상하게 생각하고는 물었는데, 무엇인가에 크게 놀란 표정의 장천은 아무 말도 못하고 있었다.

뒤에 서 있던 데비드는 장천이 놀라 걸음을 옮기지 못하는 것을 보며 그가 보고 있는 쪽을 쳐다보았고, 그 역시 크게 놀란 표정을 지었다.

"은영영?"

놀랍게도 자신들의 의형제이기도 한 은조상의 여동생인 은영영이 있었던 것이다.

장천들은 설마 이런 곳에 은영영이 있을 줄은 생각지도 못했는데 멀리 서 있던 그녀도 자신을 보고 있는 시선을 느꼈는지 고개를 돌려 장천들이 있는 곳을 보고 흠칫 놀라는 표정을 지었다.

그렇게 한참을 바라보고 있던 그녀는 천천히 그들에게 다가왔다. 그녀가 가까이 올 때마다 장천의 등줄기에는 식은땀이 흘러내릴 수밖에 없었다.

"오랜만이군요, 두 대협. 아니… 장 대협이라고 해야 할까?"

"으… 은 소저가 편한 대로 부르시오."

"흥!"

장천의 대답에 그녀는 콧방귀를 뀌고는 뒤에 있던 동방명언과 데비드를 확인하고는 미소 지으며 말했다.

"데비드 오빠와 명언 오빠가 이 파렴치한 사람과 같이 있을 줄은 몰랐네요."

"오랜만이다. 은 형제는 잘 있는가?"

장천과 같이 있는 것을 보며 기분 나쁘다는 듯이 말하는 은영영이지만 그런 그녀에게 아랑곳하지 않고 미소를 지으며 은조상에 대해서 물어보는 데비드였다.

세외에서 온 그에게만은 어찌 된 건지 화를 내기가 어려웠던 은영영은 한숨을 내쉬며 말했다.

"둘째 오빠는 첫째 오빠와 함께 지금 멸천문 안에 있어요. 천마 어르신을 보좌하는 임무를 맡고 있거든요."

"그래? 잘 있다니 다행이구나."

"그런데 어째서 두 오빠가 이자와 같이 있는 거죠? 질기게도 죽지 않는 파렴치한 인간과 말이에요."

장천에 대해서는 폭언을 서슴치 않는 그녀였기에 옆에 있던 그는 한숨만 나왔다.

"고향에서 돌아오는 길에 우연히 만났고 명언은 여기 계시는 장 형제의 사형과 인연이 있어서 같이 모이게 되었지."

"그렇군요. 성격 좋은 데비드 오빠니까 가능한 일이었네요."

"하하하, 그 독설은 여전하구나."

그녀의 독설에도 데비드가 웃음으로 넘기자 은영영은 더 이상 장천을 보고 싶지 않다는 표정으로 말했다.

"아무래도 이자와는 오래 있고 싶은 생각이 없네요. 그럼 나중에 봬요, 데비드 오빠."

"그래, 잘 가거라."

데비드의 말에 은영영은 고개를 돌려 걸음을 옮겼는데 그때 장천이 고개를 돌려 그녀를 보며 말했다.

"으… 은 소저……."

"뭐죠?"

"나… 나중이라도 좋으니까… 느… 능예를 보러 오도록 해… 은 소저가 오면… 능예가 좋아할 거야."

"흥!"

하지만 그의 말에 콧방귀를 뀌며 돌아서는 그녀였기에 장천은 한숨밖에 나오지 않았다.

"벌벌 떠는군, 벌벌 떨어……."

"몰라… 영영이 때문에 죽을 고비를 몇 번 넘기니 상대하기 힘들더라고."

데비드의 말에 할 수 없다는 듯 고개를 저으며 말하는 장천이지만 그의 목소리에 은영영에 대한 노기는 느껴지지 않아 미소 짓는 데비드였다.

사실 두 사람은 사문에 의한 일만 아니었다면 부부로 맺어져도 이상할 것이 없었다는 것을 잘 알고 있는 데다가 장천을 보며 톡 쏘듯이 말하는 영영이지만, 그것이 장천을 잊기 위해서임을 잘 알고 있었다.

무림에서 삼처사첩은 이상한 것이 아니기에 은조상과의 친분을 위해서라도 은영영과 장천이 맺어지는 것이 좋다 생각하는 데비드는 나중에 그녀를 만난다면 인연을 만들어주겠다는 생각을 했다.

그에게는 이들 사이의 원한과 애증보다는 절친한 친구들이 다시 모이는 것이 더욱 중요하단 생각이 들었기 때문이다.

군웅들 사이를 돌아다니며 정보를 수집한 장천 일행은 저녁 무렵이 되어서야 멸천문으로 들어설 수 있었다.

멸천문의 정문에는 들어오는 사람들을 적는 무사가 있었고, 장천은 그의 앞으로 가서 말했다.

"쌍도문에서 온 사람이요. 본파의 문주께서 먼저 안으로 들어가셨을 것이오."

장천의 말에 명부를 적던 무사는 조금 놀라는 표정을 지었고, 그의 곁에 있던 무사 한 명이 다가와서는 말했다.

"혹시 쌍도문의 소주이신 장 대협 아니십니까?"

"그렇소만……."

"본문의 태상문주께서 뵙고자 하십니다."

멸천문의 태상문주라면 혈비도 무랑이라는 것을 알고 있는 그였기에 자신도 이야기하고 싶은 것이 있어 무사의 말에 고개를 끄덕이며 말했다.

"알겠소, 안내하시오."

장천이 태상문주를 만나겠다고 하자 무사는 포권을 하며 그를 안으로 안내했고, 몇 개의 전각을 지난 후에 멸천문의 태상 문주가 거처한다는 전각에 도착할 수 있었다.

"태상문주님, 쌍도문의 장 소주님을 모셔왔습니다."

"들라 해라."

"예."

저택의 방문 앞에 도착한 무사가 조심스럽게 말하자 잠시 후 낮은 목소리의 음성이 들려오더니 장천은 방으로 조심스럽게 걸음을 옮겼다.

태상문주가 거처하고 있는 방은 무림 전체에 싸움을 건 문파의 수장이라 보기에는 장식품이라고는 하나도 존재하지 않는, 간소하기 그지없는 곳이었다.

"음……."

장천은 방 안에 앉아 책을 보고 있는 이가 홍련교에서 보았던 혈비도 무랑이라는 것을 알아보고는 포권을 하며 인사했다.

"쌍도문의 장천이 멸천문의 태상문주께 인사드립니다."

"앉게나."

고개를 끄덕이며 인사를 받은 그는 천천히 앞에 있는 의자를 가리키며 말하자 장천은 천천히 자리에 앉아 혈비도 무랑을 바라보았다.

마교에서 보았던 때와는 달리 수척해 보이는 그는 마치 병이라도 걸린 것과 같은 모습이기에 혹시 다른 사람이 아닐까 하는 생각도 들었다.

하지만 자세히 보니 그때의 이목구비와 그리 달라진 것은 없어 마음을 가다듬고 천천히 입을 열었다.

"태상문주님과는 초면이 아니라고 생각합니다만……."

"그렇지, 자네는 왜 본좌가 그대의 곁에 있었는지를 묻고 싶은 것이 아닌가?"

"그렇습니다. 저로서는 마교에서의 일을 이해할 수가 없더군요."

도대체 그가 무슨 생각으로 자신을 도와주었는지 알 수 없는 장천은 그에게 그때의 연유를 물었다. 이에 혈비도 무랑은 잠시 후 입가에 미소를 지으며 말했다.

"동도가 위험에 처해 있으니 도와주는 것이 상리가 아니겠는가."

"태상문주!"

그의 말도 안 되는 변명에 장천은 미간을 찌푸렸다.

'응? 이상한데……'

자신을 바라보는 혈비도 무랑의 시선, 그곳에는 무엇인가 알 수 없는 따뜻함이 묻어 있어 장천으로선 영문을 알 수 없었다.

혈비도 무랑은 한참을 그렇게 그를 바라보다 품에서 천천히 무엇인가를 꺼내어 들었는데, 그것을 본 장천은 크게 놀랄 수밖에 없었다.

"그 단도는……?"

"자네가 비도문에서 찾은 물건이지."

"어떻게 그것을… 설마 그때?"

장천은 마교에 숨어들었을 때 우연히 비도문에 들러서 아홉 개의 단도를 손에 넣을 수 있었는데 마교를 빠져나오는 중 은조상의 검에 당해 늪에 빠진 이후 그 단도는 사라진 상태였다.

장천은 혹시 늪에 빠진 것이 아닐까 하는 생각에 다시 마교로 돌아갔을 때 찾아보았다. 하지만 워낙에 넓고 깊은 늪이라 포기할 수밖에 없었는데 설마 그것이 혈비도 무랑의 손에 있을 줄은 생각지도 못했다.

"만약 이것까지 자네의 손에 있었다면 자네는 무립십대신병 중 세 가지를 소유하게 되었을 것이네."

"그렇다면 그것은……?"

"십대신병 중 수위를 차지하고 있는 탈혼섬광구비도라네."

"음……."

설마 비도문에서 자신이 찾은 비도가 탈혼섬광구비도였을 것이라고는 생각지도 못했던 장천이었다.

그런 비도를 보며 잠시 생각해 보니 그것이 무림에선 혈비도 무랑의 소유라 전해지고 있기에 천천히 입을 열어 말했다.

"태상문주께서 가지고 계시니 주인의 손으로 다시 돌아간 것이로군요."

"글쎄… 솔직히 이것은 나의 물건이 아니라 자네의 물건이라 보는 것이 나을 것이네."

"예?"

난데없는 그의 말에 장천은 조금 놀랄 수밖에 없었다. 분명 자신이 비도문에서 그것을 찾기는 했지만 실제의 주인은 혈비도 무랑, 그의 문파에서 계속 이어지는 물건이기 때문이었다.

자신이 우연히 그것을 습득한 것에 지나지 않았는데, 왜 그는 그런 말을 하고 있는 것일까? 장천으로선 도저히 이해할 수가 없었다.

"후후후, 아무것도 아니네."

하지만 혈비도 무랑은 금세 자신이 하는 말을 아무것도 아니라는 것으로 회피했기에 머리가 어지러울 수밖에 없었다.

"본좌가 마교에서 너를 도운 것은 네가 본문의 비도술을 익혔기 때문이다."

"…무슨 말씀이신지요?"

"네가 배운 비도술은 비도문의 문도들만이 익힐 수 있는 것, 그렇다면 본문의 일원이라 할 수도 있는 것이지."

"음……."

장천으로선 위기를 빠져나가기 위해 배운 무공이기에 어쩔 수 없었던 것이라 고개를 저으며 말했다.

"단순히 무공을 익혔다고 비도문의 문도라고 하는 것은 조금 억지가 아닐까요?"

"하지만 그곳의 기관 장치에 스스로 비도문의 이십팔 대 제자로 인정하지 않았는가?"

"윽……."

그 말에 장천은 말문이 막히고 말았다. 비도문의 기관 장치에서 빠져나올 때 분명 몇 대 제자냐는 물음에 자신이 이십팔 대라 눌렀기 때문이다.

일이야 어찌 되었든 자신 스스로가 비도문의 문도라 인정한 것이니 장천은 빼도 박도 못하는 상황에 처하고 만 것이다.

"휴… 그렇군요."

"하하하하!"

장천이 스스로 비도문의 제자라는 것을 인정하자 혈비도 무랑은 크게 대소를 터뜨리고는 격공섭물을 이용하여 아홉 개의 비도를 건네주며 말했다.

"받게."

"…왜 이것을 저에게……?"

"그대 스스로가 이십팔 대 제자라 인정하지 않았는가?"

"그건 그렇지만… 왜 탈혼섬광구비도를 저에게 건네주시는 것입니까? 이해할 수가 없군요. 이십팔 대 제자라 해도 전 단순한 하나의 문도일 뿐인데……."

"글쎄……."

하지만 장천의 물음에도 확답해 주지 않는 혈비도 무랑이었기에 한참을 망설이던 장천은 그래도 십대신병인지라 조금 욕심도 나긴 했기에 덥석 받아 챙겼다.

"후후후……."

장천을 보며 혈비도 무랑은 무엇이 그리 즐거운지 웃음을 멈추지 않고 있었다.

'이상한 사람이군…….'

"섬광비도술과 팔연환비도술은 다 익혔는가?"

그가 말하고 있는 것은 비도문에서 배운 무공이기에 고개를 저으며 말했다.

"섬광비도술의 경우에는 삼성, 팔연환비도술은 칠성 정도라 생각됩니다."

"아쉽군. 자네의 자질이라면 지금 십성 이상을 넘어도 이상할 것이 없는데 말이야?"

"사문의 무공을 익히는 데 신경을 쓰다 보니 비도문의 무공을 익힐 시간이 없었습니다."

"음… 쌍도문의 무공과 좌검우도라는 무공 말인가? 아… 화의 무공과 소수마공도 있고… 음… 그렇군. 태극일기공과 자연도라는 것도 있었지?"

그 순간 장천은 가슴이 철렁하는 느낌을 받았다. 혈비도 무랑의 입에서 태극일기공과 자연도의 이름이 나왔기 때문이다.

쌍도문의 심법인 태극일기공은 둘째 치고라도 장천이 알고 있는 한 자연도는 문파의 태사숙조인 기문숙과 자신, 그리고 문파에서 친한 사람 외에는 알고 있는 사람이 없었다.

"당신이 어떻게?"

"후후후… 기문숙이라 했지? 후후후."

장천의 놀란 물음에 혈비도 무랑이 또다시 장난치듯 말하자 그는 화가 머리끝까지 솟아오를 수밖에 없었다.

기문숙은 자신에게는 또 다른 스승과도 같은 사람이기 때문이었다.

"태사숙조는 어디 계신 것입니까?"

"그분은 잘 있네, 아주 정정하시지……."

혈비도 무랑의 말에 한참을 그렇게 살기 어린 눈으로 노려보던 장천은 격동되는 마음을 안정시키고 말했다.

"태사숙조께 무슨 일이 있다면 당신을 살려두지 않을 것입니다."

"좋군, 좋아! 하하하! 그것이 내가 원하는 일이지… 크크크……."

죽이겠다는 말에 혈비도 무랑은 더욱더 좋아하는 모습이니 장천은 미치고 환장할 노릇이었다.

당장이라도 상대에게 태사숙조를 되찾기 위해 도라도 휘두르고 싶은 심정이지만, 상대가 상대인 만큼 그런 것은 사태를 더욱더 악화시킨다는 것을 잘 알고 있기에 거친 숨을 안정시키고는 그를 보며 물었다.

"저에게 무엇을 원하시는 것입니까?"

분명 자신이 분노할 것임을 알면서도 일부러 기문숙의 이름을 말한 것을 알기에 무슨 이유가 있을 것이라 생각한 것이다.

"별것 아니네. 이번 개파대전이 있기 전까지 섬광비도술과 팔연환비도술, 그리고 내가 전해줄 천섬비도술(天閃飛刀術)을 십이성까지 익히도록 하게."

"도대체 무슨 말을 하는 겁니까?"

장천은 이어진 그의 말을 도무지 이해할 수 없었다. 자신에게 원하는 것이 무공을 연성하라는 것이기 때문이었다.

"이십팔 대 제자로서 자네는 너무 본문에 대해 관심이 없는 것 같아 강제로 시킬 수밖에 없었네."

"……."

뭐라고 할 말이 없었다. 왜 그는 무공을 익히라고 하는 것일까? 아니, 두 가지 무공은 물론이요, 왜 또 하나의 무공까지 가르치려 하는 것일까?

이름을 들어 유추해 본다면 그가 말하는 천섬비도술 역시 비도문의 독문무공일 것은 당연한 일이었기에 그것을 연공하게 하는 그의 저의를 알 수 없었다.

"어떻게 할 텐가?"

"제가 만약 그 조건을 수락하지 않는다면 어떻게 하시겠습니까?"

"별수없지. 기문숙을 포함해서 자네의 양부와 사형제, 그리고 마교의 의형제들까지 모두 저승 구경을 할밖에……."

"큭……."

도저히 거부할 수 없는 그의 말에 장천은 고개를 숙일 수밖에 없었다.

아무리 아버지와 자신의 무공이 강하더라도 멸천문 안에서 빠져나가는 것은 불가능했다. 혈비도 무랑이란 자가 그렇게 만만한 자가 아니었기 때문이다.

거기에다 그가 제시한 조건이란 것이 단순히 무공을 익히는 것에 지나지 않는 것이기에 그로선 그 요구를 수락할 수밖에 없었다.

하지만 무림에서 한 문파의 무공을 익힌다는 것은 그리 간단한 문제가 아니었다. 그가 혈비도 무랑의 무공을 익힌다면, 그가 장천을 대외적으로 자신의 문파 사람이라 인정한다면 장천은 그것을 거부할 수 없기 때문이다.

'이거… 무림대살령을 받은 것이 당연한 꼴이 되겠는걸… 머리 아프다……'

하지만 자신이 그런 경우에 또 처할지라도 기문숙 태사숙조와 아버지의 생명을 위험하게 할 수는 없어 고개를 끄덕였다.

"알겠습니다."

"자네가 무공을 연성할 곳은 우리가 마련해 두겠네. 개파 대전까지는 오 일 정도밖에 남아 있지 않기는 하지만 가능하게 만들어주지."

"음……."

혈비도 무랑의 자신감있는 말에 침음성을 흘리는 장천이었다.

"더 이상 하실 말씀이 없다면 이만 물러나도록 하지요."

"그러도록 하게. 내 나중에 사람을 보낼 터이니 말이야."

"그럼 이만……."

장천은 포권하고는 뒤로 돌아서 방을 나가려 했는데, 그때 혈비도 무랑이 무슨 생각이 났는지 장천을 보며 말했다.

"아! 깜빡 잊었군."

"응?"

"들리는 소문에 마교의 전대 교주였던 유문영의 딸 유능예와 자네 사이에 아들이 있다고 하던데……."

그 순간 장천은 고개를 돌릴 수밖에 없었다. 아직 아들의 소식을 듣지 못한 그로서는 혈비도 무랑이 혹시 소천을 데리고 있는 것이 아닐까 하는 생각이 들었기 때문이다.

"당신이……?"

혈비도 무랑은 장천의 아들 소천이 사라졌다는 것을 알지 못하고 있었다.

하지만 장천의 표정이 심상치 않은 것을 안 혈비도 무랑은 그의 아들에게 무슨 일이 있다는 것을 알 수 있었다.

"자네의 아들에게 무슨 일이 있던가?"

"…아닙니다. 그럼, 이만……."

장천은 혈비도 무랑 역시 놀란 표정을 짓는 것을 보며 그가 그 일과 상관없다는 것을 깨닫고는 언급하지 않는 것이 좋다는 생각에 고개를 저으며 말하고는 다시 돌아 방을 나갔다.

'무슨 일이지?'

혈비도 무랑은 정색을 하는 장천의 표정이 사라지지 않았기에 한참을 생각에 잠기다가 허공을 보며 입을 열었다.

"멸천일호."

그 순간 천장에서 하나의 인영이 떨어져 그의 앞에 부복하고는 포권을 했다.

"말씀하십시요."

"쌍도문의 문주 장춘삼에게 가 장천의 아들이 어떻게 되었는지 알아보도록 하거라."

"예."

혈비도 무랑의 명령을 받은 멸천일호는 고개를 숙이곤 또다시 천장으로 사라졌다.

혈비도 무랑이 부른 이는 멸천문에서 가장 신용하는 인물 중 하나로 그의 주위에는 상시 멸천십호까지의 인물이 머물러 있어 수족의 역할을 하고 있었다.

한편 혈비도 무랑의 방을 빠져나오면서 장천은 아들 생각에 한숨밖에 나오지 않았다. 차라리 그의 손에 소천이가 있었으면 하는 생각도 들었다.

물론 막상 그렇게 됐다면 상당히 발광했을 테지만 소식을 모르는 것보다는 그게 더 나은 것이 아닌가.

이런저런 생각으로 고심하던 장천은 한참을 걷다 문득 다른 생각에 한숨을 푹 내쉬고 말았다.

"도대체 어디로 가야 하는 거야?"

데리고 올 때는 안내해 줬으면서 보낼 때는 그냥 보내면 어떻게 하겠다는 것인가? 책임감없는 혈비도 무랑의 행동에 장천은 한숨밖에 나오지 않았다.

멸천문은 과거 쌍도문과 비교해도 십수 배에 이를 정도로 거대했기에 장천의 지능으로 길을 찾는 것은 불가능에 가까웠다.

"휴… 이럴 때는 멋진 여자가 나타나서… 인연이 이루어지는 것이 보통인데……."

어디서 이상한 것은 많이 봤는지 중얼거리는 장천이었는데 어이없게도 그의 예감은 들어맞고 말았다. 멸천문의 골목길에서 한 소저를 볼 수 있었기 때문이다.

"아, 여보세요! 소저! 잠시만 기다려 주시요!"

저 여자를 놓치면 이제 미아가 된다는 생각에 장천은 황급히 뛰어가 그녀를 불렀는데 누군가 자신을 부르자 돌아서는 여인은 장천의 얼굴을 확인하고는 미간을 찌푸리고 말았다.

물론 그런 것은 장천 역시 마찬가지였는데, 미간을 찌푸리지는 못했지만 놀란 것은 사실이었다.

그가 애타게 찾았던 길 안내 소저는 은영영으로 장천이 세상에서 대하기 가장 어려운 사람이었기 때문이다.

"흥!"

상대가 장천이라는 것을 깨달은 은영영은 콧방귀를 뀌고는 뒤돌아서서 걸음을 옮겼지만, 그녀를 놓쳤다가는 멸천문 구석진 곳에서 미아가 된 채 죽어갈지도 모른다는 불안감에 장천은 그녀의 뒤를 쫄래쫄래 따라갈 수밖에 없었다.

한참 걸음을 옮기던 은영영은 보기 싫은 남자가 자신을 따라오자 더 이상 참지 못하고 뒤로 돌아 장천을 보며 소리쳤다.

"왜 자꾸 나를 따라오는 거지요?"

"아… 그게……."

"제대로 말도 못하나요!"

"그게… 휴~ 길을 잃어버렸어……."

은영영은 말을 못하고 망설이는 그를 보며 날카로운 목소리로 소리쳤고, 장천은 더 이상 참지 못하고 진실을 밝히고 말았다. 은영영은 그의 대답에 어이가 없었다.

무인이 길을 잃어서 여인의 뒤를 좇는다는 것이 어디 말이나 되겠는가? 보통 무인이라면 입에 담지도 못할 일을 내뱉는 장천인지라 황당했던 것이다.

"흥!"

말하기도 싫다는 듯 다시 고개를 돌려 길을 걸어가는 은영영을 보며 장천은 시무룩해진 얼굴로 그녀의 뒤를 따랐는데, 장천은 누군가 큭큭 거리는 소리에 고개를 들어보니 은영영이 입을 막고 웃음을 참고 있는 것을 볼 수 있었다.

'…젠장할……!'

그 모습에 장천은 더 창피할 수밖에 없었다. 그렇게 한참을 큭큭거리던 은영영은 고개를 돌리지 않은 채 조용히 입을 열었다.

"두형… 당신은 여전하군요."

"…은영영."

무엇인가 사연이 많은 듯한 목소리인지라 장천은 자신도 모르게 그녀의 이름을 나직이 읊조렸고, 그녀는 더 이상 할 말이 없기에 다시 앞으로 걸음을 옮겼다.

'휴~ 힘들다… 사실… 영영도 좋긴 한데…….'

장천은 그녀로 인해 죽음까지 몰릴 정도로 위험을 당하기는 했지만 사실 그녀가 싫지는 않았다. 아니, 싫어할 수가 없었다.

사실 그녀가 자신을 죽이려 한 것도 다 그녀의 친우인 유능예가 자신 때문에 자결했다는 이유에서였는 데다가 능예에 앞서 영영에게 관심이 있었던 것도 사실이기 때문이었다.

단순히 자신의 첩자로 들어왔던 탓에 은조상의 가문이 자신으로 인해 피해 입지 않도록 피해왔었던 것이지 그녀가 싫어서는 아니었다.

한참을 그렇게 고뇌하던 장천은 길게 한숨을 내쉬고는 그것에 대해 말을 하려 했지만 이내 포기하고 말았다. 지금 자신이 그런 말을 한다는 것은 그녀에게 역시 쓸데없는 미련과 아픔을 가져다 줄 수 있기 때문이었다.

한참을 은영영의 뒤를 좇아가던 장천은 잠시 후 사람들이 많은 곳에 도착할 수 있었고, 그녀에게 고맙다는 말을 하려 했지만 그녀는 감사의 말을 전하기도 전에 사라져 버렸다.

"휴······."

다시 한숨을 내쉰 장천은 근처에 있던 멸천문의 무사에게 쌍도문의 문도들이 머무는 숙소를 물어 간신히 일행이 있는 숙소에 도착할 수 있었다.

숙소에 닿자마자 무진과 데비드가 황급히 뛰어와서는 물었다.

"도대체 어떻게 된 일이야?"

"혈비도 무랑은 만난 거야?"

"응, 피곤하니까 이만 들어가서 쉬고 싶어."

은영영의 일도 있었기에 장천은 쉬고 싶다는 말을 하고는 숙소로 들어가 아버지에게 향했다. 방문을 열고 들어가자 장춘삼이 심각한 표정을 하고 있는 것을 볼 수 있었는데 그는 장천이 돌아오자 침착한 목소리로 말했다.

"혈비도 무랑을 만났다 했느냐?"

"예, 아버지."

"그래, 어찌 되었느냐?"

아버지의 물음에 장천은 한숨을 내쉬고는 그와 있었던 이야기를 했다. 그러자 모든 이야기를 들은 장춘삼은 미간을 찌푸리며 말했다.

"마교에서 그런 일이 있었다니… 아무래도 혈비도 무랑의 문하가 되는 것은 피하지 못할 일 같구나."

"그렇습니다, 아버지. 어떻게 해야 하는지……."

장천의 말에 한참을 생각한 그는 결정을 했는지 천천히 입을 열었다.

"일단은 그가 요구하는 대로 혈비도 무랑의 무공을 익히도록 하거라."

"하지만 그렇게 되면 쌍도문은 무림의 공적이 될 것인데……."

"어차피 우리가 그의 요청을 거부한다 하더라도 혈비도 무랑이 그것을 군웅들에게 밝힐 것은 자명한 이치이니 차라리 요청을 수락하고 당분간 시간을 버는 것이 좋을 듯하구나."

"음……."

아버지의 말이 틀리지 않아 약간의 시간을 벌기 위해서라도 그의 청을 수락해야겠다는 생각을 하고는 천천히 자리에서 일어나며 말했다.

"이만 숙소로 돌아갈까 합니다."

"오늘은 힘들었겠구나. 그래, 들어가서 쉬도록 해라."

"예, 아버지."

아버지에게 공손히 인사를 올린 그는 자신의 방으로 돌아갔다. 장천이 방을 나가자 천장에서 인기척이 느껴져 왔고, 장춘삼이 미간을 찌푸리며 가볍게 오른손을 들어 올리자 그 순간 부서지는 소리와 함께 한 인영이 천장에서 떨어졌다.

"네가 누구의 명을 받고 온 것이지는 알지만 쥐새끼처럼 알짱거리는 것은 용서할 수 없다."

"죄송합니다."

천장에서 떨어진 인물은 바로 혈비도 무랑에게 명을 받고 움직이던 멸천일호였는데 놀랍게도 장춘삼과 멸천일호는 서로 안면이 있는 듯했다.

장춘삼의 말에 멸천일호가 고개를 숙여 용서를 구하자 장춘삼은 조용히 용건을 물었다.

"그래, 무슨 일로 나를 찾아왔느냐?"

"문주께서 소주의 아들의 일에 대해 궁금해하셨습니다."

"응? 천이의 아들 소천을 말하는 것인가?"

"그렇습니다."

멸천일호의 말에 장춘삼은 영문을 알 수 없다는 표정을 하고 말했다.

"이상하군. 구궁이 그 일에 대해서 보고하지 않았단 말인가?"

"본문에서는 그 소식에 대해 아무것도 입수한 바가 없습니다."

"음… 구궁이 왜 그 소식을 알리지 않았단 말인가?"

이해할 수 없는 일이었지만, 멸천일호에게 장천의 아들인 소천이 광무자에게 있다가 유성신창의 진형에게 당한 후 사라졌다는 것을 말하자 그는 고개를 숙여 인사를 하고는 또다시 천장으로 사라졌다.

멸천일호가 사라지자 장춘삼은 잠시 생각에 잠겼다. 구궁이 혈비도 무랑에게 소천이 사라진 소식을 알리지 않은 이유를 찾아본 것이다.

'혹시 녀석이……'

한순간 나쁜 생각이 들었던 장춘삼은 구궁이 자신이 생각하고 있는 일을 벌이려고 하는 것이 아닐까 하는 생각이 들자 간담이 써늘해졌다.

만약 그렇다면 장천이 함정에 빠질 것은 분명할 것이고, 구궁이라면 함정에 빠진 장천을 아주 간단히 처리할 수 있는 능력을 지닌 사람이었다.

또 과거 구궁의 모습을 아는 장춘삼은 그가 충분히 자신이 생각하는 일을 행할 수 있음을 알고 있었다.

'구궁… 만약 네 녀석이 그 일을 저지른다면 비도문의 대가 끊기는 한이 있어도 네놈을 살려두지 않을 것이다. 으드득……'

과연 장춘삼은 구궁이 무슨 일을 저지르고 있다 생각한 것일까? 알 수 없는 일이었다.

제44장
경천동지(驚天動地)

 다음날 새벽, 장천은 혈비도 무랑이 보낸 무사의 뒤를 따라 멸천문에 마련된 연무장에 도착할 수 있었다.

 "음……"

 연무장으로 들어선 장천은 전각의 모습에 감탄할 수밖에 없었다.

 그 규모가 엄청난 멸천문의 연무관은 모두 세 군데로 나누어져 있었는데, 장서를 보관하는 있는 장서관과 무공에 필요한 영약을 보관하고 있는 약의관, 그리고 무공을 연성하는 연성관이 그것이었다.

 장서관의 규모는 과거 홍련교에서 보았던 장서관에 비해 뒤지지 않았고, 약의관은 쌍도문의 규모에 수 배 이상, 연성관 역시 그 규모가 상당했다.

 특히 장서관에 장천은 도무지 눈을 뗄 수가 없었다. 그곳에는 무림 각파의 상승무공들을 적은 서책들이 가득 꽂혀 있었기 때문이다. 또 개중에는 그들 문파의 적전제자들만 배울 수 있는 무서도 끼여 있었기에 놀라움은 더욱 클 수밖에 없었다.

소림의 경우에는 칠십이절기 중 예순아홉 가지의 무서가 자리 잡고 있었고 무당의 태극혜검과 무당구양신공, 칠성둔형보 등 무림 각 문파의 비전절기가 한곳에 모여 있는 듯했다.

"소주께서 원하신다면 가져가셔도 상관없습니다."

"응? 아… 예."

어마어마하게 많은 무서를 보며 감탄하는 장천에게 멸천문의 무사는 미소 지으며 말했고, 이들의 말에 장천은 놀라 대답을 하지 못했다.

이 정도의 무서라면 타인이 함부로 장서관에 들어가는 것조차 막을 것인데, 타 문파의 소주인 그에게 마음에 드는 무서를 가져가라니 어찌 놀라지 않겠는가?

하지만 이내 놀라움은 두 배가 되고 말았다. 장서의 한쪽에 쌍도문의 무서까지 끼여 있었기 때문이다.

"마, 말도 안 돼."

그곳에는 쌍룡승천도법은 물론이요, 정제자들만이 익힐 수 있는 무공과 함께 기문숙에게서 배웠던 태극일기공의 심공서까지 끼여 있었다.

기문숙의 성정을 생각하면 죽는 한이 있어도 결코 이러한 무서를 적어줄 리 없었기에 이는 쌍도문이 태극일기공의 심법을 잃기 전부터 멸천문이 이것을 지니고 있었다는 뜻이라, 장천의 등줄기에서는 식은땀이 흘러내렸다.

'이들이 무림을 제패한다 하더라도 이상한 것이 아니로구나… 이 정도면 정사마 어느 누구도 멸천의 뜻을 거부하지 못하리라…….'

장천으로선 이미 대세가 멸천문으로 기울었다고밖에 생각할 수 없었다.

쌍도문 장서에는 자신이 알지 못하는 무공도 존재하고 있었는데, 그를 다시금 경악하게 한 것은 이들 무서와 함께 만든 지 얼마 되지 않는 무서까지 확인할 수 있었기 때문이다.

"이, 이건 말도 안 돼! 어떻게 이런 일이 있을 수 있는 거지?!"

떨리는 손을 들어서 간신히 그 무서를 꺼내 든 장천은 천천히 그것을 펼쳐 보았는데, 그 내용 역시 다르지 않았기에 무릎에서 힘이 빠질 수밖에 없었다.

장천이 경악을 금치 못한 것은 꺼내 든 무서, 그것은 바로 광무자가 근래에 창안하여 그 무리를 확립하고 무진과 그가 함께 익힌 좌검우도의 무공서였기 때문이다.

"어, 어떻게 이것이 멸천문에……."

광무자가 만든 좌검우도의 무리는 익힌 사람이 자신을 포함하여 단 몇 사람에 지나지 않았고, 그것을 알고 있는 사람 역시 극히 소수에 지나지 않았다.

그런데 멸천문에 이것을 완벽히 정리한 무서가 있으니 어찌 놀라지 않을 수 있겠는가?

'무진 형은 절대 아니다. 도대체 누가…….'

장천은 형제와도 같이 지내는 사람 중에 배신자가 있음을 알았으나 어느 한 사람 배신자로 의심하기도 어려웠다.

하지만 자신의 손에 들려 있는 무서는 그것을 증명하고 있었기에 그로서는 눈물이 날 지경이었다.

"멸천문의 장서관을 구경한 감상이 어떤가?"

"혈비도 무랑……."

그때 그의 뒤로 한 남자가 다가와서 말했다. 그 목소리의 주인이 혈비도 무랑이라는 것을 안 장천은 천천히 고개를 돌려 그의 앞에 좌검우도의 무리를 적은 책을 보이며 말했다.

"이것이… 어찌 된 일입니까?"

"음… 좌검우도무해서(左劍右刀武解書)로군. 뛰어난 무공이지. 본좌 역시 이것을 처음 보았을 때는 탄성을 금치 못했다네……."

"그것을 묻는 것이 아닙니다. 어떻게 좌검우도의 무리를 해석한 책이 멸천문에 있는 거냐는 것입니다."

장천은 노기를 터뜨리며 그에게 물었는데, 혈비도 무랑은 미소를 지으며 말했다.

"나로서는 무해서를 쓴 이의 이름을 밝힐 수가 없다네. 자네 역시 그자의 이름을 듣고 싶지는 않을 텐데?"

"크윽……."

그의 말대로였다. 장천으로선 이 무해서를 가져온 자의 정체를 알고 싶기도 했지만, 그의 정체가 드러났을 때 겪어야 하는 절망감이 두려울 수밖에 없었던 것이다.

"세상에는 간혹 모르는 것이 좋을 때가 있다네."

"……."

혈비도 무랑의 말이 틀리지 않아 장천은 할 수 없이 무서를 꽂고는 연무관으로 걸음을 옮겼다.

연무관에 도착한 장천은 한숨을 내쉬며 자리에 앉아 고개를 숙였는데, 그때 무엇인가가 파공음을 내며 자신을 향해 날아오는 것을 알 수 있었다.

"헉!"

고개를 돌려보니 아홉 자루의 비도가 맹렬한 기세로 쇄도해 들어오는지라 장천은 미처 그것을 피할 생각도 하지 못했다.

다행히 비도는 그의 사혈에 적중하는가 싶더니 한 치 정도 앞에서 거짓말같이 멈추었고, 잠시 후 뒤로 돌아간 비도는 혈비도 무랑의 손으로 들어갔다.

"팔연환비도술의 극의라 할 수 있는 여의비도(如意飛刀)라 한다."

"여의비도."

아홉 자루의 비도를 이기어검의 경지로 다루는 모습에 장천은 입을 다물 수가 없었기에 경이라고밖에는 생각되지 않았다.

"그리고 이번에 보여줄 것이 섬광비도술의 극의인 불광멸악(佛光滅惡)이지."

그 말과 함께 혈비도 무랑이 비도 한 자루를 던지자 비도는 황금색의 빛을 뿜으며 일대를 환하게 밝히기 시작했다.

하지만 섬광비도술의 다른 초식과는 전혀 다른 모습을 보이고 있었다. 불광멸악의 초식에서 시전된 비도는 너무나 느린 속도로 날아가고 있었기 때문이다.

'어떻게 이런 비도술이 다 있지?'

자신을 향해 날아오는 비도를 보며 장천은 어이없어하면서 몸을 피하려 했는데, 그 순간 크게 당황하고 말았다.

자신의 몸이 움직이지 않았기 때문이다.

'무슨 일이지?'

아무리 내공을 끌어올려도 움직이지 않는 몸에 장천은 느린 속도로 날아오는 비도를 보며 식은땀을 물 흐르듯 흘리고 있었다.

"끄아악!!"

장천은 더 이상 참지 못하고 비명을 내지르고 말았는데, 그 순간 느리게 날아오던 비도는 방향을 바꾸어 옆에 있던 의자를 향해 날아갔고, 귀청을 찢을 듯한 폭음과 함께 의자는 산산조각으로 부서져 버렸다.

"헉헉헉."

압도적인 기세에 지쳐 버린 장천은 크게 숨을 헐떡였다. 자신이 직접 익히기는 했으나 비도문의 비도술이 이렇듯 무서우리라고는 생각지도 못한 것이다.

몸을 움직일 수조차 없는 공격에 어느 누가 그것을 막을 수 있겠는가? 수많은 무림인들이 혈비도 무랑을 죽이려 했지만, 실패한 것은 당연한 일이란 생각이 들었다.

"이것이 자네가 알고 있었던 팔연환비도술과 섬광비도술의 극의라네. 어떤가? 네가 최고라 생각하는 좌검우도의 무리와 비교해서 말이야."

"큭……."

하지만 장천은 쌍도문의 무공이 이렇게 혈비도 무랑의 무공에 밀린다는 것을 인정할 수 없었다. 이에 장천은 천천히 자리에서 일어나 화룡신도와 냉혈검을 꺼내어 들고는 숨을 크게 몰아쉬며 말했다.

"다시 한 번 해보십시오. 이번에는 그리 쉽게 당하지 않을 것입니다."

"후후후, 재밌군. 그렇다면 이번에는 자네에게 가르쳐 주기로 했던 천섬비도술을 보여주지."

"알겠습니다."

천섬비도술을 시전하겠다는 말에 장천은 두 번 다시 당하지는 않으리라 생각하고는 눈을 감고 마음을 가라앉히기 시작했다.

그리고 천천히 양의신공으로 오른손에는 화의 무공을 왼손에는 소수마공을 끌어올린 후 자연도의 기운을 끌어올리기 시작했다.

"오……."

그 모습에 혈비도 무랑은 탄성을 내질렀다. 장천의 기운이 변하고 있었기 때문이다.

본디 장천은 쌍도문의 무공을 익힌 탓에 강의 기운이 대부분을 차지하고 있다 해도 과언이 아니었는데, 자연도를 시전하자 점차 안정되고 이제는 정의 기운이 가득해 태산이 무너진다 하더라도 움직이지 않을 듯한 안정감을 보이고 있었다.

무림 제일의 무공을 익히고 있는 혈비도 무랑은 장천을 보며 팔성 정도의 내력을 끌어올렸다.

그가 지금까지는 그저 오성 정도의 힘을 사용했다는 것을 생각한다면 장천의 몸의 기운이 크게 상승했음을 인정한 것이다.

"합!"

자세를 잡고 있는 장천을 보며 혈비도 무랑이 들고 있던 아홉 개의 비도를 하늘로 내던졌기에 장천의 시선은 위쪽으로 올라갈 수밖에 없었다. 그 순간 혈비도 무랑의 몸에서 강한 기운이 폭발하듯 밀려왔다.

"천섬비도술!"

그 순간 하늘로 치솟던 비도들은 시간이 멈춘 것처럼 그 움직임을 멈췄고, 잠시 후 눈을 멀게 할 정도의 빛을 내며 장천을 향해 뻗어나갔다.

"큭!"

이에 장천은 급히 자연도로 비도가 날아오는 방향을 간파해 좌검우도의 수법으로 검을 휘둘러 보통 사람이라면 빛에 현혹되어 그 정체도 파악하지 못할 공격을 막아내기 시작했다.

챙!! 챙!!

현재 장천은 눈에 의지하는 것이 아닌 자연도의 섭리에 따라 주위에 흐르는 그 흐름에 몸을 맡겨 도검을 휘두르고 있었기에 혈비도 무랑이 시전한 천섬비도술을 효과적으로 막고 있었다.

이것을 보고 있던 혈비도 무랑은 탄성을 내지를 수밖에 없었다. 천섬비도술은 팔연환비도술과 섬광비도술의 무리를 합하여 만든 무공으로 그 위력이나 초식의 움직임을 파악할 수 있는 자는 무림에서 다섯 손가락 안에 들어야 가능하다 할 정도였기 때문이다.

하지만 자연도로 주위의 기운을 느끼고 있는 데다가, 내공은 무림에서 가장 높다 할 수 있었고, 손에 들린 두 개의 병기도 십대신병이었던 만큼 천섬비도술이 전혀 통하지 않고 있었던 것이다.

'과연……'

하지만 천섬비도술의 진정한 극의는 아직 모습을 보이지 않았다. 만약 극의를 시전하게 된다면 장천은 일 다경도 버티지 못하고 쓰러질 것이 분명했기 때문이다.

아직 극의를 시전할 때가 아니라는 것을 안 혈비도 무랑은 손을 들어 아홉 개의 비도를 끌어들였고, 초식이 끝났다는 것을 느낀 장천은 천천히 그를 바라보았다.

장천의 얼굴에는 자신이 혈비도 무랑의 초식을 막았다는 생각에 자랑스러움이 가득했고, 장천의 이런 모습에 미소가 흐르는 그였다.

"잘했군, 하지만 방금 전의 천섬비도술은 단순히 그 초식의 흐름만을 보여준 것이다. 만약 극의에 이른 공격이라면 너의 자연도로도 쉽게 막지 못했을 것이다."

"……."

장천이 그의 설명에 도저히 못 믿겠다는 표정을 짓자 녀석의 어린애 같은 모습에 고개를 내젓던 혈비도 무랑은 가볍게 하나의 비도를 날렸다.

"훙!"

아홉 개의 비도를 막았는데, 하나의 비도를 못 막을 것인가 생각했던 장천은 다시 한 번 자연도의 수법을 사용하여 날아오는 비도를 막을 자세를 취했는데, 비도는 한순간 크게 빛나는가 싶더니 장천을 향해 빠른 속도로 뻗어나갔다.

"차압!"

그 모습에 장천은 화룡신도와 냉혈도를 동시에 휘둘러 비도를 튕겨내려 했는데, 날아오던 비도의 속도가 크게 변하는가 싶더니 수십 개로 분화되어 소나기가 되듯 장천을 향해 쇄도해 들어왔다.

"끄아악!!"

놀란 장천은 막는 것을 포기하고는 급히 오른쪽으로 몸을 날렸고, 소나기가 내리듯이 날아오던 빛은 그가 있었던 자리로 박혀 들어갔다.

"헉헉……."

숨을 가쁘게 쉬는 장천은 자신이 원래 있었던 장소를 바라보자 바닥에는 손톱만한 구멍이 수없이 박혀 있는 것이 마치 벌집을 보는 듯했다.

"어떤가? 천섬비도술의 속도를 삼 분의 일 이상 줄이긴 했지만, 위력은 그리 나쁘지 않은 것 같은데."

"……."

하나의 비도로도 이 정도면 수십 명의 적을 쓰러뜨릴 수 있는 위력이었다. 만약 혈비도 무랑이 마음만 먹는다면 그를 쫓던 군웅들은 한 사람도 살아남지 못했으리라는 생각이 들었다.

그는 왜 이러한 엄청난 무공을 지니고 있으면서도 스스로 도망자의 길을 택한 것일까? 이해할 수 없는 노릇이었다.

지금 멸천문을 개파했다고는 하지만, 그 혼자로도 무림의 유수한 명문대파의 힘을 압도하는 무공을 지니고 있었기에, 오히려 자신들을 쫓던 군웅을 힘으로 누르고 그들을 부하로 문파를 만들었다면 멸천문보다 더 빠른 시간에 정사마 세 개의 세력과 버금가는 문파를 만들었을 것은 분명한 일이었다.

"어떤가? 나에게 무공을 배워보겠는가?"

무림인에게 강한 무공을 익힌다는 것은 꿈과 같은 것이기에 그 위력을 직접 눈으로 본 장천이 거부할 이유는 없었다.

"알겠습니다."

“잘 선택했네.”

장천이 자신의 말을 받아들이자 그는 미소 지으며 말하고는 한 권의 책자를 건네주었다.

“이것은?”

“자네가 익히고 있는 두 가지 비도문의 무공인 팔연환비도술과 섬광 비도술의 무해서이네. 이것이 있으면 짧은 시간 안에 무공을 극성으로 익히는 것도 그리 어렵진 않을 것이야.”

“아……”

비도문의 무공을 단순히 비도술의 수법으로 착각할 수 있지만, 그 내력의 운용이나 힘의 조절은 상당히 힘들었다. 그런 이유로 장천 역시 뛰어난 무공 습득력을 지녔음에도 완벽하게 그것을 연성하지 못한 것인데, 수십 년간 이 두 가지 무공을 사용한 혈비도 무량의 무해서가 있다면 극성으로 익히는 것도 그리 어렵지 않다는 생각이 들었다.

“그럼 저녁쯤에 다시 오도록 하지. 필요한 것이 있으면 연무관에 있 는 무사에게 말하도록 하게.”

“알겠습니다.”

장천에게 자상한 목소리로 말한 혈비도 무량이 밖으로 나가자 그를 기다리고 있었다는 듯이 한 남자가 창을 들고는 서 있었는데, 바로 유 성신창 진형이었다.

“부르셨다 들었습니다.”

“따라오게.”

“예.”

혈비도 무량은 진형을 보자 장천에게 보였던 그런 자상한 모습은 사라지고 다시 본래의 차가운 모습으로 변했다. 진형 역시 그러한 것에 익숙한 듯 고개를 끄덕이고는 그의 뒤를 따랐다.

하지만 연무관에 있는 장천이란 아이에 대해 궁금할 수밖에 없었기에 혈비도 무랑을 보며 넌지시 물어보았다.

"장천이란 아이는 어떻습니까? 한 번 겨루어보니 무공이 상당한 듯한데 말입니다."

천이와 겨루어보았다는 말에 혈비도 무랑은 그를 잠시 쳐다보았지만 이내 고개를 돌리고는 말했다.

"내공만이라면 천하에 그 아이를 따를 자가 없을 것이다."

"그 정도였습니까?"

"하나, 아직 나이가 어려 경험이 미천하고 무공에 대한 본질을 파악하는 것이 미숙한 듯하다."

"음……."

혈비도 무랑의 말에 진형은 침음성을 내질렀는데, 장천과 겨루어 크게 낭패를 보았던 적이 있는 그로선 경험이 미천하다든가 무공에 대한 본질을 파악하는 것이 미숙하다는 것이 짐작이 가지 않았기 때문이다.

'이것이 무림 제일인의 눈인가? 하긴 태상문주님의 무공이라면 나와 그 아이쯤이야 한 수 이상의 상대가 되지 못할 테니 당연한 것인가?'

과거 진형은 혈비도 무랑과 일전을 겨루어본 적이 있었다.

그때 당시 진형은 아버지의 이름조차 알지 못했다. 오로지 창술을 익히는 것으로 어린 시절을 보냈기 때문이다.

자신의 부친은 신창이 천하제일을 다툴 수 있는 무공의 하나라고 말해 왔었기에 그는 그 말을 믿어 의심치 않았으나 혈비도 무랑이라는 사람을 만나서야 자신이 우물 안의 개구리였음을 알 수 있었다.

혈비도 무랑과 처음 일전을 겨룬 사람은 폐병에 걸린 그의 아버지 진명이었다. 두 사람은 깊은 산속에서 살고 있었는데, 혈비도 무랑은 어떻게 알았는지 자신들이 있는 곳으로 와 자신의 힘이 되기를 청했던 것이다.

하지만 진명 같은 사람이 누구의 밑에 들어간다는 것은 자존심이 허락하지 않는지라 무공으로 그 승부를 겨루게 되었는데, 세상에서 가장 강할 것 같았던 그의 부친은 혈비도 무랑의 단 일초를 견디지 못하고 무참하게 패배하고 말았다.

진형은 도저히 그 패배를 믿을 수가 없었기에 자신이 직접 아버지에게 물려받은 유성신창을 들고 대결했으나 결과는 아버지와 마찬가지로 단 일초를 견디지 못하고 무너지고 말았다. 이에 뛰어난 무공에도 스스로 그의 밑으로 들어가기를 청했던 것이다.

그때에 비한다면 진형의 무공은 대여섯 배는 성장하기는 했지만, 아직도 그 당시 혈비도 무랑이 자신에게 보였던 일초를 깰 수 있다는 자신감을 얻지 못하고 있었다.

대륙에서 그가 가장 존경하는 인물이 있다면 그것이 바로 혈비도 무랑이었고, 일전을 겨루고 싶은 인물이 있다면 그 역시 혈비도 무랑이었기에 진형에게서 혈비도 무랑은 하나의 꿈과 같은 존재였다.

머무르고 있는 방에 도착한 혈비도 무랑은 자리에 앉아 잠시 생각에 잠기는 듯하다 진형을 보며 입을 열었다.

"구궁은 어디에 있느냐."

"대사련 일이 끝난 후 노진 대사와 함께 항주 쪽으로 향했다 들었습니다."

"항주라……."

자신이 알고 있는 한 현재 항주에서 구궁과 노진 같은 이가 움직일 만한 일은 없는데 도대체 그가 무엇을 꾸미는지 알 수 없었다.

'항주에 무엇이 있단 말인가.'

"진형."

"예."

"지금 당장 귀혼부 유강과 함께 구궁의 뒤를 쫓도록 하거라."

"구궁의 뒤를 말씀이십니까?"

진형은 혈비도 무랑이 구궁의 뒤를 쫓으라는 말에 놀랄 수밖에 없었다. 자신의 경우에는 외부에서 끌어들인 사람이지만, 구궁은 혈비도 무랑의 혈족이기 때문이었다.

아무리 자신이 총애를 받고 있다 하더라도 혈족에 대한 신임 이상일 수는 없었던지라 언제나 구궁에 대해서는 조금 부러움을 느끼고 있었다.

"아무래도 그 아이의 움직임이 심상치 않구나. 구궁이나 노진과 무공을 비교한다면 네가 한 수 아래일 수밖에 없으니 경험이 많은 유강을 붙여주는 것이다."

"알겠습니다. 하나 그렇게 되면 십대신병의 소유자 모두가 외부로 나가게 되는 것인데… 설마 그 일이 본문의 개파대전보다……."

진형은 개파대전이 코앞에 다가온 시점에 자신들로 하여금 구궁의 뒤를 쫓게 한다는 것은 이 일이 심상치 않다는 것을 알 수 있었기에 혈비도 무랑의 신임을 얻기 위해 노력하는 그로서는 하늘이 내려준 기회라 할 수 있었다.

"진형……."

"예."

"필요하다면 두 사람 모두 죽여도 무방하다."

"…알겠습니다."

멸천문 내에서 자신의 유일한 맞수라고 생각한 구궁, 그를 죽여도 무방하다는 태상문주의 말에 그의 입가에 미소가 어리고 있었다.

장천이 혈비도 무랑에게 이끌려 연무관으로 갔을 때 쌍도문의 사람들이 머무르고 있는 곳으로 두 명의 손님이 찾아왔는데, 데비드와 동방명언은 두 사람의 얼굴을 확인하곤 크게 놀란 표정으로 소리쳤다.

"은조상!"

"오랜만이다. 데비드, 명언."

놀랍게도 그들은 마교의 의형제인 은조상과 그의 형인 은석영이었고, 데비드는 오랜만에 친한 친구를 만난지라 크게 기뻐하며 달려갔다.

하지만 동방명언의 경우에는 얼굴이 그리 편하지만은 않았다. 홍련교에서 그는 구시독인을 모시고 있던 사람이기 때문이다.

천천히 은씨 형제들의 앞으로 걸음을 옮긴 동방명언은 석영에게 가볍게 포권을 한 후 조상을 보며 낮은 목소리로 말했다.

"자네가 이곳에 웬일인가."

"어이! 왜 그래?"

마치 보고 싶지 않은 손님이 온 것처럼 말을 하는 명언을 보며 데비드는 이맛살을 찌푸릴 수밖에 없었는데, 은씨 형제들은 동방명언이 이리 차갑게 대하는 이유를 잘 알고 있었기에 그리 화를 내지 않았다.

"우린 괜찮네."

데비드를 보며 괜찮다는 말을 하고 있는 은조상이지만, 그로선 의형제들의 이러한 서먹서먹한 분위기가 마음에 들 리 없었다.

"휴, 어쩌다 우리 형제들이 이리 변했는지."

장천, 은조상, 동방명언 이 세 사람의 사이가 좋지 않은 상태였기에 중간에 끼인 데비드는 어찌할 바를 몰라 한숨밖에 나오지 않았다.

"우리 형제가 이곳에 온 이유는 본교의 태상교주께서 쌍도문의 장 문주님을 뵙고자 하시니 그것을 전하기 위해서네."

"태상교주 천마 어르신이 장 문주님을?"

천마가 정파의 문주라 할 수 있는 장 문주를 만나려 한다는 것은 예상치도 못한 일이기에 데비드가 놀라는 것은 당연한 일이었다.

"불가하네. 천마를 어찌 믿고 문주님을 모셔간단 말인가?"

"명언!"

그의 말에 은조상은 노기를 드러낼 수밖에 없었다. 동방명언의 말이 자신이 모시는 교주가 신의도 없다는 뜻으로 들렸기 때문이다.

"흥!"

하지만 그런 은조상의 노기 어린 모습에도 명언은 콧방귀를 뀔 뿐이었고 일촉즉발의 상황이 이어지고 있었는데, 그때 그들의 뒤쪽으로 누군가의 목소리가 들려왔다.

"무슨 일인가?"

"아, 문주님."

동방명언과 데비드는 그 목소리의 주인이 장춘삼이라는 것을 알고는 급히 고개를 돌려 포권을 했고, 장춘삼은 은씨 형제들 앞으로 가 물었다.

"자네들은 무슨 일로 이곳에 찾아왔는가?"

"예. 저희들은 홍련교의 태상교주이신 천마님의 명을 받고 쌍도문의 문주님을 뵙기 위해 찾아왔습니다."

"나를? 그래 무슨 일로?"

"저희 교주께서 장 문주님을 뵙고자 하십니다."

"홍련교의 태상교주께서 말인가? 음……."

장춘삼은 마교의 태상교주 천마가 자신을 만나고자 한다는 것을 들으며 잠시 생각에 잠겼다.

하나 멸천문 안에서 그가 다른 수작을 걸어올 리도 없는 데다, 한번 만나보고 싶은 인물이기도 했기에 고개를 끄덕이며 말했다.

"알겠네."

"감사합니다."

은씨 형제들이 돌아가자 장춘삼은 동방명언을 보며 넌지시 물었다.

"명언아, 천마가 나를 만나고자 하는 뜻을 알 수 있겠느냐?"

"저의 생각으로는 장 형제의 일이 많은 부분을 차지하고 있는 듯합니다."

장춘삼과 천마 사이에 지금까지 아무런 교류가 없었다는 것을 감안한다면 동방명언의 말이 틀리지는 않을 것이란 생각이 들었다.

마음을 정한 장춘삼은 요운과 데비드를 대동하고 마교의 일행이 머무르고 있는 전각으로 향했다. 동방명언은 천마에게 그리 좋지 않은 감정을 가지고 있어 이번 일에 제외시킨 것이다.

　전각에 도착하자 이미 기다리고 있었는지 은씨 형제와 마교의 무사들이 정중한 태도로 장춘삼 일행을 맞았다.

"어서오십시요."

　장춘삼에게 정중히 포권을 하고 인사한 은조상은 일행을 안으로 안내했다. 안으로 들어서자 오십여 명의 무사들이 이 열로 시립해 있는 것을 볼 수 있었는데, 과연 무림 삼대세력의 하나라고 할까, 그들 하나하나의 무공이 범상치 않음을 느낄 수 있었다.

　이런 모습에 데비드와 장천은 만약의 경우를 생각하며 몸에 긴장을 늦출 수가 없었다.

　조상의 안내를 받으며 건물 안으로 들어서자 술상과 함께 상좌 쪽에 세 명의 무인이 자리하고 있었는데, 이들은 홍련교의 태상교주인 천마와 불괴대제, 만근퇴 우경이었다.

　장춘삼이 안으로 들어오자 천마는 미소를 띠며 가볍게 포권을 하고는 말했다.

"어서 오시오, 장 문주."

"홍련의 교주님을 이렇게 만나게 되니 영광입니다."

　그의 말에 장춘삼은 가볍게 포권을 하고는 자리에 앉고, 그 양 옆으로 데비드와 요운이 시립했다. 천마로선 장춘삼의 양 옆에 있는 젊은 무사들의 무공이 자신이 곁에 두고 있는 은씨 형제들과 비교해도 뒤지지 않아 조금 놀랄 수밖에 없었다.

　'과연 구파일방에 버금갈 정도의 성세를 이룰 만했군. 전 문주인 등

평을 비롯하여 많은 사람들이 죽었음에도 불구하고 이 정도의 무공을 지닌 이들이 있다니…….'

하나의 문파가 멸문에 가깝게 무너지면 그것을 재건하기 위해서는 상당한 힘이 필요한 것이 사실이었다. 하지만 그 문파 내에 고수가 남아 있다면 그것이 불가능한 것만은 아니었다.

현 문주인 장춘삼을 제외하더라도 대동하여 데리고 온 두 명의 젊은 후지기수 역시 그 무공이 만만치 않았기에 쌍도문이 다시 명성을 찾는 것도 이제 얼마 남지 않았다는 것을 알 수 있었다.

'과연 장천이란 녀석을 길러낼 만한 사람이군.'

한편 천마의 우측에 앉아 있는 만근퇴 우경은 장춘삼의 몸에서 뿜어 나오는 기도를 느끼며 그의 무공이 결코 자신의 아래가 아니라는 것을 알 수 있었다. 강북십웅의 한 자리를 차지함은 알고 있었다만 우경이 느끼는 장춘삼의 무공은 강북십웅 정도의 수준이 아니었다.

'느껴지는 기운으로만 생각하면 족히 강호에서 열 손가락 안에 들 정도다. 아니, 어쩌면 이곳에 있는 어느 누구도 이자를 상대할 수 없을 지도 모른다. 천마까지 말이야…….'

전대 교주의 무공을 직접 접해본 적이 있는 데다가 불괴곡에서 거의 반강제적인 수행을 했다 해도 과언이 아닌 우경은 상대의 능력을 간파하는 데 다른 이보다 뛰어난 능력을 가지고 있었다.

자신과 일 장 정도밖에 떨어져 있지 않음에도 불구하고 기운을 전혀 느낄 수 없다는 것은 이미 자신의 무공의 패도적인 기운을 몸에 갈무리할 수 있는 수준까지 이르렀다는 것이다.

'천마는 알고 있는 것인가?

우경은 천천히 천마의 얼굴을 쳐다보았는데, 역시나 그에게선 어떠한 것도 느껴지지 않았다. 물론 천마가 자신의 감정을 외부에 비처 보이지 않는 것은 잘 알고 있었지만, 자신과 똑같은 것을 느꼈다면 그의 성정을 생각해 볼 때 패도적인 기운을 드러냈을 것이 분명했다.

'이대로는 안 되겠군. 천마가 마음에 드는 것은 아니지만, 마교의 적이 될지 모르는 자에게 방심하고 있게 할 수는 없는 노릇이니까.'

그런 생각이 들자 우경은 잠시 숨을 들이쉰 후 천천히 자신의 힘을 드러내기 시작했고, 갑자기 우경이 기운을 드러내자 천마와 불괴대제는 놀라 그의 얼굴을 쳐다보았다.

'우경, 이 녀석이 무슨 짓을 하는 거지?'

갑자기 기운을 내뿜자 천마와 불괴대제는 우경이 생각하는 바를 알지 못했기에 두 사람의 몸은 자동적으로 우경의 기운에 대항해 갔다.

'이런 멍청한 녀석! 이곳에서 싸우기라도 하겠다는 것인가!'

녀석의 행동에 천마는 미간을 찌푸리며 우경을 노려보았는데, 우경이 쌍도문의 문주인 장춘삼을 보고 있는지라 자신도 모르게 장춘삼 쪽으로 시선을 돌렸다.

그리고 우경이 말하고자 하는 바를 느낄 수 있었기에 충격을 받을 수밖에 없었다.

'우경이 보여주고자 하는 것이 이것이었던가?'

이곳에 모여 있는 우경과 불괴대제, 그리고 천마 자신의 무공은 기껏해야 한두 수 정도의 차이밖에 없었다. 그런 이유로 한 사람이 기운을 내뿜자 몸이 자동적으로 그것에 대항하여 반응하게 되는 것인데, 앞에 앉아 있는 장춘삼에게선 그러한 기운이 전혀 느껴지지 않고 있었던 것이다.

그렇기에 우경이 기운을 내뿜자 나머지 두 사람의 기운이 저절로 반응한 것인데, 장춘삼의 몸에 그러한 반응이 없다 함은 그의 무공이 미약하여 기운을 느끼지 못한다기보다는 지닌 무공이 이곳에 모인 이들보다 한 단계 위라고밖에 생각할 수 없었다.

그런 생각이 들자 천마의 등줄기에는 식은땀이 흘러내릴 수밖에 없었다.

'장춘삼, 진면목을 감추고 있었던 자인가… 우경 이 녀석 일단은 본교의 일을 우선으로 한다는 생각이군. 좋다, 본교가 강호를 제패하는 날까지 네 녀석의 힘을 철저하게 이용해 주지. 크크크.'

처음에는 장춘삼을 이용하여 장천을 끌어내고 그를 처치할 생각을 한 천마였지만, 직접 만나보니 자신이 파놓은 함정에 빠질 자가 아니라는 것을 느끼고는 계획을 수정하기로 마음먹고 사소한 이야기만으로 끝을 내었다.

장춘삼이 돌아갔지만 불괴대제와 우경은 자리에서 일어날 생각을 하지 않았고, 그들의 표정은 진지했다.

"아무래도 장춘삼을 이용하여 녀석을 끌어들이는 것은 어려울 듯하군."

"그렇소."

불괴대제 역시 장춘삼의 진면목을 눈치 채고 있었기에 일이 어렵게 됐다 생각하고는 미간을 찌푸리며 답했다.

"어쩔 수 없이 장천을 끌어내는 계획은 취소해야겠군. 어떻게 할 생각인가, 천마?"

"멸천문의 동태를 살핀 후 그들과 손을 잡을까 생각하고 있네."

"혈비도 무랑과 말인가?"

"그래."

우경은 천마가 멸천문과 손을 잡는다는 말에 크게 놀랄 수밖에 없었다. 지금까지 혈비도 무랑은 정사마를 막론하고 모두의 공적이 되어 있던 자인데, 그런 자와 손을 잡는다는 것은 모두를 적으로 한다는 것과 다를 바 없었다.

하지만 마교는 지금까지 단 한 번도 무림의 어떠한 세력과 손을 잡은 적이 없었기 때문에 우경은 찬성할 수가 없었다.

물론 무림에서 사교의 무리로 취급당하고 있는 홍련교에게 다른 문파가 손을 내밀었던 적도 없었지만 말이다.

"하나, 멸천문이 우리와 손을 잡으려 할까?"

"모르지. 하나 그들 혼자의 힘으로 전 무림을 상대하기는 무리일 수밖에 없어."

우경 역시 그것에 한해서는 천마와 생각을 같이 하고 있었다. 솔직히 멸천문이 전 무림에 공표하면서 개파대전을 연 것부터가 스스로 멸문을 자초하는 것같이 생각되기 때문이었다.

'하지만 아무래도 뭔가 있는 듯하다. 혈비도 무랑은 절대 바보가 아니야. 우리가 너무 그를 쉽게 생각하고 있는 것이 아닐까란 생각이 드는군.'

모두가 무리라고 생각하고 있는 멸천문의 개파대전, 우경은 그렇기 때문에 오히려 두려움이 느껴지고 있는 것이다.

'천마는 교의 힘에 너무 자부심을 가지고 있었다. 무림맹은 하나하나의 문파가 강하다 하나 서로간의 의견 대립이 심하고 대사련은 수적으로 우위라 하나 조직이 너무 분산되어 있어 힘이 하나로 집결되기 힘들다. 그렇다고 본다면 교가 이들 두 세력보다 상위에 있다고는 하지만, 그것이 멸천을 상대하는 데 방해 요소가 되는군.'

천마가 생각하고 있는 적은 무림맹과 대사련밖에 없었기에 멸천문을 마음에 두고 있지 않았던 것이다.

이번에 멸천문의 개파대전에 온 이유 역시 이들을 쓰러뜨리고 강호에 홍련교의 입지를 굳히기 위함으로 이곳에서 이십 리 정도 떨어진 곳에는 홍련교의 정예 무사 이천여 명이 대기하고 있었고, 이들은 명령만 받는다면 당장이라도 멸천문을 공격할 준비가 되어 있었다.

멸천문의 개파대전이 시시각각 다가오면서 정사마의 거대 문파들의 수뇌부 인사들이 대부분 모여들었다.

혈비도 무랑이라는 거두를 쓰러뜨리기 위해 각 문파에서는 수뇌부 인사들은 물론 실력있는 정예들만을 모아왔기에 멸천문은 용담호혈이라 할 수 있었다.

이들 무림 명문에서 모인 군웅들의 숫자만 해도 족히 이천여 명이 넘었는데, 멸천문이 혈비도 무랑을 포함하여 아무리 강한 무인들이 모인 곳이라 해도 문 내에 있는 문도들의 숫자가 수백여 명에 지나지 않는다면 무슨 생각으로 개파대전을 열려 하는 것인지 이해할 수 없는 부분이었다.

한편 멸천문의 연무관에서 무공을 익히고 있는 장천은 그 무공이 과거와는 전혀 다른 수준으로까지 상승되어 있었다.

내공이나 초식의 숙련도, 그리고 자신의 무공에 대한 이해도 한 단계 상승되어 있었는데, 그것은 그의 곁에 뛰어난 스승이 있었기 때문이다.

무림제일고수 혈비도 무랑은 무슨 이유에서인지 장천을 지도하면서 그가 이해하지 못했던 여러 가지 무리들을 자세히 설명해 주며, 각종 영약을 아낌없이 사용하고 있었기에 짧은 시간에도 불구하고 이 정도의 성장이 가능했던 것이다.

이제 비도문의 무공인 팔연환비도술과 섬광비도술 모두 십성의 경지까지 끌어올린 장천이었지만, 아직 두 가지 무공의 극의와 천섬비도술은 익히지 못한 상태였다.

하지만 혈비도 무랑은 그 정도로도 상당히 만족하고 있었다. 처음부터 짧은 시간에 비도문 무공의 그 끝이라고 할 수 있는 여의비도, 불광멸악, 천섬비도술을 익히지 못하리라 예측하고 있었기 때문이다.

"장하구나. 그 정도면 여의비도와 불광멸악의 초식, 그리고 천섬비도술을 익히는 것이 멀지 않은 듯 보이는구나."

"감사합니다."

무공을 시전해 보인 장천을 보며 만족한 듯 칭찬하는 그였으니 쑥스러운 듯이 머리를 긁적이는 장천이었다.

"이제 너에게 가르쳐 줄 것은 하나밖에 없겠구나."

"예? 세 가지 무공에 대한 것은 이제 다 외워 무리만 깨우치면 되는데, 더 가르쳐 줄 것이 있나요?"

"…바로 네가 알고 있는 세 가지 무공의 결점이다."

"결점?"

장천으로선 무공의 결점을 가르쳐 주겠다는 말에 고개를 갸웃거릴 수밖에 없었는데, 지금까지 강호의 어떤 이도 비도문의 무공을 이긴 적이 없기 때문이었다.

그러한 상황에서 자신은 타인일 수밖에 없는데, 비도문의 무공을 깨뜨릴 수 있는 결점을 가르쳐 준다니 어찌 놀라지 않을 수 있겠는가?

"왜 저에게 ……."

영문을 알 수 없는 장천으로선 그에게 물어볼 수밖에 없었다. 이에 혈비도 무랑은 아무 대답 없이 미소 지으며 말했다.

"후에 알게 될 것이다."

"음……."

그가 하는 말의 저의를 알 순 없었지만, 무슨 다른 계략이 있는 것도 아닌 것 같았기에 고개를 끄덕이며 그에게서 이들 두 가지 초식과 천섬비도술의 결점을 들었다.

"네가 알고 있는 여의비도는 흔히 무림에 알려져 있는 이기어검과 같은 맥락을 지니고 있는 무공이다. 팔연환비도술의 내력 운용을 사용하면 한 단계 낮은 경지로도 비도를 사용할 수 있지. 그러나 이기어검과 여의비도 모두 하나의 결점을 가지고 있으니 그것은 바로 시전하는 자에게 있다 할 수 있다."

"시전하는 자에게라니요?"

"두 무공 모두 거리가 멀어지게 되면 병기를 자유로이 다루는 데 상당한 내력과 집중력을 요할 수밖에 없다."

"그렇다면 여의비도에서 벗어나기 위해선 거리를 두어야 한다는 거군요."

"단순히 그렇게만 한다는 건 자신 역시 공격할 기회를 놓치게 되니 아무 소용이 없지 않느냐."

"그렇군요."

장천 역시 혈비도 무랑의 말이 틀리지 않아 다시 생각해 보지만 도저히 그것을 막아낼 방법을 알 수 없었다. 이에 혈비도 무랑은 미소를 지으며 장천에게 비도를 하나 건네주었다.

"이것을 격공섭물을 사용하여 공중으로 띄워보도록 해라."

"예."

혈비도 무랑의 말에 장천은 비도를 격공섭물의 수법을 사용하여 자신의 손에서 한 자 위 정도 공중으로 띄웠는데, 무랑이 오른손을 들어 살짝 검지손가락을 옆으로 움직이자 비도는 땅으로 떨어지고 말았다.

"아! 이것이군요."

"그렇다. 이기어검이나 여의비도 모두 자신의 내력을 사용하여 병기를 움직이는 것이기는 하나 어느 정도 거리가 멀어지게 되면 병기에 대한 영향력도 떨어지게 되는데, 그때 네가 내력으로 상대의 몸과 병기 사이에 있는 진기를 끊어버린다면 적의 수법을 무용지물로 만들 수 있는 것이다. 하나, 이러한 이치를 안다 해도 진기의 흐름을 알아내는 것은 힘들어 쉽게 성공하지 못하지만 너에게는 그러한 것을 알아낼 수 있는 무공이 있다."

"자연도로군요."

"그렇지. 자연도는 주위에 있는 기의 움직임을 살필 수 있는 무공, 그렇기 때문에 상대의 진기의 흐름을 간파할 수 있으니 그것을 끊는 것이 어렵지 않을 것이다."

"알겠습니다."

장천으로선 새로운 것을 알게 되었다는 생각에 입을 다물 수가 없었다. 혈비도 무랑은 여의비도에 이어 불광멸악의 초식에 대해서 설명했다.

"불광멸악의 초식을 직접 접해보았을 것이다. 어떻던가?"

"음… 마치 세상이 멈춰 버린 듯한 느낌을 받았습니다. 알면서도 초식을 피할 수가 없더군요."

장천의 말에 혈비도 무랑은 고개를 끄덕이더니 말했다.

"자네는 무당의 무공에 대해서 알고 있는가?"

"그리 많은 것은 알지 못하지만 양부께서 무당의 비학선인 정우 어르신과 의형제 간이기에 몇 번 견식해 본 적은 있습니다."

"그렇다면 한두 번 정도 무당의 무공과 겨루어본 적이 있겠군."

"예."

"어떻던가?"

"저로서는 최선을 다했지만 저의 쌍도가 빨려 들어가는 듯이 끌리더니 무기를 뺏앗기고 말았습니다."

그는 장천의 말에 고개를 끄덕이고는 미소를 지으며 말했다.

"바로 그것이네. 각 파의 무공은 각기 초식을 행함에 일정한 속도가 있다네. 무당은 무림의 무공 중에서 가장 느린 무공을 지니고 있는데, 쾌속한 무공에 비해 이러한 무공은 쉽게 생각하면 크게 뒤질 것이라 생각되지만 이런 무공의 중요한 무리는 상대를 자신의 움직임으로 끌어들이는 것이지. 예를 들자면 쌍도문의 무공 중에 선풍도가 있다 들었는데, 알고 있는가?"

"예, 저와 친분이 있는 무진 형이 창안한 무공입니다."

"젊은 나이에 대단하군. 아무튼 그 무공은 현 쌍도문의 무공 중에서 가장 쾌속하다 들었는데, 만약 이러한 무공을 무당의 태극검법의 검속으로 시전을 한다면 어떻겠는가?"

곽무진의 선풍도는 몸을 강렬하게 회전시키며 그 회전력으로 상대방을 압박하는 무공이니만큼 태극검법의 검속으로 무공을 시전한다면 전혀 힘을 쓰지 못함은 당연했다.

"아무런 힘도 발휘할 수 없겠지요."

"자네가 직접 접한 불광멸악의 초식도 그렇게 생각할 수 있다네."

"음……"

"불광멸악은 상대가 내뿜는 기운과 자신의 기운을 동화시킨 후 천천히 그 주도권을 뺏어 상대의 움직임을 자신과 같이 만드는 수법이다. 바로 섬광비도술이 상대의 움직임을 뺏으며 검속을 더 빠르게 보이게 하는 것과 비슷한 수법이지."

"그렇군요."

"그런 이유로 불광멸악이나 무당의 무공을 깨기 위해선 상대의 기운에 동화되지 말고, 자신의 무공을 시전해야만 한다. 물론 그러기 위해선 무공에 대한 집중력을 키울 필요가 있지."

"알겠습니다."

비도문 무공의 극의에 대해 듣는 장천은 생각지도 못한 무리를 깨닫게 되자 새삼 혈비도 무랑이란 사람에게 존경심마저 들고 있었다.

여의비도와 불광멸악은 그 초식을 알고 있다고 해도 시전하기는 어려운 무공이기 때문이다.

상대의 움직임과 기를 읽는 것은 물론이요, 자신의 기로 상대의 기를 접목하여 움직이는 것은 고도의 집중력과 함께 상당한 내력이 소모되기 때문이다.

"그럼 천섬비도술은……?"

"천섬비도술은 팔연화비도술과 섬광비도술을 접목한 수법이다. 이 두 가지 무공을 한계까지 익힌다면 사용할 수 있는 무공이니 결점 역시 이 두 가지 무공이 가지고 있는 것은 모두 지니고 있다. 넌 두 가지 무공을 극성으로만 익힌다면 충분히 천섬비도술의 초식을 깨뜨릴 수 있을 것이다."

"알겠습니다."

하지만 말로는 쉽지 실제로 무림에서 어느 누구도 깨뜨린 적이 없는 무공이기에 장천으로선 그렇게 자신감이 생기지는 않았다.

"드디어 내일은 멸천문의 개파대전이로구나."

"아! 그렇군요."

혈비도 무랑의 말에 자신이 왜 이곳으로 왔는지 생각한 장천은 과연 이번 개파대전에서 누구의 편을 들어야 할까 고민이 될 수밖에 없었다.

처음에는 구파일방들을 도와 혈비도 무랑이 태상교주로 있는 멸천문을 공격할 생각이었지만, 이제 혈비도 무랑은 자신의 스승과도 같은 사람이니 어찌 그럴 수 있겠는가? 고민에 고민을 더하지만 역시나 결정을 내릴 수 없었다.

"이제 돌아가도록 하거라. 너와의 인연은 이것으로 끊어졌으니 말이다."

"예?"

"넌 이제 더 이상 비도문의 문도가 아니다."

"무슨 말씀을……"

갑작스런 혈비도 무랑의 말에 정신을 차릴 수가 없는 장천이었다. 비도문의 무공을 익혔으니 문도라며 강제로 무공을 익히게 할 때는 언제고 이제 다시 문도가 아니라며 축객령을 내리니 이해할 수가 없었다.

'도대체 무슨 생각을 하는지 모르는 사람이군.'

변덕쟁이 혈비도 무랑을 보며 장천은 고개를 갸웃거릴 수밖에 없었지만 일단 주인이 나가라 하니 나갈 수밖에 없었고, 비도문의 문도도 아니라 하니 오히려 정파에 속한 장천으로선 자신의 위치를 이해하기 쉽기에 혈비도 무랑에게 포권을 하며 인사하고는 연무관을 빠져나왔다.

쌍도문의 문도들이 머물고 있는 숙소에 도착하자 요운과 데비드, 동방명언이 차를 마시며 담화를 즐기고 있었다. 그들은 장천이 들어오는 것을 보고는 반갑게 맞아주었다.

"이제 오는거야? 내일은 멸천문의 개파대전인데 혈비도 무랑에게선 이상한 낌새 같은 것은 느끼지 못했니?"

"전혀. 평상시와 똑같던데?"

"하긴 그 정도의 인물이 내심을 드러낼 보일 리가 없을 테지."

요운은 장천에게 혈비도 무랑에 대해서 물어보았으나 아무런 낌새도 알아채지 못했다는 말에 고개를 끄덕였다.

"그나저나 데비드, 문주님과 함께 마교의 천마를 만났다고? 무슨 계략을 꾸미는 것 같지 않았어?"

"응, 단순히 이야기만 나누었을 뿐이야."

"그래? 천마 정도의 인물이라면 아버지의 진면목을 알아챘을 텐데?"

"진면목? 그게 무슨 말이야?"

장천의 말에 데비드는 그가 말하는 바가 무엇인지 몰라 되물어보았는데, 그에 대한 답은 동방면언이 해주었다.

"장 문주님의 무공은 세간의 평가와는 달리 천마나 우경보다 한 수 위라는 소리야."

"응? 정말?"

"솔직히 문주님의 무공에 대해서는 느낄 수 없는 것이 사실이지만, 사람이란 것은 눈에 보이는 것만으로 알 수 있는 것은 아니니까."

"그렇구나. 이거 나만 장 문주님을 모르고 있었던 건가?"

"그분은 겉으로 그 실력을 드러내는 분이 아니시니까."

동방명언의 말에 잠시 생각에 잠기던 데비드는 장천을 보며 말했다.

"천아, 혹시 너희 문파의 청심단 남는 것 없나?"

"청심단? 아버지께 부탁하면 구할 수 있는데, 왜?"

"응. 솔직히 다른 사람에 비해 내 내공이 미천하잖아. 혹시나 청심단으로 내력을 조금 끌어올릴 수 없을까 해서 말이야."

데비드가 중원의 무공을 익힌 것은 약관이 넘은 후이기에 내공 면에서 크게 떨어지는 것은 어쩔 수가 없는 일이었다.

"본래 본문의 이 대 제자에게는 청심단이 한 알씩 주어지는 것이 관례였으니까, 데비드하고 명언이는 한 알씩 받을 수 있는 자격이 있다고 생각해. 아버지께 말해 볼게."

"고맙다."

장천이 청심단을 구해주겠다는 말에 데비드는 기쁜 표정을 감추지 못했다. 쌍도문의 청심단은 강호에서 꽤 이름이 알려져 있는 명약이기 때문이다.

다음날 드디어 쌍도문의 개파대전이 시작되었다.

멸천문의 반 이상을 차지하는 거대한 연무장으로는 각 파 수뇌들의 상당수가 자리를 잡았다.

무림에서 각 파 사이에는 미묘한 대립이 있어 자칫 자리를 잘못 정하게 되면 불만이 터져 나올 수도 있는데, 그러한 것을 숙지한 멸천문은 각 문파들의 사람들에게 하나의 불만도 없게 만들었으니 그들의 일 처리가 상당히 뛰어남을 보여주고 있었다.

사이가 좋지 않은 문파들은 어느 정도 거리를 떼어놓는 것은 물론이요, 영역 다툼이 심한 문파는 같은 위치에 놓음으로써 불만이 존재하지 않게 한 것이다.

한 식경 정도의 시간이 흐르고 징 소리가 크게 울리자 연무장 중앙에 만들어져 있는 제단으로 한 남자가 걸어나왔고, 각 문파에서 온 사람들은 그들 중 맨 선두에 위치해 있는 무인에게서 시선을 떼지 못했다.

그자가 바로 천하가 인정하는 무림제일고수인 혈비도 무랑이기 때문이다.

지금까지 강호에 그 모습이 전혀 알려져 있지 않은 혈비도 무랑이 처음으로 그 모습을 강호에 내보이는 것이니 어느 누가 관심이 가지 않겠는가.

이러한 혈비도 무랑의 뒤로는 검은 복면을 쓰고 있는 무인들이 십팔 반병기를 하나씩 들고 따르고 있었다.

그 움직임에는 하나의 흐트러짐도 보이지 않을 뿐 아니라 무공을 익힌 사람이라면 충분히 느낄 수 있는 위압감을 암암리에 뿌리고 있어 개파대전에 초청되어 온 각 명문의 무인들은 탄복하지 않을 수 없었다.

각 요소에 배치되어 있는 멸천문의 무사 역시 절도가 있고, 풍기는 기도가 범상치 않았는데, 혈비도 무랑의 뒤를 따르고 있는 복면의 무사들은 그들보다 두세 단계 위의 기도를 보이고 있기 때문이다.

혈비도 무랑이 자리에 앉자 잠시 후 북소리와 함께 연무장의 사방에서 사자탈을 쓰고 있는 자들이 뛰어나와 사자춤을 추기 시작했다.

사자탈을 쓰고 있는 자들이 뛰어나와 공연을 시작하자 사방에서는 폭죽이 터지며 잠시 후 사방에서 거대한 물체가 그 모습을 드러내었다.

연무장으로 그 모습을 드러내는 거대한 물체는 바로 사신수들의 인영이었는데, 그 크기로 보아 하나의 신수를 움직이기 위해선 족히 십수 명의 사람들이 필요할 듯 보였다.

사신수가 그 모습을 드러내자 먼저 들어왔던 사자들이 현란한 춤을 추며 사신수에게 달려들기 시작했는데, 그 기세가 진짜 사자와 같았다.

하지만 사신수의 그 거대한 몸에 잠시 후 춤을 추듯이 움직이는 그들은 큰 상처를 입고 도망가듯 사라졌고, 연무장에는 사신수만이 남아 거대한 몸을 흔들며 춤을 추기 시작했다.

"하압!"

그때 누군가의 기합 소리가 하늘에서 들려오자 사신수의 춤을 보고 있던 무인들이 고개를 들었는데, 하늘 높은 곳에서 족히 삼 장은 될 듯한 기둥을 들고 두 사람이 연무장의 한가운데로 뛰어내리는 것을 볼 수 있었다.

그들이 들고 있는 기둥은 붉은 비단으로 만들어진 거대한 차양이 원형으로 둘러져 마치 큰 양산을 보는 듯했는데, 하늘에서 그것을 들고 있는 무인들은 자신의 수 배는 되는 기둥을 들고 뛰어내림에도 전혀 흔들림을 보이지 않고 있었다.

"끄아압!!"

쿵!!

하늘에서 뛰어내린 그들은 연무장의 한가운데서 들고 있던 기둥을 기합과 함께 그대로 꽂아버렸고, 연무장은 굉음과 함께 마치 지진이라도 일어난 것처럼 땅이 흔들렸기에 두 사람의 괴력에 뭇 무인들은 탄성을 내질렀다.

붉은 비단으로 장식되어져 있는 차양을 연무장의 한가운데에 꽂은 무인들은 울퉁불퉁한 근육을 드러내며 양 옆에 시립했는데, 그 키가 칠척이 넘는 거구들이었다.

두 사람의 허리에는 거대한 대부가 매여져 있었으니 만약 천신과 같은 괴력으로 사람을 내려치면 두 동강이 나는 것을 면치 못할 것으로 보였다.

슈슈슉!!

연무장 한가운데로 기둥이 꽂히자 하늘에서 파공음이 들리며 네 명의 무인들이 사방에서 경공을 사용하여 몸을 날렸는데, 마치 천학이 날아오르는 듯한 모습에 사방에선 탄성이 터져 나왔다.

선학과도 같은 모습에 뭇 무인들이 탄성을 내지르고 있을 때 그 모습에 황당함을 감추지 못하고 있는 이들이 있었으니 바로 무당의 무인들이었다.

무당에서는 장문인의 사제라 알려져 있는 운진 장로(雲眞長老)와 일곱 명 정도의 고수들이 있었는데, 그들은 네 사람의 경공술에 도무지 정신을 차릴 수 없었다.

"장로님, 저들이 행하고 있는 경신공은……."

"아무래도 본파의 유운신법이 아닌가 하구나."

"그런……!!"

무당파의 유운신법은 그들만이 가지고 있는 상승의 신법으로 지금까지 단 한 번도 외부에 그것이 노출되었다는 소리는 들은 적이 없었기에 이들이 놀라는 것은 당연한 일이라 할 수 있었다.

무당은 오랜 시간 혈비도 무랑을 쫓고 있던 문파 중 하나였는데 자신들의 무공이 멸천문에 유출되었다 생각하니 식은땀이 흘러내릴 정도였다.

사방에서 날아온 무인들이 차양 위에 어른 두 아름 정도의 너비를 지닌 붉은 구를 달고는 그대로 사라지자 또다시 네 명의 무인들이 모습을 드러내더니 큰 목소리로 이구동성 소리를 질렀다.

"탁천난만(濁天亂萬) 만인지곡(萬人之哭) 멸천쇄탁(滅天殺濁) 신천복명(新天復命)!"

"뭣이!"

그들의 외침에 명문대파의 무사들은 자신도 모르게 벌떡 자리에서 일어나고 말았다.

'탁한 하늘로 만물이 어지러워 많은 이들이 곡을 하니 하늘을 멸해

탁함을 없애 새로운 하늘로 밝음을 되찾는다'. 이것은 지금의 무림을 뒤집어엎으려 하는 멸천문이 노골적으로 자신들의 야망을 드러내는 말이라 해도 과언이 아니기 때문이다.

크게 소리를 지른 네 무인들이 자세를 잡고 일권을 내지르자 유운신법으로 차양에 걸어놓았던 붉은 구슬이 강기에 터지며 사방에 붉은 비단을 잘라 만든 헝겊 조각을 날리면서 족자가 길게 떨어져 내렸고 그 족자에는 네 사람이 말했던 글이 쓰여 있었다.

군웅들은 이 모습에 다시 한 번 경악을 감추지 못했는데, 화려한 개파대전의 모습 때문이 아니라 네 무인이 시전한 무공 때문으로 그들이 내지른 권은 소림 칠십이절기 중 하나라 알려져 있는 백보신권(百步神拳)이었던 것이다.

소림 칠십이절기는 장경각에 보관되어 있어 소림사로 유출된 적도 없거니와 그것을 익히는 것조차 힘들다고 알려져 있는 소림의 상승무공인데, 그것이 멸천문 문도들의 손에서 펼쳐졌다는 것은 간과할 수 없는 일이었다.

이 어처구니없는 사태에 군웅들은 하늘을 뒤덮지는 말을 하는 멸천문의 문도들을 보면서도 제대로 입을 여는 이가 없었는데, 그때 춤을 추던 사신수가 갑자기 하늘로 치솟아올랐다.

"이럴 수가!"

"어떻게 저런!"

격렬하게 춤을 추던 사신수는 족히 수십 명이 함께 움직여야 할 정도의 크기였는데, 하늘로 치솟아오른 사신수의 밑에는 한 사람의 모습밖에 보이지 않았다.

단 한 사람이 족히 수백 근이 넘는 사신수 인영을 움직여 격렬하게 춤을 추었다는 것은 경이라고밖에 말할 수 없었다. 사신수 인영이 하늘로 치솟아오르자 사방에서 수십 개의 갈고리가 튀어나와 인영을 채어서는 사라졌다.

사신수 인영을 조종하던 네 무인들은 태상문주인 혈비도 무랑에게 뛰어가 부복하여 인사를 하고는 다시 몸을 일으켜 사라졌는데, 상당한 힘이 소모되는 일을 했음에도 이들에게 피로한 모습은 보이지 않았다.

이들이 사라지는 것을 보며 혈비도 무랑이 천천히 자리에서 일어났고, 그와 함께 사방에서 무인들이 나타나 군웅의 고막을 찢을 정도로 소리쳤다.

"탁천난만!! 만인지곡!! 멸천쇄탁!! 신천복명!!"

웅장하게 울리는 수많은 무인들의 고함에 군웅들은 정신을 차릴 수가 없었는데, 손을 들어 그들의 고함을 멈추게 한 혈비도 무랑은 군웅들을 보며 포권을 하고는 말했다.

"본 멸천문의 개파대전에 오신 것을 감사드리오. 내 이에 보답을 하고자 각 파 분들께 한 가지 선물을 준비했으니 사양 말고 받아주시기 바랍니다."

그 말이 끝나자 수십 명의 무인들이 보따리를 들고 뛰어나와 각 명문대파의 무리들이 모여 있는 곳 앞에 내려놓았다. 이에 사람들이 그것을 풀어보고는 경악을 감추지 못했다.

멸천문이 각 문파들에게 나누어 준 것은 그들 문파의 비전절기에 적혀 있는 무서였기 때문이다.

"이것이… 어떻게……?"

더욱 놀라운 것은 아무리 보아도 그것은 진품이라는 데 있었다. 그 때문에 명문대파의 수뇌들은 자신의 문파에 보관되어 있어야 할 무서가 멸천문에 있다는 것에 정신이 혼미해질 지경이었다.

"감히 본파의 진산비급을!!"

그것을 보고 분노가 치솟아오른 곤륜파의 문주가 대노하며 소리치자 뭇 군웅들 역시 노기를 드러내며 당장이라도 혈비도 무량을 죽이려 하는 모습을 보였다.

하지만 당사자인 혈비도 무량은 전혀 두려워하는 모습을 보이지 않고 노기가 가득한 군웅을 보며 다시 자리에 앉아서는 귀가 멍멍할 정도로 소리치는 군웅에게 일갈을 내질렀다.

"갈!!"

그 순간 엄청난 음파가 일대를 뒤덮어 버렸고, 이에 소리를 지르며 광분하던 군웅은 귀를 막으며 얼굴을 찡그렸다. 내력이 약한 사람은 그 엄청난 음공에 그대로 혼절하였다.

무림제일고수라는 것은 알고 있었지만 그의 사자후를 직접 접한 군웅은 엄청난 내력에 제대로 입을 여는 이가 없었다.

좌중이 조용해지자 그는 상좌에 앉아서는 군웅을 보며 천천히 입을 열었다.

"본좌가 여러분들 앞에 이렇게 모습을 보인 것은 현 무림에 대한 지독한 실망 탓이오. 무림이라 함은 무로써 도를 이루고자 하는 수많은 이들이 모여 만든 천하라 할 수 있지만, 지금의 무림에서는 이러한 것을 찾아볼 수 없고, 오로지 부와 명예를 위한 타락한 무인들만이 존재하는 곳일 뿐이오. 본좌는 이러한 타락한 무림을 폐하고 새로운 무림을 세워 진정한 무의 도를 이루고자 하니 이 숭고한 이상에 많은 분들이 동참해 주시기 바라오이다."

"말도 안 되는 소리다!"

혈비도 무랑의 말이 끝나자마자 좌중에서는 여기저기 호통 소리가 터져 나오기 시작했다. 그가 말하는 바를 못 느끼는 것은 아니지만, 지금의 자신들이 세운 입지를 무너뜨린다는 말에 어찌 동참할 수 있겠는가?

그의 말을 들을 가치도 없다고 생각하는 자들은 콧방귀를 뀌며 자신의 문도들에게 지시하여 당장이라도 힘으로 이 개파대전을 폐하고 혈비도 무랑을 처단할 태세로 병장기를 뽑아 들기 시작했다.

하지만 이러한 모습에도 멸천문의 문도들은 전혀 움직일 기미를 보이지 않는데, 잠시 후 어느 누구도 예상하지 못한 일이 벌어졌다.

"본 화산파는 멸천문의 태상문주와 뜻을 같이 하겠소."

"장로! 무슨 말씀이십니까!"

정적을 깨고 들려온 소리에 뭇 군웅의 시선은 화산파에게로 몰릴 수밖에 없었다. 멸천문과 뜻을 같이 하겠다고 말한 화산파의 인물은 바로 문주를 대신하여 온 화산파의 장로 검진자 유붕이었다.

강호에서 매화검법으로 상당한 명성을 얻은 인물로 현 화산파 문주의 사형이었다. 설마 그가 천하의 공적이라고 알려져 있는 혈비도 무랑과 뜻을 같이 하리라고는 어느 누구도 생각하지 못한 것이다.

다른 군웅들보다 더 놀란 것은 바로 그를 모시고 있는 화산파의 문도들이었다. 그들은 장로의 입에서 그런 말이 나올 것이라고는 생각지도 못했다.

"장로님, 그게 무슨 소리입니까!"

"듣지 못했느냐? 화산은 멸천문과 뜻을 같이 한다 하였다."

"하지만… 그러한 문제를 문주님과 상의도 없이."

"어허! 내가 이곳으로 온 것은 문주의 뜻을 따른 것이니, 나의 결정은 문주와 같은 것이 아니더냐!"

자신이 결정한 것에 반발하는 문도의 말에 그는 엄한 목소리로 꾸짖었고, 문파 내에서 서열이 있는지라 그를 따르는 이들은 아무 말도 할 수가 없었다. 잠시 후 다른 쪽에서도 멸천문의 뜻을 따르겠다는 인물이 나왔다.

하지만 이 인물의 정체를 확인한 군웅은 방금 전 화산파의 장로가 결정한 것과는 전혀 다른 충격을 받을 수밖에 없었다.

"본 대사련도 혈비도 무랑과 뜻을 같이 하겠소."

"려… 련주님!"

그는 바로 무림 삼대세력의 하나인 대사련의 련주 유일랑이었기에 그의 결정에 곁에 있던 부련주 양진은 정신을 차릴 수가 없을 정도였다.

"무, 무슨 소리입니까? 저희들은… 혈비도 무랑을 처리하기 위해서… 꼭……."

말도 안 되는 유일랑의 말에 양진은 떨리는 목소리로 그를 보며 말했는데, 한순간 등에서 뜨거운 기운이 밀려오니 신음을 내지를 수밖에 없었다.

"부련주, 련주님께서 이미 결정하신 일을 따지려 하다니 주제를 넘은 행동입니다."

"끄… 윽… 네 이놈!!"

그의 등에 검을 꽂은 이는 혈운당 당주의 직에 있는 사문이라는 자로 사사건건 양진의 행동을 방해한 인물 중 한 사람이었다.

하지만 설마 그가 멸천문에서 자신을 공격하리라고는 생각지도 못한 양진이었기에 노성을 터뜨리던 그는 피를 쏟으며 쓰러지고 말았다.

현 대사련은 련주의 직을 유일랑이 맡고 있다고는 하지만, 실제로 련을 움직이는 원로와 주요 가문의 가주들은 부련주 양진의 일파에 속해 있었다.

그런 이유로 대사련의 이들을 밀어내고 확실한 실권을 장악하기 위해선 멸천문의 힘이 필요했으나 부련주 양진이 그러한 자신의 뜻을 받아들일 리 없음을 알기에 양진은 그가 자신에게 충성스러운 부하이긴 해도 과감하게 잘라내는 것을 선택한 것이다.

유일랑이 멸천문과 뜻을 같이 한다는 말을 하자 잠시 후 몇몇 문파에서 동조하기 시작했다. 하나 그런 이들은 전체의 십 분의 일도 되지 않는 숫자일 뿐 많은 수의 문파들은 그것에 동의하지 않고 있었다.

"이것이 말이나 되는가! 무림의 공적과 힘을 합쳐 무림의 질서를 깨뜨리려 하다니!"

"당장 이자들을 죽여 무림의 정의를 세웁시다!"

"와아!"

이런 말도 안 되는 사태에 직면한 명문의 무리들은 더 이상 참지 못한 채 소리를 질렀고, 많은 이들이 병기를 들어 함성을 지르며 멸천문의 문도들을 공격하기 시작했다.

"일이 재밌게 됐군."

개파대전을 지켜보던 천마는 전혀 예상하지 못하는 방향으로 일이 흘러가자 고개를 내저으며 자리에서 일어났고, 그가 가볍게 손짓을 하자 홍련교의 무리들이 병기를 뽑아 들고는 멸천의 무리들을 향해 공격해 들어갔다.

"참으로 어처구니없는 일이군요."

"그렇소. 도대체 혈비도 무랑이라는 자가 무슨 생각을 하는지 모르겠군."

천마는 불괴대제의 말에 고개를 끄덕이며 수긍했다. 십 분의 일 정도의 무리들이 힘을 합쳤다고는 하지만 아직 개파대전에 모인 군웅들을 상대할 정도의 힘은 되지 못하기 때문이었다.

하나 혈비도 무랑의 계획을 잠시 후 확연히 알 수 있었으니 그는 자신의 몸에 일어난 상황에 경악을 금치 못했다.

"부… 불괴대제, 이게 무슨 짓인가?"

"어처구니없지만, 본좌 역시 멸천과 뜻을 같이하고 있소이다."

"끄윽……."

놀랍게도 그의 옆에서 미소 지으며 이야기하고 있던 불괴대제가 단검을 천마의 허리에 꽂아 넣었던 것이다.

평상시의 천마라면 어느 정도 경계를 했겠지만, 지금 이 순간은 공통의 적인 혈비도 무랑을 상대하고 있는 데다, 불괴대제는 과거 장천과의 싸움 중에 그에게 당해 부상을 입고 언제나 그를 죽이겠다고 공언하던 자이기에 방심하고 만 것이다.

허리 깊숙이 들어온 단검의 예기가 밀려와 천마의 내장을 휘저어 버린 상태였기에 그는 피를 흘리며 자리에 주저앉고 말았고, 멀리 있던 만근퇴 우경은 이 갑작스러운 상황에 놀라 급히 몸을 날려 뛰어왔다.

"무슨 짓인가!"

"별것 아니네, 천마라는 자가 앞을 가리고 있는 것이 귀찮아 제거했을 뿐이지."

"서, 설마 그 부상까지도 계획되어 있었던 일이었던가?"

"크크크, 이번 일을 성공하기 위해선 반드시 필요한 일 중 하나였지."

"네 이놈!"

만근퇴 우경은 그의 비열함에 참지 못하고 노성을 터뜨리며 공격했지만, 불괴대제는 어느 정도 예상을 하고 있던 터라 우경의 일각을 막으며 역공을 가했다.

우경이 불괴대제보다 무공에서는 한 수 앞선다고는 하지만, 그 힘의 차이는 그리 큰 것이 아니라 족히 일천 초 이상은 겨루어야 승패를 점할 수 있었다. 하나, 상황이 상황인 만큼 언제 불괴대제와 같이 교를 배반한 자들이 나올지 몰라 우경은 마음이 조급해질 뿐이었다.

아니나 다를까, 불괴대제가 밀리자 수 명의 무인들이 나타나서는 우경을 공격하기 시작했고, 그들은 불괴대제와 미리 약조가 되어 있는 무사들이었다.

"하하하. 우경 네 녀석도 이곳에서 목을 내놓아야 할 것이다."

"크윽!"

철저하게 함정에 빠졌다는 것을 깨달은 우경은 이를 갈 수밖에 없었으나 지금 당장은 이들의 손에서 벗어나 빨리 홍련교의 총단으로 가야 했다.

불괴대제의 배신을 알리지 못한다면 홍련교는 멸천문의 야욕에 의해 희생될 것이 뻔한 일이기 때문이다.

"암영만방퇴!"

자신을 향해 밀려드는 무사들을 보며 우경은 침착하게 암영만방퇴의 초식을 시전했고, 주위는 우경이 내지른 발로 뒤덮였다.

그 탓에 무사들은 잠시 멈출 수밖에 없었고, 그 기회를 놓치지 않고 우경은 몸을 날려 도주하기 시작했다.

하지만 이대로 우경을 보내줄 멸천문이 아니었다. 이미 예상을 한 일인지 그가 도주하는 방향으로 또 다른 무사들이 모습을 드러내어 그를 원형으로 둘러싸 포위했다.

"크윽."

도저히 빠져나갈 구멍이 없자 우경으로서는 난감할 수밖에 없었는데, 그때 뒤쪽에서 한 청년의 기합이 들려오며 멸천문의 무사들을 베어 넘겼던 것이다.

"넌……."

자신을 도와준 이의 얼굴을 확인한 우경은 크게 놀랄 수밖에 없었으니 그는 장춘삼과 함께 천마를 만나기 위해 왔었던 서역의 무사 데비드였다.

"어서 피하시오! 일단 교에 불괴대제의 배신을 알려야 할 것이 아닙니까!"

"왜 나를 도와주는 것인가?"

"지금은 쌍도문에 몸을 의탁하고 있지만, 저 역시 홍련교의 교도입니다. 그러니 당연하지 않습니까?"

"아!"

그제야 우경은 그가 자신과 같은 홍련교의 인물이라는 것을 알 수 있었고, 잠시 후 동방명언과 함께 장천이 병기를 들고는 모습을 드러내었다.

"오랜만입니다."

"장천……."

"일단 몸을 피하도록 하십시오. 이들은 저희가 맡도록 할 테니 말입니다."

"…어쩔 수 없군."

우경은 그에게 도움을 받는 것이 싫었지만, 일단 교의 일이 중요하기에 급히 경공을 사용하여 그들의 뒤로 몸을 피했다.

우경이 사라지자 동방명언은 장천을 보며 감사의 인사를 했다.

"고맙다."

"뭐가?"

"솔직히 너의 입장에선 멸천문과 싸우는 것이 꺼려지는 일이잖아."

"무슨 소리를… 아버지도 싸우라 했으니 상관없다고."

그렇다 장천이 우경을 도와준 것은 동방명언 때문이었다. 구시독인의 복수를 하기 위해 천마에게서 눈을 떼지 않던 동방명언은 일순간에 이루어진 불괴대제의 배신 행위를 모두 보고 말았으니 이대로 불괴대제의 손에 우경이 죽는다면 교가 무너질 것은 뻔한 일인지라 장천에게 도움을 청한 것이다.

장천으로선 혈비도 무랑과 인연이 있다고는 하지만, 비도문과 관계

없음을 혈비도 무랑이 말했기에 망설이지 않고 주경을 도와준 것이다. 그런 장천의 귀로 곽무진의 전음이 들려왔다.

[천아! 난 요사숙과 함께 문주님을 모시고 이곳을 벗어날 테니 일을 끝내고 쌍도문으로 돌아오도록 해라.]

그의 전음에 고개를 끄덕이며 대답한 장천은 멸천문의 무리들을 상대했다. 하지만 적들이 상당한 실력의 소유자들임에도 장천은 허리에 차고 있던 화룡신도와 냉혈검을 뽑지 않았다.

적이 되는 입장이지만 혈비도 무랑에게 무공을 전수 받았기에 이곳에서만큼은 두 개의 신병을 사용하지 않을 생각이었던 것이다.

신병을 사용하지 않아도 화의 무공과 소수마공을 사용하는 그에게 대항할 수 있는 무사들은 없었고, 순식간에 십여 명의 무사들이 쓰러져 나갔다.

데비드와 동방명언은 혈비도 무랑에게 수업을 받은 후 장천의 무공이 크게 상승된 것을 보며 크게 놀랄 수밖에 없었다.

몇 번 은원방의 일로 손을 맞춘 적이 있었는데, 그때와 비교한다면 두 배 이상 무공이 늘어났다는 것을 느낄 수 있었기 때문이다.

이 정도라면 천마의 경지는 이미 넘어섰다고 할 수 있었기에 동방명언은 장천이란 존재에 두려움마저 느꼈다.

그가 행여나 혈비도 무랑과 손을 잡지는 않을까 하는 생각이 들었기 때문이다.

멸천문의 무사들과 명문대파 무인들의 싸움으로 개파대전이 있었던 연무장은 사람들의 비명 소리만이 울려 퍼지고 있었다.

같은 문파의 사람이라 할지라도 쉽게 믿을 수 없는 상황이었기에 명문대파의 무인들은 어느 누가 배신자인지 알 수 없는 상황이었다.

자신의 사형제일 때도 있었고, 믿었던 사부마저 문파의 배신자였기에 많은 이들은 혼란 속에서 죽임을 당할 수밖에 없었고, 살아남기 위해 아군과 적을 가리지 않고 공격하는 이들이 대부분이었다.

이런 처절한 싸움 덕에 순식간에 이곳에 모였던 반 이상의 사람들이 죽임을 당했기에 장천은 멸천문의 암계에 혀를 내두를 수밖에 없었다.

무림 사상 이렇듯 많은 문파에 배신자를 심어둔 문파가 있었던가? 수십 년을 준비하지 않았다면 절대로 이룰 수 없는 계획이기에 당분간 무림은 멸천문의 주도 하에 움직일 것을 알 수 있었다.

"경천동지할 일이라고밖에 말이 안 나오는군."

데비드가 밀려드는 적을 상대하며 중얼거리자 두 사람은 고개를 끄덕이며 수긍하는 모습을 보였다. 이제 더 이상 멸천문에 남은 일이 없기에 장천은 손짓으로 물러서자는 표시를 하고 있었는데, 그때 그들의 앞으로 빠른 속도로 하나의 인영이 내려섰다.

"큭!"

인영의 모습을 확인한 장천은 침음성을 내지를 수밖에 없었다. 멸천문에서 가장 만나기 싫은 상대였기 때문이다.

"십대신병은 사용하지 않을 모양이구나."

"예, 무랑 대협."

이 말을 끝으로 잠시 동안 침묵이 오가다 먼저 입을 연 사람은 장천이었다. 그로선 혈비도 무랑이 자신에게 바라는 것이 무엇인지 알 수 없었기 때문이다.

"저에게 바라는 것이 무엇입니까?"

"나를 쓰러뜨려 주기를 바랄 뿐이지."

"그것이 저에게 무공을 가르쳐 주신 이유입니까."

"그렇다네."

혈비도 무랑의 말에 장천은 정신은 차릴 수가 없었다.

세상에 어느 누가 자신을 쓰러뜨리라며 무공을 가르쳐 준단 말인가? 그의 도움으로 무공이 크게 상승하긴 했지만 마음이 착잡한 장천이었다.

두 사람의 대화를 들으며 데비드와 동방명언은 어찌해야 될지를 몰랐다. 혈비도 무랑은 그런 그들을 보며 천천히 한 발자국을 내딛었고, 그 순간 두 사람은 엄청난 압력에 자신도 모르게 무릎을 꿇고 말았다.

"큭!"

무림 제일의 무인이라는 것은 알고 있었지만, 설마 단순한 기도만으로도 자신들을 무릎 꿇게 하리라고는 생각지도 못했던 동방명언의 등줄기에선 식은땀이 흘러내리고 있었다.

장천 역시 그러한 기도를 느꼈지만, 두 사람과 같은 모습을 보이지는 않았다. 아직 혈비도 무랑에 비해서 몇 단계 아래의 그라지만, 그렇다고 기도에 밀릴 정도는 아니었다.

무의식적인 긴장감에 장천은 허리에 매여 있는 도검으로 손을 가져갔지만, 혈비도 무랑은 아직 장천과 싸울 생각이 없는 듯했다.

"아직은 시기가 아니구나."

그의 말대로 아직 장천은 혈비도 무랑과 일전을 겨루기에는 실력이 미천할 수밖에 없었다.

　무림에서 혈비도 무랑과 일전을 겨룰 수 있는 무공과 자격을 가지고 있는 사람은 현재는 세 사람밖에 존재하지 않았다.

　바로 무당의 신검 진인과 공동의 천무성자, 무림에 알려지지는 않았지만 소림사 내에서는 제일 고수로 인정받고 있는 각무대사가 유일한 혈비도 무랑의 적수가 될 수 있는 가능성이 있는 사람들이었다.

　현 정파를 이끌고 있는 무림맹주나 대사련의 련주 유일랑, 그리고 이곳에서 죽은 마교의 태상교주 천마는 이들에 비해서 몇 단계 아래의 실력이었다.

　장천 역시 그러한 것을 잘 알고 있었기에 지금 그가 혈비도 무랑과 겨루는 것은 피할 수밖에 없었다.

　"하지만 이대로 너를 보내줄 수 없겠구나. 선택하거라. 뒤에 있던 너의 의형제 중 한 사람은 이곳을 벗어나지 못할 것이다."

　"크윽!"

　그 말에 장천은 망설이지 않고 도검을 뽑아 들었다. 혈비도 무랑은 데비드와 동방명언 중 한 사람을 이곳에서 죽일 생각이기 때문이다.

　자신이 죽는 한이 있어도 의형제를 희생시키고 싶은 마음은 없었기에 이곳에서의 일전을 피할 수 없다 생각한 그였다.

　"직선비도(直線飛刀) 정(靜)."

　장천과 함께 동방명언과 데비드 두 사람이 자세를 취하자 무랑은 품에서 비도를 꺼내 가볍게 던졌고 비도는 전혀 이해가 가지 않을 정도의 느린 속도로 뻗어나갔다. 느린 비도를 보며 데비드와 동방명언은 두려움을 느끼지 않고 몸을 날렸으나 그 수법이 무엇인지 알고 있는 장천이기에 놀란 모습으로 소리쳤다.

"데비드! 명언! 물러서!"

급히 고함을 친 장천은 발을 크게 구르며 이들에 앞서 느린 속도로 쇄도해 들어오는 비도를 향해 화룡신도를 내질렀다.

하지만 그 순간 강한 충격과 함께 병기를 놓치고 말았다. 비도에 서려 있는 내력을 견디지 못했기 때문이다.

"헉!"

그 모습에 의형제 두 사람은 크게 놀라고 말았다. 화룡신도에 부딪쳤음에도 비도는 멈추지 않고 밀려들고 있었다.

하지만 그 속도가 워낙 느린 탓에 피하는 것은 어렵지 않다 생각하고 있었는데, 그 순간 비도가 흐릿하게 변하는가 싶더니 눈에서 사라져 버렸던 것이다.

"끄악!"

다음 순간 데비드는 비명과 함께 땅으로 쓰러지고 말았는데, 사라진 비도가 어느새 허벅지에 박혀 있었다.

엄청난 위력의 비도에 데비드의 거구는 삼 장 이상 밀려서야 간신히 멈추었고, 장천과 동방명언은 크게 놀라 그에게로 몸을 날렸다.

"데비드!"

"크윽. 난 괜찮으니까 걱정 말라고……."

하지만 데비드는 몸을 움직일 수조차 없는 내상을 입고 있었다. 비도에 섞인 내력이 허벅지에 박힌 순간 터져 나오며 내장을 엉망으로 만들었기 때문이다.

"쿨럭!"

아나나 다를까 내상은 겉으로 드러나기 시작했고, 데비드는 피를 토하며 더 이상 버티지 못하고 쓰러지고 말았다. 빨리 내상을 치료하지 않는다면 그의 목숨을 구할 수 없을 듯이 보였다.

하지만 혈비도 무랑은 데비드를 보내줄 생각이 전혀 없는 듯이 보였기에, 장천은 목숨을 걸고서라도 그를 막아야겠다는 생각에 화의 무공과 소수마공을 극성으로 끌어올렸다.

"나를 막을 수 있다 생각하는가?"

"물론 불가능하다는 것을 알지만, 형제가 죽느니 차라리 이 한 목숨을 버리는 것을 선택하겠습니다."

"하하하!"

장천의 말에 혈비도 무랑은 조소를 터뜨렸다. 그는 장천을 상대하지 않고도 데비드를 죽일 수 있는 실력을 지니고 있었기 때문이다.

장천은 화의 무공과 소수마공을 극성으로 끌어올려 화룡신도와 냉혈검에 전달하며 좌검우도의 마지막 무공을 시전할 자세를 취했다.

광무자가 만든 좌검우도의 마지막 초식은 지금까지 그 무리를 깨닫지 못해 시전하지 못하고 있는 상태였지만, 혈비도 무랑에게 무공을 전수받은 후 장천은 이 초식을 어렵지만 어떻게든 시전할 수 있게 되었다.

장천의 몸에서 엄청난 기가 흘러나오자 혈비도 무랑 역시 그가 좌검우도의 마지막 초식을 시전하려 한다는 것을 알 수 있었다.

"음양합일(陰陽合一) 극의파천(極意破天)!"

혈비도 무랑을 향해 발을 박차고 뛰어오른 장천은 드디어 좌검우도

최후의 초식을 시전했다.

화룡신도와 냉혈검을 빠른 속도로 교차하자 음과 양의 강기가 교차하며 사람의 힘으로 만들었다고는 믿어지지 않을 정도의 기운이 혈비도 무량을 향해 밀려들어 갔다.

제45장
무너진 무림

　맹렬한 기세로 장천의 좌검우도의 강기가 밀려들어 오자 혈비도 무랑은 품에서 두 개의 비도를 나누어 잡은 후 왼손의 비도를 내던졌다.

　"섬광비도(閃光飛刀) 붕(鵬)!"

　끼아악!!

　자신을 향해 밀려오는 강기를 보며 혈비도 무랑은 섬광비도를 날리니 그의 손에서 벗어난 비도는 강렬한 검광을 뿌리며 전설의 붕새가 우는 것과 같은 파공음을 내며 뻗어나갔다.

　쿠구궁!!

　섬광비도 붕의 초식으로 날린 비도가 장천이 날린 강기와 충돌하자 일대는 굉음과 함께 강한 바람이 사방에 몰아쳤고, 아직도 싸우고 있던 무사들은 어느 누구 할 것 없이 강풍과 굉음에 귀와 눈을 가리며 싸움을 멈추었다.

한 치 앞도 보이지 않게 흙먼지가 일대를 가렸고, 시간이 지나 서서히 먼지가 가라앉자 두 사람의 무인을 확인할 수 있었다.

한 사람이야 그들 대부분이 예상하고 있었던 인물인 혈비도 무량인지라 그리 이상하게 생각되지는 않았지만, 그와 상대하고 있던 인물을 보는 순간 도무지 자신의 눈을 믿을 수가 없었다. 약관을 갓 넘었을 정도의 청년이 두 손에 검과 도를 쥐고 자세를 취하고 있었기 때문이다.

처음에는 설마 그가 이 상황을 만들어낸 인물일까 하며 의심할 수밖에 없었지만, 강한 기류가 청년의 몸에 휘감겨서는 사라지자 그것이 강기에 의한 여파라는 것을 알고는 벌려진 입을 다물 수가 없었다.

"크윽!"

한순간 상당한 양의 내력을 소모한 장천은 더 이상 버티지 못하고 무릎을 꿇고 말았다. 하지만 그보다는 목숨을 걸었다고 할 수 있을 좌검우도의 마지막 초식이 어이없이 무너진 것에 대한 좌절감이 크게 작용하고 있었다.

'광무자… 대사형의… 좌검우도가……'

장천, 그가 세상에서 존경하는 인물을 꼽는다면 그것은 아버지인 장춘삼이 아닌 바로 광무자였다.

그에게는 자신과 같은 배분의 인물임에도 불구하고 사람을 따르게 하는 기도가 있었고, 세상의 모든 것을 알고 있는 듯 박식한 지식, 그리고 대세를 헤아리는 넓은 시야를 가지고 있었다.

그만한 인물은 무림에서 드물다고 할 수 있었기에 장천은 그를 사형이 아닌 스승이라 생각하고 있었다.

그런 그에게서 배운 좌검우도의 무리가 무너졌다는 것은 장천에겐 태산이 무너진 것보다 더 큰 충격이었던 것이다.

"끄아아!!"

더 이상 참지 못한 장천은 하늘을 보며 괴성을 터뜨리고 말았다. 도저히 울분을 참을 수 없었기 때문이다.

차라리 혈비도 무랑이 이 공격을 피했다면 좌절감이 덜했겠지만, 그는 비도 하나만으로 좌검우도의 마지막 초식을 깨뜨렸으니 그로서는 견디기 어려웠던 것이다.

무랑으로선 장천의 이런 모습을 이해할 수 없었으나 잠시 후 자신을 쳐다보는 그의 눈이 이전과는 전혀 다른 기운을 뿌리자 급히 내력을 끌어올렸다.

"끄아압!!"

괴성을 내지른 장천은 혈비도 무랑을 향해 빠른 속도로 쇄도해 들어 갔는데, 그 기세가 범상치 않아 무랑은 자신도 모르게 한 걸음 뒤로 물러설 수밖에 없었다.

"화령용천(火靈鎔天) 한령빙해(寒靈氷海)!"

화의 무공과 소수마공의 기운을 이용하여 패룡도법 초식에 따라 변화시킨 좌검우도의 무공이었다. 화룡신도의 열화가 일순간 대지를 모두 녹여 버릴 듯한 기세로 사방으로 밀어닥치자 주위에 있던 무인들은 크게 놀라 뒤로 물러섰고, 서너 명은 미처 피하지 못한 상태에서 온몸이 불덩어리가 된 채 비명을 내지르며 발버둥쳤다.

"끄아악!"

두 사람이 싸우고 있는 일대를 뒤덮는 화염에 사람들은 열기를 느끼며 뒤로 물러서고 있었다.

　주위에 있는 사람이 그러한데 혈비도 무랑은 전혀 뜨거운 기운을 느끼지 않고 있는 듯했다. 그의 몸에서 나오는 호신강기가 장천의 화룡신도에서 뿜어 나오는 열기를 닿지 않게 하고 있는 것이다.

　하지만 이 열기가 사라지기도 전에 그에게 밀려오는 또 다른 기운이 있었으니, 그것은 세상의 모든 사물을 얼려 버릴 듯한 기운으로 주위에 순식간에 서리를 만들어내고 있었다.

　이 두 가지 상반된 기운의 충돌은 잠시 후 전혀 예상하지 못한 일을 만들어냈는데 장천이 좌검우도를 휘두를 때마다 강한 돌풍이 형성되어서는 모든 것을 휩쓸어 버리기 시작했다.

　보통의 무인이라면 한순간도 견디지 못할 정도였지만, 무랑에게는 어떠한 기운도 닿지 못하고 있었다.

　그의 몸에서 뿜어 나오는 호신강기는 이 음양의 두 가지 기운을 완벽하게 몰아내고 있었고, 지금 장천의 좌검우도는 단순히 검과 도를 휘두르는 것 이상의 힘을 만들어내진 못했다.

　잘만 생각한다면 이러한 공격이 자신에게 전혀 통하지 않음을 알 것이지만, 장천이 전혀 생각하지 못하는 것을 보고 그는 미간을 찌푸리며 생각했다.

　'무슨 이유로 이 아이가 이러는지 알 수가 없군.'

　하지만 이대로 녀석의 공격을 받고만 있을 수는 없어 오른손에 들린 비도를 가볍게 내던졌다.

　"섬(閃)!"

　그 순간 번쩍 하는 듯한 빛과 함께 오른손에서 벗어난 비도는 그대로 장천의 발등에 꽂혔다.

"끄악!!"

발광하듯 도검을 휘두르던 장천은 한순간 발등에 비도가 꽂히자 그대로 무너졌고, 다음 순간 참을 수 없는 고통이 용천혈에서부터 밀려 올라와 그의 심장에 강한 충격을 주었다.

혈비도 무랑의 비도는 신체의 어느 부분에 꽂힌다 해도 비도 속에 내재되어 있는 파괴의 기운이 신체를 파괴하는 힘을 지니고 있었다.

물론 내력을 돌려 그 기운을 막는다면 단순한 외상으로 끝낼 수 있지만, 광분한 장천에게 그것을 막을 만한 정신이 없었기에 충격을 고스란히 받고 만 것이다.

더 이상 버티지 못한 장천이 주저앉듯 쓰러지자 무랑은 천천히 그에게 다가가서는 격공섭물의 수법을 사용하여 발등에 박힌 비도를 뽑았다.

"음… 이대로는 난처한데."

많은 사람들이 두 사람의 싸움을 보고 있었기에 혈비도 무랑으로선 난처할 수밖에 없었다. 지금이 이러한 상황은 전혀 예상하지 못했기 때문이다.

그가 세운 계획에 따르면 부상을 당한 데비드를 업고 장천이 이곳에서 벗어나야 했기 때문이다. 하지만 좌검우도의 마지막 초식에서부터 잘못되어 이대로 장천을 놓아주었다가는 계획이 잘못될 수도 있는 일이었다.

"쌍용승천도법! 제일식 호변풍랑!!"

그때 대지를 진천시킬 듯한 외침과 함께 강한 기류가 일대를 휘몰아처 밀려오며 사방에서 자욱하게 흙먼지가 일어 주위를 감싸기 시작했다.

"끄악!!"

무인들은 이런 사태에 제대로 눈을 뜨지 못한 채 눈을 가리며 물러섰고, 무랑은 자신에게 밀려오는 강한 기운에 급히 몸을 날렸다.

쿵!!

그 순간 대지는 크게 흔들리며 굉음을 울렸고, 바닥에는 직경 일 장 정도의 구덩이가 파였다.

엄청난 강기가 대지와 충돌하면서 만들어낸 구덩이이기에 무랑으로선 상대의 강기에 크게 놀랄 수밖에 없었다.

만약 그것을 그냥 받았다면 자신이라 할지라도 쉽게 벗어나지 못했음을 알았기 때문이다.

'쌍룡승천도법 일 식 호변풍랑… 그렇다면… 녀석이군.'

눈앞을 가리던 먼지가 사라지자 서서히 방금 전 무랑에게 무공을 시전한 자의 모습이 드러났는데, 그는 바로 쌍도문의 문주인 장춘삼이었다.

그의 손에는 두 개의 도가 들려져 있으며 뿜어내는 기운만으로도 주위에서는 강한 돌풍이 일어나고 있었다.

"쌍도문의 쾌쌍도 장춘삼이다!"

"하지만 쾌쌍도가 어떻게 저런 기도를!"

이곳에 모여 있는 사람들은 무림 명문의 사람들이었기에, 강북십웅의 한 사람이 장춘삼을 모를 리가 없었다. 하지만 그가 뿜어내고 있는 기도는 자신들과는 전혀 차원이 달라 도저히 믿을 수가 없는 것이었다.

강북십웅의 한 사람이라고는 하지만 이들 중 상당수는 장춘삼보다 한 수 위라 생각하고 있었기 때문이다. 하지만 지금 느껴지는 기도는 그들이 속한 문파의 최고수라 할지라도 불가능할 정도의 수준이었다.

"드디어 본 모습을 드러내었는가, 쾌쌍도여."

"아들이 위험하니 어쩔 수 없는 일이 아닌가."

서로 간에 조용히 이야기가 오가고 있었지만, 두 사람에게서는 방금 전 싸움과는 전혀 다른 기운이 일렁이고 있었다. 지금까지 어느 누구에게도 그 기도를 드러낸 적이 없던 혈비도 무랑의 몸에서 패도적인 기운이 흐르기 시작한 것이다.

이 두 사람에게서 뿜어져 나오는 기운은 서로 충돌하면서 주위에 있는 모든 것을 쓸어버릴 정도의 바람을 형성했고, 주위에 있던 무인들은 눈을 가리며 괴로워했지만, 이 싸움을 놓치고 싶지는 않은지 어느 하나 물러설 생각을 하지 않았다.

"쌍용비무!"

한순간 장춘삼은 발을 박차고 하늘로 치솟아오르더니 두 개의 도를 빠른 속도로 휘둘렀고, 그 순간 수백 개의 도기가 무랑을 향해 밀려나갔다. 그 하나하나의 기세만으로도 태산을 무너뜨릴 듯 보였다.

이런 것을 잘 알고 있는 무랑은 그것에 대적하지 않고 가볍게 몸을 뒤로 날려 대지를 무너뜨리려는 듯 내리꽂히는 검기를 피했고, 장춘삼은 한순간 도를 멈추고는 땅으로 가볍게 착지했다.

"이런!"

그가 내려선 곳은 바로 장천이 쓰러져 있는 곳이었는데, 장춘삼은 혼절해 있는 아이의 허리에 왼발을 집어넣어서는 뒤쪽으로 차올렸다.

"요운!"

"예!"

그와 함께 담장 뒤에 숨어 있던 요운이 몸을 날려 장천의 몸을 잡아채고는 허공에서 그를 등에 업어 재빨리 멸천문을 빠져나갔다.

또 곽무진이 동방명언과 함께 데비드를 부축하고 도주하자 장춘삼은 오른손의 도를 낮게 휘둘렀다.

"차압!"

다른 이가 본다면 연습을 하듯 가볍게 휘두른 도였지만, 장춘삼이 시전하자 강한 도강이 형성되어서는 낮게 뻗어나가 무랑의 발목으로 쇄도해 들어갔다.

"차압!"

하지만 그 정도의 수법이야 무랑에게는 전혀 문제가 없었기에 가볍게 앞으로 몸을 날린 그는 품에서 다섯 개의 비도를 꺼내어 그를 향해 집어 던졌다.

"연환비도 오곡격(五曲擊)!"

그의 손에서 벗어난 다섯 개의 비도는 서로 다른 방향을 따라서 밀려들어 갔고, 사방에서 비도가 맹렬한 기세로 밀려들어 오자 장춘삼은 급히 뒤로 몸을 날려 몸을 휘감듯이 도를 휘둘렀다.

그의 도가 무랑이 날린 비도와 충돌하자 눈을 멀게 할 정도의 푸른 빛이 작렬해서는 날카로운 쇳소리가 크게 울려 퍼졌다.

쿵!!

급히 오곡격의 초식을 막기는 했지만, 혈비도 무랑이 누구인가? 비도 하나하나에 실린 내력을 쉽게 견딜 자는 없었기에 장춘삼의 손에 들려 있던 도는 몇 동강으로 잘려져 나가며 사방에 떨구어졌고, 그의 몸은 크게 밀려 담장에 충돌했다.

그의 몸이 벽과 충돌하자 그 기세를 못 이기고 부서져 내려 그는 돌더미에 깔려 버리고 말았다.

"끄압!!"

바로 몸을 일으킨 그는 돌더미를 헤치고 밖으로 걸어나왔으나 상당한 내상을 입은 듯 그 자리에서 각혈을 하며 무릎을 꿇었다.

혈비도 무랑의 강력한 비도술에 장춘삼의 동네 대장간에서 대충 만들어진 도가 견디지 못하고 부러져 버린 것이다.

"문주님!"

검이 부러지며 받은 타격으로 장춘삼이 물러선 후 입에서 피를 흘리며 무릎을 꿇자 장춘삼이 걱정되어 다시 돌아오던 무진은 무랑의 앞을 막아섰다.

"크윽. 물러서라… 너의 상대가 아니다……."

간신히 몸을 일으킨 장춘삼은 자신의 앞에 선 곽무진을 말렸지만, 그런 말을 들을 무진이 아니었다. 지금의 무진은 자신의 목숨보다 문주를 지키는 것이 우선이었기 때문이다.

'이것이 쌍도문인가… 과연 녀석이 끝까지 지키려 했던 이유를 알겠군.'

그의 눈에 보이는 곽무진은 아직 그 실력 면에선 크게 떨어지고 있었지만, 몸에서 풍겨 나오는 예기는 무한한 성장 가능성을 보여주고 있었다.

하지만 자신의 앞을 막아서는 녀석을 그대로 보내줄 수는 없었기에 품에서 비도를 한 자루 꺼내어서는 곽무진을 향해 집어던졌다.

간단하게 집어던지는 것 같았지만, 상당한 내력이 포함되어 있는 비도는 맹렬한 기세로 뻗어나갔고, 무진은 파사신검을 휘둘러서 몸을 회전시키며 비도를 내려쳤다.

그러나 비도에 실린 내력은 그가 막아낼 수 있는 수준이 아니었기에, 비도를 내려친 순간 곽무진은 엄청난 충격을 느끼며 파사신검을 떨어뜨리고 말았다.

"끄윽!"

파사신검에 부딪쳤음에도 전혀 기세가 줄지 않은 비도는 그대로 장춘삼의 미간을 향해 뻗어나갔고, 비틀거리는 몸을 지탱한 장춘삼은 급히 주위에 있던 돌에 내력을 주입해서는 자신을 향해 밀려오는 비도를 그대로 올려쳤다.

쿠구궁!!

그 순간 큰 소리와 함께 손에 들려 있던 돌은 산산조각으로 부서져 버렸지만, 다행히 비도는 그대로 위로 솟구쳐 올랐다. 하나, 장춘삼의 손은 그 영향으로 피로 물들어 버렸다.

단순히 비도에 실린 내력이라고는 믿어지지 않을 정도의 엄청난 힘이기에 무진은 상대에 대한 압박감에 몸을 떨고 있었다.

"무진아! 일단 피해라!"

"하지만!"

"네가 있으면 나 역시 이곳을 피하기 어렵다!"

"크윽… 알겠습니다."

곽무진은 이곳에서 문주를 도와주고 싶었지만, 무랑과 자신과의 실력 차가 워낙 큰 만큼 방해가 된다는 생각에 어쩔 수 없이 몸을 피할 수밖에 없었다.

"문주님, 이걸 사용하십시오."

"음······."

무진이 건네준 것은 바로 파사신검이었기에 장춘산은 고개를 끄덕이고는 검을 받았다. 일단 비도를 막기 위해선 어느 정도의 병기가 필요했기 때문이다.

곽무진이 자리를 피하자 장춘삼은 파사신검에 내력을 주입했고, 그 순간 강렬한 검기가 번뜩이니 그로서도 크게 놀랄 수밖에 없었다.

지금의 검기는 평상시의 삼분지 일 정도밖에 주입하지 않은 상태였기 때문이다.

"섬광비도 붕."

무랑이 장천에게 시전했던 섬광비도 붕의 초식을 시전하자 빛과 함께 비도가 빠른 속도로 뻗어나갔는데, 장춘삼은 몸을 날려 비도를 튕겨 낸 후 그대로 몸을 회전시켰다.

"선풍검!"

그가 곽무진이 창안한 선풍도를 변형한 선풍검을 시전하자 강렬한 검강이 회오리치듯 밀려들어 가 무랑은 가볍게 몸을 날려 두 개의 비도를 던져 검강의 방향을 바꾼 후 장춘삼을 향해 일권을 내질렀다.

"백보신권!"

놀랍게도 무랑이 시전한 무공은 소림사의 백보신권이었고, 강렬한 권강이 자신에게 밀려오자 장춘삼은 급히 파사신검을 세워서는 권강을 막았다.

챙!!

권강은 파사신검과 충돌한 후 튕겨져 날아갔으나 무랑은 권강을 날린 동시에 몸을 날려서는 일장을 날렸다.

"산화장(散花掌)!"

단순히 일장을 날렸지만, 그 순간 수백 개가 넘는 손바닥이 장춘삼을 둘러싸듯 밀려들어 갔다. 무랑은 이미 비도술 이외의 무공도 상당한 경지에 이르렀던 것이다.

산화장이 밀려오는 것을 보며 몸을 뒤로 젖혀서는 피한 후 그대로 검기를 시전하자 무랑은 명치를 향해 뻗어오는 검기를 가볍게 발을 휘둘러 튕겨내서는 바닥에 착지하며 품에서 재빨리 꺼낸 비도를 낮게 내던졌다.

"곡선비도 승(昇)!"

그의 손에서 벗어난 비도는 바닥에 붙어 있는 듯 뻗어나가서는 한순간 솟구쳐 올라가 장춘삼의 턱을 향해 날아갔고, 뒤로 몸을 피할 겨를이 없던 장춘삼은 검으로 바닥을 튕긴 여파로 몸을 회전시켰다.

그 회전으로 간신히 턱을 스쳐 가는 정도로 비도를 피했으나 아직 끝이 아니었다.

"낙(落)!"

무랑이 가볍게 손짓을 하자 하늘로 솟구쳐 올라가던 비도는 방향이 바뀌어서는 밑으로 내리꽂혔지만, 장춘삼은 회전을 유지한 채 파사신검을 휘둘러 비도를 튕겨낼 수 있었다.

하지만 비도를 튕겨냈음에도 무랑이 손짓을 하면 비도는 다시 방향을 바꾸어 장춘삼을 향해 날아갔고, 이것이 이기어검의 수법이라는 것

을 깨달은 장춘삼은 파사신검에 내력을 크게 끌어올려 비도를 향해 일
검을 내질렀다.

카가강!!

장춘삼의 파사신검의 끝이 비도의 끝과 부딪치자 고막을 찢을 듯한
날카로운 소리와 함께 비도는 산산조각이 나서는 사방으로 뿌려졌다.

"헉헉."

익숙지 않은 검을 사용했던 장춘삼은 상당한 내력을 소비했는지 숨
을 헐떡이고 있었고, 무랑에게는 땀 한 방울 흐르지 않았기에 이 싸움
에서 승기를 잡고 있는 자가 누구인가는 확연히 알 수 있었다.

"애석하군. 자네와 같은 자를 내 손으로 없애야 한다니 말이야."

품에서 다시 세 개의 비도를 꺼낸 무랑은 아쉽다는 표정으로 중얼거
렸기에 장춘삼은 콧방귀를 뀌며 자세를 잡았다.

하지만 그때 강렬한 파공음과 함께 무랑을 향해 여덟 개의 비도가
날아왔다.

"비도를 되돌려 주겠다!"

담장 위로 한 청년의 목소리가 크게 울려 퍼졌는데, 목소리의 주인
은 바로 장천이었다. 아버지가 무랑과 싸우고 있다는 말에 정신을 차
린 그는 급히 멸천문으로 돌아왔는데, 그가 날린 비도는 무랑에게 받은
탈혼섬광구비도 중 여덟 자루였다.

"팔연환비도술!"

손에서 벗어난 비도는 각자 서로 다른 방향으로 움직여 무랑을 향해
쇄도해 들어갔다. 장천의 내력과 함께 비도 자체에 강렬한 힘이 내재
되어 있는지라 그 기세는 결코 범상치 않았다.

무랑이라 해도 간단히 막을 수 있는 위력이 아니어서 급히 뒤로 물러선 그는 품에서 비도를 꺼내 사방으로 집어던졌다.

"여의비도!"

탈혼섬광구비도는 쉽게 막을 수 있는 병기가 아니기에 팔연환비도술의 최후의 초식인 여의비도의 수법을 사용할 수밖에 없었던 것이다.

무랑의 손에서 벗어난 여덟 개의 비도는 빠르게 움직이며 장천이 던진 탈혼섬광구비도와 충돌했지만, 워낙 병기가 크게 차이가 나 날카로운 소리와 함께 산산조각으로 부서져 버렸다.

이 탓에 장천의 비도의 위력은 크게 줄어들었고, 무랑은 비도를 가볍게 손으로 잡아챌 수 있었다.

그러나 장천이 노리던 것은 잠시의 시간을 버는 것이었기에 이 순간을 틈타 장춘삼은 몸을 피할 수 있었고, 담장 위에 서 있던 장천은 무랑을 잠시 노려본 후 급히 몸을 피했다.

무랑이 잠시 장천이 사라진 방향을 보자 그의 곁으로 복면의 남자가 와 부복하며 말했다.

"적도들을 모두 제압했습니다."

장춘삼과 무랑이 싸우는 동안 멸천문의 무리들과 싸우던 자들은 모두 제압되었던 것이다. 복면 무사의 보고에 고개를 끄덕인 그는 천천히 자신의 거처를 향해 걸음을 옮겼다.

'이제부터 시작인가. 과연 그 아이가 얼마나 해낼 수 있을는지 모르겠군.'

무랑은 장천이 자신이 생각하는 만큼 일을 처리할 수 있을까 고심할 수밖에 없었으니 지금은 믿을 수밖에 없기에 고개를 저을 뿐이었다.

한편 혈비도 무랑의 손에서 간신히 아버지를 탈출시킬 수 있었던 장천은 멸천문에서 십 리 정도 떨어진 산속에 머물고 있었다. 데비드의 상태가 그리 좋지 않았기 때문이다.

그리 위험하지 않은 부분에 상처를 입었음에도 사경을 헤매고 있어 사람들로선 답답할 수밖에 없었는데, 데비드의 몸 이곳저곳을 살피던 장춘삼은 고개를 저으며 말했다.

"오장육보에 모두 상처를 입었구나."

"그런……."

장춘삼의 말을 도저히 믿을 수 없었다. 독이 섞여 있는 것도 아닌데, 어떻게 그런 일이 가능할까 하는 생각 때문이었다.

하지만 그들 앞에는 큰 내상으로 사경을 헤매고 있는 데비드가 있었기에 무랑에 대한 두려움이 다시 사람들을 자극하고 있었다.

"아버지, 어떻게 할 수 없을까요?"

"본문의 청심단이라면 상태가 악화되는 것은 막을 수 있겠지만, 몸을 완치시키는 것은 어렵구나."

"그렇다면……."

"음… 견즉사의 호청명이라면……."

무림 제일의 명의라고 하는 호청명이라면 충분히 데비드를 치유할 수 있다 생각한 장춘삼이었기에 장천은 당장이라도 그를 찾아 나설 모습을 보이고 있었지만, 장춘삼은 그런 아들을 막고는 말했다.

"서두른다고 될 일이 아니다. 일단은 본 문으로 돌아가 하오문과 개방을 통해 그의 위치를 알아내는 것이 좋을 듯하구나."

"예."

장천 역시 지금 당장 호청명을 찾을 수 있는 것이 아니기에 아버지의 말에 고개를 끄덕이고는 쌍도문으로 향했다.

하지만 쌍도문으로 가는 길은 그리 순탄하지 않았다. 이미 멸천문의 영향이 상당히 멀리까지 미쳤기 때문이다.

멸천문의 개파대전에 참여했던 많은 무림 명문의 제자들은 그들에 의해 죽거나 사로잡혔고, 그 기세를 몰아 멸천문은 개파대전에 왔던 많은 중소문파의 무인들을 선동하여 멸천의 하늘로 만들 계획을 시작했기 때문이다.

멸천문이 있는 하남 주위의 명문 문파들은 일제히 멸천문이 이끄는 수만의 무리들에게 공격당하여 무너지기 시작했다.

그중 멸천문이 가장 많은 수의 무사를 보낸 곳은 바로 무림 양대산맥 중 하나인 소림사였는데, 이곳에 모인 멸천 무리들의 수만 해도 거의 일만을 넘어서고 있었다.

"방장!"

"음……."

소림사의 방장으로선 숭산의 아래에 일만이 넘는 멸천의 무사들이 당장이라도 공격할 모습을 하고 있자, 뭐라 말을 할 수가 없었다.

아무리 소림사의 승려들이 강한 무공을 지니고 있다 하더라도 상대의 수가 너무 많았기 때문이다. 멸천의 무리 중 구 할 이상은 무림에서 두각을 나타내지 못하는 삼류무사들이었으나 숫자는 무시할 수가 없었던 것이다.

노승들 역시 방장과 마찬가지로 소림사 창건 이래 최대의 위기를 어찌 넘겨야 할지 고민할 수밖에 없었다.

"한 시진 후면 멸천의 무리들이 본사로 밀려들 것입니다. 빨리 결정을 내리셔야 합니다, 방장."

나한전을 맡고 있는 노승의 말에 소림 방장 무진 대사는 입술을 깨물며 말했다.

"본사를 버리도록 합시다."

"방장!"

무진 대사의 결정에 노승들은 크게 경악할 수밖에 없었다. 소림사를 버리고 도망가자는 결정에 어찌 놀라지 않을 수 있겠는가? 하지만 이러한 다른 노승들의 말에도 무진 대사는 결정을 바꿀 생각은 없었다.

"공수래공수거라 하였습니다. 본사가 적도들의 손에 불타 없어진다 하더라도 다시 지으면 될 것을 무엇이 아깝겠습니까? 지금은 소림의 얼을 지켜야 할 시기이니 적도들의 칼을 피해 물러나는 것도 나쁘지 않다 생각합니다."

"음……."

하지만 소림이 지금껏 외부의 위압에 절을 버리고 물러선 적은 없었기에 노승들은 어느 누구도 찬성하는 자가 없었는데, 구석에 앉아 있던 노승이 천천히 입을 열었다.

"방장 대사의 결정은 신검 진인의 뜻과 같은가?"

그의 말에 노승들은 모두 그에게 시선을 돌렸는데, 구석에 앉아 있는 노승은 바로 소림의 제일 고수라 알려져 있는 각무 대사였다.

"그렇습니다. 신검 진인께서는 이미 이 일을 예측하고 있었습니다."

신검 진인이 멸천문의 일을 알고 있었다는 말에 노승들은 크게 놀랄 수밖에 없었다.

"그렇다면 혈비도 무랑의 일 역시?"

"그렇습니다."

"음……."

노승들은 신검 진인이 소림사로 찾아온 것에 상당한 관심을 가졌지만 그 이유를 알지 못하고 있었던 것이다.

하지만 무당에서 은거하고 있던 그가 직접 움직였다는 것으로 결코 범상치 않은 일이었음은 대충 예상하고 있었다.

"신검 진인은 무림의 문파 하나하나의 힘으로는 그들과 대적할 수 없음을 알고 본사에 도움을 청했습니다. 들려오는 소문에 따르면 이미 마교는 물론 대사련과 무림맹의 일부 역시 멸천과 손을 잡았다 하니 이제 소림의 힘으로도 이들을 상대할 방도가 없다 생각하여 그의 의견을 따르는 것이 좋다 생각했습니다."

"음……."

무림 삼대세력이라고 할 수 있는 마교, 대사련, 무림맹이 멸천문과 손을 잡았다고 한다면 그것은 이미 무림 전체가 그들의 손에 들어 있다고 해도 과언이 아니었기에 다른 노승들 역시 방장의 의견에 수긍할 수밖에 없었다.

하지만 이제 소림사에서 벗어나려고 해도 시간이 없었기에 어찌할 바를 모르고 있을 때 각무가 천천히 좌중에 있는 노승들을 보며 말했다.

"장경각의 무서와 법서들이 그들의 손에 들어가게 하는 것만은 막아야 하니, 잠시 동안이나마 이 늙은이가 그들의 앞을 막겠네.”

“사조 어르신!”

“대사형?”

각무의 말에 각 자 돌림의 노승들은 놀란 목소리로 소리쳤다. 일만에 이르는 적을 상대한다는 것은 죽음을 각오해야 하는 일이기 때문이다.

각무가 자리에서 일어나자 달마원의 원주 직을 맡고 있는 각운도 고개를 끄덕이며 자리에서 일어났으니 그와 함께하겠다는 표시였다.

“달마원의 노승 역시 각무 사질과 함께 그들의 앞을 막아보겠소이다.”

“료문 사숙!”

“이제 이 늙은이가 살면 얼마나 살겠소이까. 그저 죽을 때를 찾아가는 것만 남았을 뿐이지. 허허허.”

료문의 말에 료 자 배분의 노승들 역시 하나둘씩 자리에서 일어났다. 그들은 자신의 희생으로 한 명이라도 많은 승려들을 살리고자 한 것이다.

각무와 함께 멸천문의 무리들을 막기로 한 사람은 각 자 배분의 승려 여섯 명과 료 자 배분의 노승 세 명이었으니 그 수는 적도에 비해선 천 분의 일도 되지 않는 숫자지만, 하나하나의 무공은 결코 만만한 수준이 아니었다.

이들이 산문 밖으로 향하자 승려들은 장격각과 여러 불전들을 돌며 물건을 들고 산 위로 몸을 피하기 시작했다.

소림사의 승려들이 예상과는 달리 싸움을 포기하고 달아나자 이들 무리들을 인솔하는 무인은 더 이상 기다릴 수가 없었다.

"당주! 소림의 땡중들이 도주하고 있습니다."
"이런! 당장 각 단주에게 연락하여 소림을 공격하게 하라!"
"예."
당주의 명령이 떨어지자 일만에 이르는 무인들이 소림사를 향해 진격해 들어가는데, 한순간 이들이 갑자기 멈추자 당주로선 놀랄 수밖에 없었다.

"무슨 일이냐?"
"소림의 노승들이 산문 앞을 막고 있습니다!"
"그대로 쓸어버리면 될 것 아니냐!"
"그런데 그것이……."
제대로 답을 하지 못하는 부당주의 말에 노기를 터뜨리며 진열의 앞으로 간 그는 잠시 후 황당함을 느낄 수밖에 없었다. 고작 아홉 명의 노승만이 산문 앞을 막아서고 있었기 때문이다.

그들은 목탁을 두드리며 불경을 외우고 있었는데, 그 모습이 마치 생불을 보고 있는 것 같아 무인들은 차마 그들을 베고 앞으로 나서지 못하고 있었다.

"크윽!"
머리를 감싸 쥘 수밖에 없는 당주였는데, 멸천문에 모인 이들은 정사마의 중소문파에서 모인 자들이었지만 그렇다고 협의가 없는 이들이 아니기 때문이다.

무림인에게 협과 충은 숭고한 얼과 같은 것이니 정사를 막론하고 이것을 함부로 여기는 자를 하찮게 보는 것은 이러한 무인의 습성 때문이라 할 수 있었다.

그러한 것을 잘 알고 있는 족히 팔순은 넘은 듯한 노승들을 베고 앞으로 나서지 못하는 군웅을 보며 한숨을 내쉴 수밖에 없는 노릇이었다.

하지만 노승들로 인하여 대계를 망칠 수는 없는 일, 잠시 후 하나의 결단을 내릴 수밖에 없었다.

"운 단주!"

"예."

"저 노승들을 죽여라!"

"…알겠습니다."

그로서도 늙은 노승들을 죽이는 것이 꺼려지는 일이지만, 멸천의 대계를 완성하기 위해선 어쩔 수 없기에 그의 명령에 따를 수밖에 없었다.

"차압!"

검을 뽑아 든 그는 중앙에 있는 노승을 향해 빠른 경신공을 이용하여 쇄도해 들어가며 목탁을 두드리며 불경을 외우고 있는 그의 가슴을 향해 일검을 내질렀다.

텅!!

하지만 단숨에 심장을 꿰뚫을 수 있으리라 생각한 그는 다음 순간 눈앞에 일어난 일에 입을 다물 수가 없었다. 무사가 내지른 검이 노승의 목탁에 박혀 있었던 것이다.

"시주께선 참으로 성급하시구려."

"이 빌어먹을 것이!"

인자한 표정의 미소를 지으며 말하는 노승을 보며 운 단주는 그대로 그의 태양혈을 향해 일각을 내질렀다.

그는 단숨에 머리를 박살낼 수 있다 믿었지만, 노승은 그의 일각을 가볍게 손을 들어 막았고, 다음 순간 엄청난 내력이 일각을 내지른 운 단주의 몸을 뒤쪽으로 크게 튕겨 버렸다.

"끄으윽!"

고통스러워하는 그를 보며 당주는 골치가 아플 수밖에 없었다. 무림에서 여자와 늙은이를 조심하라는 말을 실감했기 때문이었다.

노승에게 전혀 의심스러운 기운을 느낄 수 없었기에 그가 당한 것은 어쩌면 당연한 일이었다.

"감 단주!"

"예!"

당주의 명령이 떨어지자 그의 곁에 있던 남자는 등에 매여 있던 철퇴를 들어서는 뒤에 있던 무사들에게 손짓을 하며 앞으로 몸을 날렸고, 그의 뒤를 이어 삼십여 명의 거구의 무사들이 노승들을 향해 쇄도해 들어갔다.

"아미타불!"

그들의 모습을 확인한 노승 한 사람이 천천히 자리에서 일어나 뒤에 있던 선장을 잡아 들고 선두에서 철퇴를 흔들며 뛰어오는 거구의 무인을 향해 가볍게 선장을 내질렀다.

"끅!"

노승의 선장이 다가오자 그는 철퇴로 그것을 튕겨내려고 했지만, 놀랍게도 지팡이 하나 들 힘이 없을 듯한 그의 선장은 눈 깜짝할 사이에 복부를 강타했고, 감 단주는 신음과 함께 무릎을 꿇고 쓰러졌다.

단주가 쓰러지자 거구의 무인들이 노승을 둘러싸기 시작했고 노승은 가볍게 선장을 휘둘렀다. 강풍이 일대를 휘어 감더니 사방을 흙먼지로 뒤덮어 버렸다.

픽! 퍼버벅!

"끄악!"

그 순간 둔탁한 음과 함께 사방에서 비명 소리가 들려왔고, 흙먼지가 가라앉았을 때는 노승을 둘러싸고 있던 거구의 무인들이 하나같이 고통스러운 표정으로 자리에 쓰러져 있었다.

"으드득!"

그들의 앞을 가로막고 있던 노승은 결코 시정에서 흔히 볼 수 있는 그런 늙은이가 아니었기에 그는 상대를 경시한 것에 이를 갈 수밖에 없었다.

주위를 돌아보니 무인들의 눈에는 경탄의 빛이 가득했는데, 무림의 양대산맥의 하나라는 소림사의 힘에 놀라고 있었던 것이다.

이렇게 된다면 소림사를 치는 일이 그리 간단할 수가 없었기에 멸천문에서 온 무인들로 이들 노승들을 처리하지 않는다면 군중을 쉽게 통솔할 방도가 없었다.

"부당주! 밀어붙여라!"

"예."

그의 명령과 함께 오백여 명의 무사들이 일제히 병기를 빼 들고 함성과 함께 밀려들어 갔고, 소림의 산문 앞을 지키는 노승들이 모두 자리에 일어나서 선장을 집어 들었다.

"각무 사질. 극락정토에서 다시 불법을 논하도록 하세."

"예, 사백님. 아미타불."

요문의 말에 각무는 하늘 높이 몸을 날려서는 멸천의 무리들 중앙으로 뛰어들어 선장을 한 번 휘두르자 엄청난 강기가 단숨에 일대를 뒤덮어 버렸다.

"끄아악!"

단 일 초에 의해 몰려드는 수십의 무인들이 쓰러지자 당주는 크게 경악할 수밖에 없었다. 그가 날린 강기는 결코 쉽게 간과할 수 있는 수준이 아니기 때문이다.

"젠장할!"

부하들만으로는 상당한 출혈을 감수해야 하는 것을 잘 알고 있는 그는 몸을 날렸는데, 한 걸음 내딛는 것만으로 족히 수장을 앞으로 뻗어나가는 모습에 사람들은 탄성을 내질렀다.

"음!"

각무는 단숨에 이자가 소림에 들이닥친 무리들을 이끄는 자라는 것을 알 수 있었다.

"경천십오검(驚天十五劍)!"

노승이 자신을 향해 고개를 돌리자 당주는 허리의 검을 뽑아서는 그를 향해 내질렀고, 십여 개의 검영이 일렁이며 각무를 향해 밀려갔다.

"산서 경천문의 검술이군! 아미타불. 그렇다면 시주가 경천문의 문주 이문 대협이겠구려!"

채재쟁!!

하지만 각무는 선장을 가볍게 돌리며 그의 검영을 모조리 튕겨냈고,

이에 경천문의 문주 이문으로선 크게 당황할 수밖에 없었다.

"설마! 소림제일무승 각무 대사이시오?"

"허허, 소림제일인지는 모르나 각무인 것은 맞다네."

소림의 모든 인물들을 숙지하고 있는 그는 자신의 검을 쉽게 막아내는 그의 정체를 간파할 수 있었고, 이에 각무는 합장을 하는 것으로 대답을 대신했다.

"멸천검진을 시작하라!"

자신의 힘으로 상대할 수 없는 인물이라는 것을 깨달은 그는 급히 뒤로 몸을 날려 소리쳤고, 그의 주위로 이십여 명의 무인들이 진을 형성하기 시작했다.

"아미타불!"

각무는 이들의 검진에서 느껴지는 기운이 범상치 않음을 알았다. 이문을 중심으로 엄청난 살기가 자신을 향해 밀려오는 것을 느꼈기 때문이다.

'이문을 중심으로 양쪽으로 칠성검진의 진형을 취하고 있으나 그것이 흩어져 있지 않고 하나의 흐름으로 이어지는군.'

이러한 검진의 형태는 장격각주였던 각무 역시 본 적이 없는 형태였다. 진세를 이루는 것은 어렵지 않으나 하나의 흐름을 이룬다는 것은 쉬운 일이 아니었다.

하지만 그는 혈비도 무랑과 대적할 수 있는 몇 안 되는 고수 중의 한 사람. 보통 사람이라면 서 있기조차 힘든 압박임에도 각무 대사는 가볍게 진각을 내딛음으로써 그것을 완전히 밀어냈다.

"음칠성진(陰七星陣)!"

이문의 목소리가 터져 나오자 이들의 움직임은 빠르게 변화되었다. 이들이 취하고 있는 진세는 멸천문이 각 문파의 진세를 연구하여 만든 음양천무칠성진(陰陽天武七星陣)이었다.

혈비도 무랑조차 극찬했다는 이 진세는 음과 양의 칠성이 중앙에 있는 천무(天武)의 지시로 움직이는 것이다.

음칠성진이 시작되자 일곱 무인들의 검은 절묘한 방위를 찾아 일제히 내질렀고 각무는 금강부동신법을 사용하여 단숨에 천무의 좌까지 쇄도해 들어왔지만, 이들의 진세는 그리 쉽게 파훼할 수 있는 것이 아니었다.

음칠성진을 뚫고 왔다고 생각한 순간 양칠성진이 각무의 앞을 막았고, 그것을 피했다 생각하면 어느 사이엔가 음칠성진이 그의 뒤를 노리고 있었던 것이다.

"대력금강저(大力金剛杵)!"

일곱 개의 검이 강한 기운으로 밀려오자 각무는 선장을 휘둘러 그것을 쳐냈고, 음칠성진의 무사들은 그의 선장을 막을 생각을 하지 않고 급히 뒤로 물러섰지만, 양칠성진이 또다시 그 틈새를 파고들어 검을 내질렀다.

"합!"

양칠성진의 공격은 전혀 빈틈없이 이루어졌기에 각무로선 한 군데도 피할 곳이 없어 검에 적중될 위기에 처했다.

하지만 공동의 천무성자는 강맹한 도법으로 무당의 신검 진인은 허와 실을 적절히 이용하는 검술로 그 이름을 날렸다면 각무가 이들과 함께 혈비도 무랑과 대적할 수 있는 부인으로 꼽히는 것은 바로 소림의 외공이었다.

검을 피할 수 없다 생각한 각무가 기합을 내질렀는데, 양칠성진의 검은 그대로 그의 몸에 적중했지만, 잠시 후 이들 모두는 놀란 입을 다물 수가 없었다.

그들이 각무에게 내지른 검은 그의 살을 파고드는 것이 아니라 마치 쇠덩어리에라도 찌른 것처럼 충격과 함께 휘어져 버렸기 때문이다.

"불강불괴신공(金剛不壞神功)!!"

천무의 좌에 있던 이문은 그의 모습에 놀란 표정을 지을 수밖에 없었다. 소림에서 역대를 통틀어 금강불괴신공에 극성에 이른 인물은 손에 꼽힐 정도였기 때문이다.

'과연 각무인가!'

소림으로 오기 전 태상문주인 혈비도 무랑에게 각무에 대해서 들었던 이문은 상대의 능력에 식은땀이 흘러내렸다.

아무리 공격을 한다 해도 금강불괴신공을 꿰뚫지 못한다면 각무에게 상처 하나 입히지 못할 것은 분명한 일이기 때문이다.

"음양합일진(陰陽合一陣)!"

음칠성과 양칠성의 각자의 힘만으로는 금강불괴를 뚫지 못한다는 것을 알고 두 개의 진을 하나로 합한 것이다.

하지만 이문의 선택은 잘못됐다고밖에 할 수 없었는데, 각운이 두 개의 진이 합일되는 것을 그대로 지켜볼 인물이 아니라는 것이다.

여든에 가까운 나이만큼 노련한 노승은 양칠성과 음칠성이 하나로 합해지는 것을 보며 그대로 왼손을 들어 백보신권을 날렸다.

쿵!!

"끄악!!"

강렬한 권기가 뻗어나가자 진을 합치는 도중이라 제대로 방어를 하지 못하던 두 명의 무사가 그대로 권기에 맞아 뒤로 튕겨지듯이 나가 떨어졌기에 이문은 크게 당황할 수밖에 없었다.

"합!"

음, 양 칠성진을 이루고 있는 두 명의 무사가 권기에 쓰러지자 진세는 급격하게 붕괴되었고, 그것을 놓치지 않은 각무가 선장을 휘두르며 공격해 들어가자 서너 명의 무인이 제대로 방어도 하지 못한 채 나가 떨어지고 말았다.

강맹한 내력이 섞여 있는 그의 선장은 검으로 쉽게 막을 수 있는 것이 아니었으니, 한 번 휘두를 때마다 손에 들린 검은 두 동강이 나서 떨어졌고, 금세 진은 이문을 제외하고는 거의 대부분이 반검 상태가 되어버렸다.

"크윽."

이문으로선 각무를 상대한 음양천무칠성진이 깨지자 이를 갈 뿐이었다. 이제 각무라는 초고수를 상대할 방법이 없었기 때문이다.

슈슈슉!!

하지만 칠성진이 완전히 파훼되었다고 생각했을 때 뒤쪽에서 날카로운 파공음과 함께 하나의 암기가 날아왔고 각무는 급히 손에 들린 선장을 들어 올렸지만, 손목에서 강한 통증과 함께 암기를 막았던 선장이 크게 치우쳐지는지라 놀란 각무는 급히 손을 놓고 몸을 피할 수밖에 없었다.

쿠구궁!!

급히 선장에서 손을 떼자 암기에 적중한 선장은 맹렬하게 회전을 하곤 그대로 굉음과 함께 땅으로 박혀 들어갔기에 사람들은 크게 놀랄 수밖에 없었다.

단순한 암기의 공격으로 무림 사대고수 중 한 사람이라고 할 수 있는 각무의 손에 들린 선장이 튕겨져 나간다는 것은 도저히 믿을 수 없는 일이었다.

하지만 암기의 공격이라 할지라도 무림에서 단 한 사람만큼은 그 정도의 위력을 만들어낼 수 있다는 것을 모든 사람은 알고 있었다.

"혈비도 무랑……."

각무가 천천히 고개를 돌려 읊조리자 잠시 후 마치 선학이 날아오르는 것과 같은 모습으로 한 인영이 하늘로 숫구쳐 오르는가 싶더니 천천히 이문의 앞쪽으로 내려왔다.

"태상문주!"

이문이 그자의 모습을 확인하고는 크게 놀라 소리쳤으니 바로 멸천문의 태상문주인 혈비도 무랑이었다.

"역시 음영천무칠성진으로는 무리였나 보구나."

"죄송합니다."

"아니다. 처음부터 각무 대사 정도 되는 사람을 수하에게 맡기려 했던 나의 실수가 크지."

이문의 말에 무랑이 자신의 실수라 말하며 천천히 각무 쪽으로 걸음을 옮기자 뒤에 있던 군웅에게서 큰 함성이 들렸다.

"와아!!"

소림사의 료 자와 각 자 노승들을 상대로 멸천문의 무사들은 힘겨운 싸움을 하였고 이들 중소문파의 무사들은 자신들이 무림의 양대산맥 중 하나인 소림사를 이길 수 있을까 하는 두려움을 느끼고 있었는데, 그것이 혈비도 무랑의 등장으로 바뀌어져 버린 것이다.

"아미타불. 시주가 멸천문의 태상문주인 무랑 대협이구려."

"그렇습니다. 각무 대사와는 언젠가 만날 것을 알고 있었는데, 이런 식으로 만나게 될 줄은 몰랐습니다."

"아미타불. 이것이 모두 부처님의 뜻이겠지요."

그 말과 함께 각무는 뒷짐을 지고는 가볍게 앞으로 걸음을 옮겼다. 천천히 걷는 듯한 모습지만, 한 걸음 옮길 때마다 느껴지는 기운은 결코 우습게 볼 것이 아니었다.

"제가 알기로는 각무 대사께서는 달마역근세수진경을 완성하셨다 들었는데 사실입니까?"

"늘그막에 어렵게 깨달음을 얻을 수 있었지요."

"그렇다면 잘되었습니다. 달마역근세수진경에 관해서는 들어왔습니다만, 그 위력에 대해서는 다소 회의적이었는데, 친히 각무 대사께서 저에게 한 수를 가르쳐 주실 수 있으니 말입니다."

"본승 역시 혈비도 무랑의 두 가지 무공에 대해 궁금했으니 피장파장이겠지요."

"하하하!"

각무의 말에 혈비도 무랑은 크게 대소를 터뜨리고는 그대로 앞으로 쇄도해 들어갔다. 각무의 움직임은 느리지만 강한 기세를 지니고 있다고 한다면 혈비도 무랑은 쾌속하고 날카로운 예기를 뿜고 있었다.

"합!"

무랑이 어느 정도 거리에 오자 각무는 그대로 일장을 내뻗었고, 강맹한 격공장력이 밀려들어 갔다. 그것을 보며 무랑은 가볍게 손을 움직여 격공장을 쳐내며 공중으로 치솟아올라 갔다.

"연환비도 이연격(二連擊)!"

삼 장 이상을 뛰어오른 무랑은 품에서 비도 두 자루를 꺼내 내던졌고, 비도는 맹렬한 속도로 각무를 향해 쇄도해 들어갔다.

후두둑!

맹렬한 기세의 비도에도 각무는 전혀 움직일 생각을 하지 않았는데, 비도가 자신의 눈앞까지 다가오자 소매를 휘둘러 소맷바람에 비도를 땅으로 떨굼과 함께 몸을 회전시키며 다른 쪽의 소맷자락을 휘둘렀다.

무랑의 이연격은 강맹한 기세의 첫 번째 비도에 숨어 두 번째 암도가 존재하는 수법, 각무는 그것을 눈치 채고 급히 몸을 회전시켜 다른 비도를 떨구어낸 것이다.

"연환비도 삼곡격(三曲擊)!"

각무가 두 개의 비도를 떨구어낼 것을 이미 예상하고 있던 무랑은 떨어져 내리며 세 개의 비도를 내던졌고, 비도는 크게 곡선을 그리더니 각무의 뒤통수와 양 옆으로 빠른 속도로 뻗어나갔다.

"합!"

상당한 속도의 공격인지라 쉽게 피할 수 없는 순간이지만, 각무는 기합을 내지르며 내력을 온몸으로 퍼뜨렸고, 무랑의 비도는 그의 몸에 적중하는가 싶더니 날카로운 쇳소리와 함께 땅으로 떨구어졌다.

피할 수 없음을 안 각무가 급히 금강불괴신공을 사용한 것이니 무랑은 자신의 비도를 튕겨낸 그의 신공에 크게 감탄할 수밖에 없었다.

"굉장하군요. 지금까지 무림에서 어떠한 외공을 가진 자도 본좌의 비도를 튕겨낸 자는 없었는데 말입니다."

"노승 역시 마찬가지오. 단순한 암기의 수법으로 생각했는데 비도에서 강한 내력이 오장육보로 밀려드니 말이오."

무랑의 비도술, 그것은 단순한 암기의 수법이 아니었다. 발끝에 적중했다 하더라도 내력이 크게 치솟아오르며 내장에 충격을 가하는 것이라 비도이면서 암경의 힘을 지니고 있는 수법이었다.

각무 역시 금강불괴신공으로 몸을 보호하기는 했지만, 충격을 받은 동시에 비도의 내력이 침투경이 되어 내장을 공격하자 급히 역근세수진경을 사용하여 몸을 보호하여 내상을 면했던 것이다.

서로의 무공에 감탄하는 두 사람이었으나 이 싸움은 어느 한 사람이 죽지 않는 이상 끝나지 않음을 알고 있었다.

각무로선 자신의 눈앞에 있는 무랑을 쓰러뜨려 무림의 대혼란을 종식하고 싶은 마음이 강했기에 역근세수진경의 내력을 십성 이상으로 끌어올렸고, 그 기세에 주위에서 싸움을 보고 있던 무인들은 뒷걸음질 치기 시작했다.

"음……."

각무의 몸에서 느껴지는 기운은 엄청났기에 무랑의 입에선 탄성이 터져 나왔다.

하지만 천하제일고수인 그가 이대로 물러설 리는 없었으니 품에서 하나의 비도를 꺼내어 들었다.

그것은 장천이 아버지를 구하기 위해 무랑을 향해 내던졌던 여덟 자루의 탈혼섬광구비도 중 하나로, 각무를 상대로 보통의 비도로는 쉽게 승리할 수 없다는 것을 깨달은 그는 십대신병을 꺼내어 든 것이다.

각무 역시 그의 손에서 느껴지는 비도의 예기가 범상치 않음을 느꼈기에 조심스럽게 움직일 수밖에 없었다.

"탈혼섬광구비도인가?"

"역시 각무 대사로군요. 그렇습니다. 애석하게도 한 자루는 다른 이의 손에 있습니다만, 지금 가지고 있는 여덟 자루의 비도로도 그리 문제가 될 것은 없겠지요."

그의 말대로 한 자루에서 느껴지는 예기만으로도 크게 위축되는 각무였다.

"합!"

먼저 움직인 이는 무랑이었다.

쾌속한 신법이 자랑이기도 한 무랑은 각무의 주위를 빠르게 움직였지만, 소림의 무공은 부동심이 있었기에 그의 빠른 움직임에도 아랑곳하지 않는 각무였다.

"여의비도!"

그의 손에서 비도가 벗어나자 각무는 비도가 날아오는 방향을 향하여 진각을 내지르며 가볍게 일권을 내질렀다.

쿵!!

각무의 일권은 가벼운 듯 보이지만 한없이 무거운 기세 역시 가지고 있었기에 일권의 기세는 무랑이 던진 비도를 튕겨낼 정도로 보였다.

하지만 비도가 점점 가까이오자 각무는 그 예기의 흐름이 이상하여 자신도 모르게 손바닥을 펴고 말았으니 그의 생각은 틀린 것이 아니었다.

슈우욱!!

비도는 갑자기 방향을 선회해서 왼쪽으로 크게 휘어져 나가는가 싶더니 이내 방향을 바꾸어 각무의 오른쪽 눈을 향해 쇄도해 들어왔다.

"큭!"

각무는 급히 소맷자락을 휘둘러 비도의 옆부분을 치고는 튕겨냈으나 비도는 그 기세에 날아가는가 싶더니 다시 방향을 선회해서 각무의 왼쪽 어깨로 밀려들어 왔다.

"이기어검의 수법인가!"

단순한 비도의 수법이 아니라는 것을 깨달은 각무는 급히 몸을 회전하여 비도를 피했으나 또다시 밀려들어 오는 비도였다.

이십여 번 이상을 피하는 각무였지만 비도는 그때마다 방향을 선회해서는 밀려들어 왔고, 이대로 계속 피할 수는 없다 생각한 각무는 비도가 등을 향해 날아오는 것을 느끼며 급히 몸을 회전하고는 손을 돌려 왼손으로 비도를 거머쥐었다.

구구궁!!

하지만 그 기세가 범상치 않은 공격이었기에 각무는 그 자리에서 멈추지 못하고 오 장 이상 뒤로 밀려날 수밖에 없었다.

"음……."

간신히 밀려서는 것을 멈추었을 때 비도를 잡은 손을 보자 피가 흐를 정도로 피부가 벗겨져 있었다.

금강불괴신공을 운공했음에도 불구하고 피부가 찢어지는 상처를 입었다고 하는 것은 결코 쉽게 볼 일이 아니기에 등에선 식은땀이 흘러내렸다.

‘권으로 튕겨내려 했었다면 큰 낭패를 볼 뻔했구나.’

이 정도의 내력이 포함되어 있는 비도라면 금강불괴신공에 역근세수진경의 힘을 다했다 하더라도 비도에 주먹이 뚫리는 것은 면할 수 없었을 것이다.

"과연 소림의 제일 고수답군요. 지금껏 저의 비도를 잡아채는 이는 없었는데 말입니다."

"비도로 이기어검의 수법을 사용하다니 과연 천하제일고수라 일컬어지는 무 대협이시구려."

두 사람 모두 상대의 무공에 탄복할 수밖에 없었던 것이다.

하지만 이 싸움은 어느 누구도 물러설 수 없는 것, 다시 자세를 잡은 두 사람은 서로를 향해 빠른 속도로 쇄도해 들어갔다.

"대반야장!(大般若掌)!"

먼저 선공을 가한 것은 각무로 그가 대반야장을 날리자 강맹한 장력이 무랑을 향해 밀려 들어갔다.

"진산장(震山掌)!"

강맹한 장력이 밀려오는 것을 보며 물러서지 않은 무랑은 자신 역시 장법을 사용하여 그의 대반야장을 해소시켰고, 각무는 이에 크게 놀랄 수밖에 없었다.

무랑이 시전하고 있는 진산장은 무당파의 독문무공이기 때문이다. 설마 그가 무당의 무공을 시전할 것이라고는 예상하지 못했다.

대반야장과 충돌한 순간 펑 하는 소리와 함께 두 개의 기공이 크게 충돌하여 폭발했고, 사방으로 강풍이 밀려 나가자 그는 거기에서 멈추지 않고 몸을 잠시 움직이는가 싶더니 폭발하는 기운에 편승하여 각무를 향해 미끄러지듯 쇄도해 들어갔다.

"금강회선강기(金剛廻旋罡氣)!"

각무의 등으로 밀려든 무랑은 두 손을 앞뒤로 강렬하게 뻗으며 금강회선강기를 시전했고, 그의 몸에서 강기가 회오리치듯 형성되어 각무를 공격했다.

"끄윽!"

기의 폭발에 제대로 방비를 못한 각무는 그대로 무랑의 금강회선강기에 당하여 강렬한 충격을 받고는 튕겨지듯 날아가 버렸다.

"크윽… 아미의 금강회선강기마저……."

장경각의 각주였던 각무는 무림 각 문파의 무공에 대해서 박학한 지식이 있었기에 무랑이 무당에 이어 아미의 무공마저 시전하자 황당함을 감출 수가 없었다.

무랑이 시전했던 무공은 두 문파에서도 이름난 상승무공인지라 범인이라면 수십 년을 익혀도 어느 한 가지도 극성으로 익히기 어려운 난해한 무공이었다.

그런 것을 무랑은 극성으로 시전하고 있었기에 그 끝을 알 수 없는 무공에 안타까움마저 들고 있었다.

'안타깝구나. 저자가 무림을 위한다면 누가 중원을 넘볼 수 있겠는가…….'

각무로선 무랑이란 자가 무림의 구성원이었으면 하는 생각을 할 수밖에 없었던 것이다.

금강회선강기로 인하여 약간의 내상을 입었다고는 하지만 달마역근세수경을 익힌 각무에게는 그리 문제될 것은 없었다.

'비도의 수법으로도 상대하기 힘든 자인데, 구파일방의 무공마저 능통하니 어찌 상대해야 할지 모르겠구나.'

또다시 어떠한 무공이 나올지 모르는 상태에서 쉽게 공격할 수 없는 그였고, 그것을 놓치지 않고 선공을 가한 것은 무랑이었다.

"자하지(紫霞指)!"

각무를 향하여 무랑이 검지손가락을 들어 내찌르자 푸른 기운의 지강이 빠르게 밀려들어 왔다. 자하지는 화산의 무공으로 자하신공을 극성으로 익힌 후 시전하면 보라색의 지강이 형성되지만, 무랑은 자하신공을 익힌 것이 아니라 푸른색의 지강이 만들어진 것이다.

하지만 그 위력은 자하신공보다 더 강한 힘을 보이고 있었고, 각무는 급히 몸을 틀어 그것을 피했지만, 무랑은 빠른 속도로 다시 자하지를 시전하여 그를 압박해 가기 시작했다.

각무는 소맷자락을 휘두르며 자하지를 막고 있었지만, 금세 자하지에 의해 소맷자락은 너덜너덜해지며 맨살이 드러났다.

"위타장(韋陀掌)!"

이대로 계속 밀릴 수는 없는지라 급히 위타장을 시전하여 반격하자 수십 개의 손바닥이 번뜩이며 무랑을 압박해 갔다.

하지만 무랑 역시 화산의 난화불혈수(蘭花拂穴手)를 시전했고, 오히려 자신을 향해 압박해 오는 위타장을 금나수법으로 잡아채려 하자 둘 사이에는 두 식경 이상이나 빠르게 손이 오고 있었다.

하지만 어느 하나 상대의 손에 당하는 이가 없었기에 이것을 보고 있던 군웅은 탄성을 내질렀다.

하지만 각무는 자신의 패배라 생각하고 있었다. 무랑은 자신의 특기인 비도술을 전혀 사용하지 않고 있는 데 반해 각무는 이미 자신의 모든 것을 드러내었기 때문이다.

각무가 소림제일고수가 된 것은 달마역근세수경과 함께 금강불괴신공을 극성으로 익혔기 때문인데, 그것이 상대에게는 전혀 소용이 없었던 것이다.

그렇게 또다시 한 식경 이상을 손속을 나누던 두 사람은 마치 짜기라도 한 것처럼 서로에게서 떨어졌다.

하지만 두 사람의 모습은 완전히 달랐으니 무랑에게는 땀 한 방울 흐르지 않는 것에 비해 각무는 온몸이 땀으로 뒤범벅되어 있었기에 거의 승패가 갈렸다고 해도 과언이 아니었다.

이제 각무에게는 무랑에게 대적할 수 있는 힘이 거의 없었다. 워낙 내력이 크게 소비되는 싸움이 계속되었던지라 더 이상 버틸 수가 없었던 것이다.

주위를 돌아보니 각 자와 료 자 배의 노승 역시 모두 제압을 당하거나 죽임을 당한 후였기에 이제 남은 이는 그 혼자밖에 없었다.

하지만 각무로선 이대로 죽어도 여한은 없었다. 소림의 뭇 승들이 모든 것을 끝냈을 정도의 시간은 벌었기 때문이다.

또 그가 이곳에서 멸천문의 군웅을 막았던 것은 장격강과 소림의 중요물품을 옮길 수 있는 시간을 벌기 위해서였기도 했다.

"이제 더 이상 남은 내력이 없구료."

"……."

각무의 말에 혈비도 무랑은 천천히 자세를 거두었다. 이 싸움이 끝났다는 것을 알 수 있었기 때문이다.

"어찌하시겠습니까?"

무랑이 각무를 보며 넌지시 묻자 노승은 미소를 지으며 합장을 취하며 말했다.

"이제 더 살면 무엇하겠소? 본사의 걸림돌이 되기보다는 본사의 뜻이 되는 것을 택하겠소이다."

그 말과 함께 각무는 그 자리에서 가부좌를 트는가 싶더니 오른손을 들어 천령개를 내려쳤고, 사방으로 뇌수와 함께 피가 튀겼다.

스스로 자결을 한 것이지만 그의 죽음에 무랑은 안타까움이 밀려왔다.

"태상문주님."

"소림을 쳐라."

"예."

그의 명령과 함께 일만에 이르는 군웅은 천 년을 무림에서 버텨온 소림사를 공격해 들어갔고, 무랑은 각무의 시신 앞에서 잠시 안타까움의 한숨을 내쉬었다.

'각무의 죽음으로 구파일방의 대항은 더욱 거세어지겠구나. 과연 소림제일무승이로군.'

거의 대부분의 소림 승려들은 장격각의 무서와 불서 등을 가지고 사라져 버린 후였기에 남아 있는 것은 소림의 전각뿐이었다.

하지만 구파일방 중 무당과 함께 태산북두로 일컬어지던 소림의 전각이 불탔다는 것은 무림에 거대한 충격으로 다가올 수밖에 없었고, 그 때까지도 멸천문에 대해서 그리 심각하게 생각하지 않던 문파들은 크게 당황할 수밖에 없었다.

하지만 신검 진인을 중심으로 하여 구파일방의 대부분은 서로 동맹하여 힘을 합치게 되었으니 이것이 바로 정무맹(正武盟)이었다.

정무맹은 무당을 본거지로 하여 구파일방과 오대세가, 무림의 명문들이 모였기에 그 기세는 멸천문에 못지않을 정도였다.

정무맹의 맹주는 무당의 신검 진인과 공동의 천무성자 두 사람이 물망에 올랐으나 신검 진인은 자신보다 다섯 살이 많은 천무성자를 추천하여 제 일 대 정무맹의 맹주는 공동의 천무성자가 오르게 되었다.

맹주에 오른 천무성자가 가장 먼저 시작한 것은 멸천문의 득세를 막기 위해 흩어져 있는 각 문파의 세력을 하나로 집결시키는 것이었다.

처음에는 자신의 문파를 버리고 온다는 것에 거부감을 느끼며 그의 의견에 반대하는 자들이 대부분이었지만, 소림에 이어 태산파가 멸천의 무리에게 멸문을 당하자 상황이 위험하다는 것을 느끼고는 문파를 버리고 무당으로 몰려들기 시작한 것이다.

한편 멸천문에서 벗어난 장천 일행은 간신히 은원방으로 돌아올 수 있었지만, 그곳에서 또 하나의 일을 듣게 되었다.

"뭐라 했느냐?"

본 문으로 돌아온 장춘삼은 잠시간 문파를 담당하고 있던 등평의 둘째 제자인 민경에게 뜻밖의 말을 들을 수 있었다.

"양 사숙님께서 보내신 서신에 장 사제의 아들 소천이 하오문의 총단에 있다는 말을 듣고 사숙모께서는 장 사제의 제수씨와 함께 항주로 향하셨습니다."

"음… 그런……."

무림이 시끄러운 이때에 아녀자 두 사람이 항주로 향했다는 것에 마음을 놓을 수가 없었다. 거기에다 임아란은 불혹을 넘긴 나이이고 무공을 알고 있다 해도 몸이 약해 객지에서 병이라도 생기지 않을까 걱정이 더욱 심할 수밖에 없었다.

"휴, 어머니와 능예가… 사람이라도 좀 보내지."

"멸천문의 사정을 잘 알고 있었으니 자신들에게 신경을 쓰지 않으면 했었겠지."

"그렇군요."

"음… 난감하구나……."

장천 역시 장춘삼의 말에 고개를 끄덕일 수밖에 없었다. 한쪽에는 데비드가 한쪽에는 어머니와 아내의 일이 걸려 있었기 때문이다.

어느 하나 가볍게 여길 수 없는 노릇이었기에 장춘삼은 한참을 고심하다 곽무진을 보며 말했다.

"무진아."

"예."

"넌 나를 따라오도록 해라. 내 직접 개방의 사람들에게서 견즉사의 일을 알아보는 것이 더욱 빠를 듯하구나."

"알겠습니다."

무진에게 말을 끝낸 장춘삼은 요운을 보며 계속 말을 이었다.

"운이와 천이는 지금 당장 항주로 향하도록 하거라. 천하가 뒤숭숭하니 아녀자 두 사람이 항주로 가는 길은 그리 순탄하지만은 않을 것이다. 이것을 개방의 사람에게 보여준다면 최대한 도움을 줄 것이다."

"알겠습니다."

그것을 보고 있던 동방명언은 크게 감격할 수밖에 없었다. 데이비드는 솔직히 쌍도문에는 외인과 같은 사람인데, 그를 구하기 위해 문주인 장춘삼이 직접 나서는 모습을 취하고 있었기 때문이다.

장춘삼은 다시 동방명언을 보고 말을 이었다.

"자네에게는 부탁이 하나 있는데 들어주겠는가?"

"부탁이라면?"

"남아 있는 이들로는 본문을 지키는 것이 그리 쉬운 일이 아니네. 하나, 자네의 총명함이라면 어떠한 위험이 있어도 충분히 본문을 지켜낼 수 있을 것이라 생각하네."

"아… 알겠습니다. 의형제의 일에 문주께서 직접 나서주시니 저로서는 최선을 다해 쌍도문을 지켜보도록 하겠습니다."

"고맙네."

솔직히 동방명언은 그에게 고마움을 느끼고 있었다. 그가 자신을 믿어주었기 때문이다.

외인에게 문파를 맡긴다는 것은 어지간히 배포가 큰 사람이 아니고는 힘든 일이었으니, 그런 면에서 존경심마저 일고 있었다.

'무공으로 혈비도 무량과 대적할 수 있을 정도에 배포 또한 이렇게 크니 쌍도문이 무림제일 문파가 되는 것은 그리 멀지 않은 것 같구나.'

다음날 은원방의 사람들은 장춘삼과 장천들로 나누어져 서로의 길로 나섰고, 요운과 장천은 급히 말을 몰아 항주로 향했다.

은원방이 있는 곳에서 항주까지는 상당한 거리라 과연 사모와 능예를 만날 수 있을지 알 수 없어 답답할 뿐이었다.

"휴, 무슨 일이라도 없어야 하는데……."

"그렇습니다. 능예야 모르겠지만, 어머니는 몸이 좋지 않으신데 걱정입니다."

"그러게 말이다."

걱정이 산더미 같을 수밖에 없는 이들이었는데, 급히 말을 몰아가는 길에서 수십의 무인들이 바쁘게 어디론가 향하는 것을 볼 수 있었다.

"응?"

그중에 아는 얼굴이 있어 요운은 말을 멈출 수밖에 없었고, 장천 역시 그 사람을 알아볼 수 있었다.

"사형, 저분은 경운문의 하백 대협이 아닙니까?"

"그렇구나."

말을 타고 있던 무인이 자신들의 근처에서 멈추자 하백 역시 고개를 돌렸고, 상대가 요운이라는 것을 알고는 크게 놀란 표정을 지으며 말했다.

"요 대협 아니십니까?"

"하 대협! 어디로 가시는데 문도들과 함께?"

"이런 소식 못 들으셨습니까?"

"소식이라뇨?"

"정무맹 말입니다."

"정무맹?"

요운으로선 그의 말에 고개를 갸웃거릴 수밖에 없었는데 정무맹이란 것은 들어본 적이 없었기 때문이다.

"강호에 악명을 떨치던 혈비도 무랑이 멸천문을 개파하고 무림을 제패하려 하자 구파일방과 오대세가가 중심으로 모인 혈맹입니다."

"음… 그런 일이 있었군요. 그러나 의외로군요. 구파일방이 서로 손을 잡았다니 말입니다."

"아무래도 소림이 무너진 것이 이들을 모이게 한 결정적인 이유일 테지요."

그 말에 요운과 장천은 크게 놀랄 수밖에 없었다. 천하무림의 양대 산맥의 하나인 소림이 무너졌다는데 어찌 놀라지 않을 수 있겠는가?

"소림이 무너지다니 무슨 말씀이십니까?"

"모르셨군요. 멸천문이 무림 제패의 야욕을 드러내면서 가장 먼저 공격한 곳이 바로 소림입니다. 일만에 이르는 무사들을 이끌고 갔기에 소림으로도 막을 수 없었다고 합니다."

"음……."

일이 생각보다 더 심각하게 돌아가고 있음에 요운은 침음성을 흘렸는데, 그때 그들의 곁으로 한 여인이 다가오는 것을 볼 수 있었다.

"아! 정화 소저가 아닙니까? 오랜만에 뵙는군요."

"예, 요 대협님."

정화는 어린 시절의 애띤 모습은 이제 거의 사라지고 한 명의 숙녀가 되어 있었는데, 그 자태가 아름답기 그지없어 요운은 조금 놀랄 수밖에 없었다.

하지만 이에 반해 과거 그녀에게 반해 있었던 장천은 그리 감흥을 느끼지 못하고 있었다. 어머니와 아내가 걱정되는 그로서는 정화의 아름다움보다는 두 사람의 걱정이 우선이었기 때문이다.

"그렇다면 하 대협께서는 정무맹으로 향하시고 계신 것입니까?"

"예. 일단은 경운문도 정파의 일맥이니 멸천보다는 정무맹에 힘이 되어볼까 합니다."

"세파가 멸천으로 향하고 있는데 경운문은 아직 의기를 버리지 않고 뜻이 있는 곳을 따르니 그동안 한 지역에만 정신을 쏟았던 저희가 부끄러울 따름입니다."

"별말씀을 다하시는군요. 하하하."

요운이 경운문을 세워주며 말하자 하백은 포권을 하며 감사의 인사를 표했다. 하지만 요운의 이러한 생각도 어찌 보면 당연한 것이었다.

현재 멸천의 흐름은 무림을 뒤덮을 정도로 강성한데, 그리 힘이 없는 경운문이 세파에 흔들리지 않고 자신의 뜻을 따른다는 것은 큰 결심이 아니면 불가능하기 때문이다.

"그런데 요 대협께서는 어디를 그렇게 바쁘게 가시는지요?"

"본문에 약간의 일이 있어 급히 항주로 향하고 있었습니다."

"항주라… 이런 먼 길을 가시는 분을 붙들고 있었군요."

"아닙니다. 이런 곳에서 하 대협을 만나니 오히려 급한 마음에 평정을 찾았으니 고마울 따름이지요."

하백의 말에 요운은 미소를 지으며 답했는데, 그는 자신도 모르게 시선이 자꾸 그의 여사제인 정화에게 가는 것을 느꼈다.

'이러면 안 되는데……'

등소소가 죽은 이후 홀아비가 된 요운은 조금 외로울 수밖에 없었기에 오랜만에 정화와 같은 아름다운 여인을 보자 마음이 흔들렸던 것이다.

이러한 것은 정화 역시 마찬가지였는데, 한때 그를 좋아했던 마음이 있었는지라 문파가 큰일을 당해 아내마저 잃었음에도 의연한 모습을 보이는 그를 보며 또다시 연모의 정이 싹트고 있었다.

"하 대협과 함께 정무맹에 도움이 되고 싶은 마음 없지 않으나 본문의 일 때문에 그리하지 못하는 것이 아쉽습니다. 하나, 본문 역시 강호의 일 문으로 구파일방과 연이 있으니 정무맹으로 가게 될 듯하니, 그때 오늘의 회포를 풀었으면 합니다."

"하하하! 기다리고 있겠습니다."

"그럼 이만."

요운의 말에 하백이 대소를 터뜨리며 기뻐하자 그는 가볍게 포권을 한 후 말에 오르려 했는데, 그때 정화가 그에게 다가와서는 쑥스러운 표정으로 살짝 무엇인가를 그에게 내밀었다.

"이것은?"

"먼 길 가시는데 허기지실 때가 있으리라 생각하여 전에 들렀던 곳에서 만든 만두를 조금 가져왔습니다."

"아, 이런 것을 다……."

"하하하, 가져가십시오. 이 아이가 요리 솜씨 하나는 좋아 만두 맛이 일품이지요. 누가 데리고 갈지 모르지만 아마 복받은 것일 겁니다."

하백이 이미 정화의 마음을 읽고 있었기에 요운으로선 얼굴이 빨개질 수밖에 없었다. 어쨌든 주는 거니까 받아 든 그는 그녀에게 포권을 하며 말했다.

"감사하오, 그럼 이만."

요운은 가볍게 감사의 말을 전한 후 장천과 함께 말을 몰고 사라졌으나 하백은 그의 인사가 단순히 감사의 인사만이 아니라는 것을 알 수 있었다.

'요 대협이 아내를 잃었다 들었으니 정화와 맺어지면 좋겠구나.'

홀아비라 했으나 요운은 당대에 이름있는 무인 중의 한 사람, 그런 자가 자신의 사매와 연을 맺는다면 경운문은 한층 더 강호에 명성을 날릴 수 있다 생각하는 하백이었다.

물론 장천과의 연도 있었지만, 하백으로선 솔직히 요운이 더 마음에 들 수밖에 없었다. 장천에게는 무엇인가 거부감이 들었기 때문이다.

한편 항주에서 백 리 떨어진 우촌이란 작은 마을에서는 마을 사람들이 생전 구경도 못한 미인 두 사람이 머물고 있었는데, 이들은 바로 장춘삼의 아내인 임아란과 며느리 유능예였다.

장춘삼의 예상대로 몸이 별로 좋지 않았던 임아란은 긴 여행 끝에 병을 앓고 말았기에 항주를 백 리 앞두고 몸저 눕게 된 것이다.

"어머니, 몸은 어떠세요?"

"난 괜찮단다, 능예야. 너라도 항주로 갔다 오도록 하거라."

임아란으로선 소천의 일도 있었기에 능예 혼자 항주로 가라 말하고 있었지만, 그녀로선 이곳에서 움직일 수 없었다.

소천의 일도 중요하지만 자식이야 또 낳으면 되었고 시어머니는 달랐기 때문이다. 아들에 대한 정이 가슴을 자극하고 있었지만 그녀를 두고 떠날 수는 없는 일이었다.

그녀의 말에 다소곳하게 앉아 물수건을 갈던 능예였는데, 그때 문 쪽에서 누군가의 발자국 소리를 들을 수 있었다.

"손님, 쌍도문이란 곳에서 사람이 왔습니다."

"쌍도문에서?!"

능예는 본문에서 사람이 왔다는 말에 놀랄 수밖에 없었다. 자신들이 이곳에 있다는 것을 아는 사람이 있으리라곤 생각지도 못했기 때문이다.

"안으로 들어오시라고 하세요."

"예."

능예의 말에 여관의 주인은 공손히 대답을 하고 문을 열자 잠시 후 그녀의 눈으로 활을 들고 있는 거구의 남자와 그보다 약간 작은 키의 승려가 들어오는 것을 볼 수 있었다.

그녀는 활을 들고 있는 사람을 확인하고는 반가운 표정을 지었다. 활을 들고 있는 중년인은 바로 장천의 사형인 신궁 구궁이었기 때문이다.

"아주버님, 어서 오십시요."

"제수씨, 사숙모께서는?"

구궁이 방으로 들어와 포권을 하며 임아란에 대해 묻자 자리에 누워 있던 그녀는 힘겹게 몸을 일으키고는 구궁을 보며 미소를 짓고 말했다.

"어서 오시게."

"사숙모님, 몸은 어떠신지요."

구궁은 임아란의 얼굴이 좋지 않아 걱정스러운 표정으로 물었고, 그녀는 아무렇지도 않다는 표정으로 고개를 저으며 말했다.

"구 사질을 보니 많이 좋아진 듯합니다."

구궁은 쌍도문 내에서도 성정이 바르고, 협의가 있는 인물인지라 임아란 역시 아끼고 있는 사람 중의 하나였다. 그런 이유로 구궁이 오자 크게 마음이 놓이는 그녀였는데, 문득 그의 옆에 한 사람의 승려가 있는 것을 보고 물어보았다.

"옆에 계시는 스님은 뉘신지?"

"아! 이분은 우연히 강호에서 만나게 된 노진 대사라 합니다."

"아미타불. 쌍도문의 임부인께 인사드립니다."

합장을 하며 공손히 절을 하는 노진이었는데, 그가 멸천문에 속해 있는 적도임을 알지 못하는 임아란으로선 그의 몸에서 느껴지는 정심한 기운에 상당한 수행을 쌓은 승려란 생각이 들어 그저 놀랄 뿐이었다.

'구 사질이 강호에 오래 나가 있더니 저런 친우를 사귀었구나.'

"그런데 사질, 어떻게 이곳까지 온 것입니까."

"문파의 일로 잠시 이곳에서 일을 보다 사숙모님의 소식을 듣고 급히 오게 된 것입니다."

"혹시 항주 하오문에 있는 소천이의 소식은 들었습니까?"

"예."

"그렇다면 구 사질에게 부탁해야겠습니다. 항주에 가서 소천이를 데리고 와주세요."

"알겠습니다."

임아란은 구궁에게 항주 하오문에 있는 소천이를 부탁했고, 그는 고개를 끄덕이며 밖으로 나가 노진 대사를 보며 말했다.

"이곳에서 사숙모와 제수를 보호해 주게."

"아미타불."

구궁은 급히 항주로 향했고, 노진은 객점 앞에서 가부좌를 틀고 앉아 불경을 읊조리기 시작했다.

임아란의 명령으로 항주로 향하는 구궁은 반 시진 정도를 달려 항주에 다다르고 있었는데, 그때 주위에서 누군가가 자신을 따라붙고 있는 것을 알 수 있었다.

"흥!"

경공의 실력만 보아도 자신에게 뒤지지 않는 자임을 안 구궁은 활통에서 두 개의 화살을 꺼내어 앞으로 내쏘았고, 화살은 앞으로 뻗어가는가 싶더니 양쪽으로 나누어져 수풀 쪽으로 빠르게 뻗어나갔다.

채쟁!!

하지만 두 개의 화살은 잠시 후 날카로운 쇳소리를 내며 튕겨져 날아갔고, 수풀 속에서 두 개의 인영이 구궁 앞에 그 모습을 드러내었다.

"하하하. 과연 구궁이로군. 오랜만이네."

"음……."

구궁 앞에 모습을 드러낸 이는 바로 유성신창의 진형과 귀혼부의 탈혼살부 유강이었다.

유강이 대소를 터뜨리고 말하니 구궁은 상대하기 힘든 상대가 자신의 앞을 막고 있다는 생각에 미간을 찌푸리며 말했다.

"태상문주의 명령인가?"

"그렇다네. 태상문주께서는 필요하다면 너를 죽여도 좋다 하셨으나 나로서는 자네와 같은 이를 해하고 싶은 마음은 없네. 어떤가, 우리와 같이 본 문으로 돌아가는 것이?"

유강으로선 같은 십대신병의 소유자로서 서로 비슷한 무공 실력을 지니고 있는 네 명, 즉 노진, 구궁, 진형, 유강이 태상문주의 뜻을 따라 무림을 제패하는 것을 더 중하게 생각한 것이다. 그런 이유로 필요하다면 죽이라 명령을 받았으나 최악의 상황만은 피하려 하였다. 하지만 그에 구궁은 크게 대소를 터뜨렸다.

"하하하하!"

"음……."

"태상문주가 나를 죽이라 했단 말인가?"

"그렇다네."

"크크크. 끝내 나를 자식으로 보지 않는다는 말이군."

"자식?"

그 말에 유강은 크게 놀랄 수밖에 없었다. 구궁의 말에는 그가 태상문주인 혈비도 무랑의 아들이란 뜻이 포함되어 있었기 때문이다.

"그렇다면 나 역시 이대로 죽을 수는 없지!"

그 말과 함께 구궁은 화살을 꺼내어 그대로 유강들을 향해 내쏘았고, 유성신창의 진형은 기다렸다는 듯이 미소를 지으며 일창을 내질렀다.

"크크크! 이것을 기다리고 있었다! 낙성일점(落星一点)."

진형은 솔직히 구궁이란 자를 못마땅하게 생각하고 있었기에 유강과의 대화가 깨어지자 망설이지 않고 달려나온 것이다.

자신들을 향해 날아오는 화살을 보며 진형은 창을 내질렀고, 화살과 창끝이 서로 충돌하자 강풍이 일렁이며 화살의 촉은 산산조각이 나 사방으로 튕겨져 날아갔고, 일대의 나무들은 순식간에 모두 두 동강이 나 일대를 평지로 만들었다.

"본문의 배신자는 본인이 처리할 것이니 탈혼살부께서는 구경이나 하시오!"

유강을 보며 소리친 진형은 구궁을 향해 빠른 속도로 쇄도해 들어갔고, 그 속도가 빨라 구궁은 화살을 먹일 시간조차 없었다.

"유성일광!"

그가 창을 내지르자 하나의 빛이 빠른 속도로 구궁의 미간을 향해 밀려들어 갔기에 구궁은 급히 활을 거꾸로 잡아 빠른 속도로 회전시켰다.

끼기긱!!

"회박역시(廻搏易矢)!"

화살이 회전하자 진형이 내지른 창은 시위에 걸려 미간 앞에서 멈추어 섰고 구궁은 화살을 시위가 아닌 활대에 먹여 진형을 향해 내쏘았다.

"흥!"

하지만 자신을 향해 화살이 날아오자 진형은 그대로 손목을 위로 꺾어 앞으로 진각을 내딛었고, 창은 위로 휘어져서는 구궁이 날린 화살을 튕겨내었다.

"유성진천(流星震天)!"

화살을 튕겨냄과 동시에 진형이 창을 잡고 있는 손에 내력을 끌어올려 유성진천의 초식을 시전하자 창이 크게 아래위로 진동하기 시작하였고, 이에 활로 그의 창을 옭아매고 있던 구궁의 몸은 크게 흔들리기 시작했다.

"합!"

이대로 창을 잡고 있다가는 진천벽력궁마저 빼앗길 수 있다 생각한 구궁은 급히 창을 잡고 있는 시위를 풀어 창의 진동을 타고 하늘로 뛰어올라서는 그를 향해 또다시 화살을 날렸다.

"벽력시(霹靂矢)!"

그가 쏜 벽력시는 화약이 들어 있는 화살, 불꽃을 뿜으며 내리꽂히는가 싶더니 잠시 후 엄청난 폭발을 일으키며 일대를 뒤흔들었고, 튕겨 오는 돌멩이에 우강은 눈살을 찌푸리며 뒤로 몸을 날렸다.

슉슉!!

하지만 이런 폭발 속에서도 진형은 전혀 부상을 입지 않았고, 바람을 가르는 소리가 들리는가 싶더니 사방을 뒤덮던 흙먼지는 강한 용권풍으로 변해서는 구궁을 향해 밀려들어 갔다.

"크하하하! 그까짓 화약의 힘으로 나를 쓰러뜨릴 수 있다 생각했는가?"

빠른 속도로 회전하여 강풍을 만들어내 폭발을 밀어낸 진형은 그 힘을 더욱 거세게 하여 용권풍을 만들어 구궁을 공격한 것이다.

"회류시!"

구궁은 용권풍이 밀려오자 또다시 화살을 재어 내쏘았고, 화살은 용권풍의 중앙으로 빨려 들어가듯 쇄도해 들어가 휘어진 용권풍 사이를 미끄러지듯이 밀려가며 창을 잡고 있는 진형의 손으로 날아갔다.

"큭!"

용권풍에 가려져 회류시를 발견할 수 없었던 진형은 가까이 와서야 그 기운을 알아차렸지만, 피할 시간이 없었던지라 급히 회전을 멈추고 유성신창으로 화살을 막았다.

화살의 기세가 얼마나 강했던지 그의 몸이 뒤로 무너지는 것은 물론

이요, 유성신창이 눈앞까지 휘어져 버렸다.

　다행히 회류시는 눈앞에서야 간신히 멈추어 섰고 유성신창은 본래의 모습을 찾으며 화살을 튕겨내었다.

〈7권 끝〉

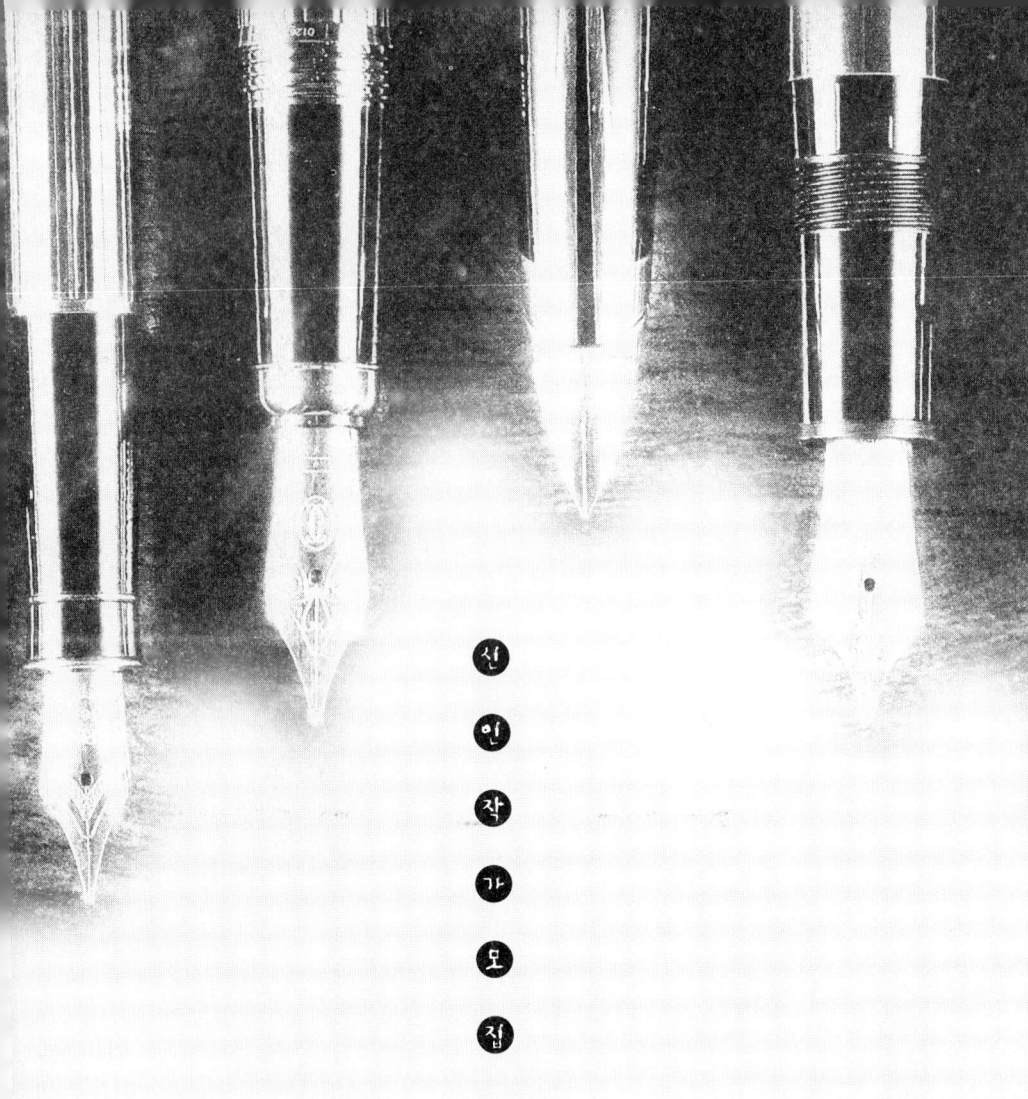